有一种力量，叫文学；

有一种美好，叫回忆；

有一种感动，叫青春；

有一种生命，在鲁院！

鲁迅文学院·百草园文集

暗 伤

孙敏瑛 ◎ 著

AN SHANG

知识出版社

因为人生并非只有花开月圆，
我们时常要面对生活的暗礁。

图书在版编目（CIP）数据

暗伤/孙敏瑛著 . --北京：知识出版社，2017.5
（鲁迅文学院百草园文集）
ISBN 978-7-5015-9491-7

Ⅰ.①暗… Ⅱ.①孙… Ⅲ.①小说集-中国-当代
Ⅳ.①I247

中国版本图书馆 CIP 数据核字（2017）第 094533 号

暗　伤　孙敏瑛　著

出 版 人	姜钦云
责任编辑	易晓燕
装帧设计	君阅书装
出版发行	知识出版社
地　　址	北京市西城区阜成门北大街 17 号
邮　　编	100037
电　　话	010-88390659
印　　刷	北京一鑫印务有限责任公司
开　　本	787mm×1092mm　1/16
印　　张	17
字　　数	280 千字
版　　次	2017 年 6 月第 1 版
印　　次	2020 年 2 月第 2 次印刷
书　　号	ISBN 978-7-5015-9491-7

定　　价　46.00 元

目 录
Contents

窗外的阳光

这是进入春天以来的第一个晴日。阳光带着暖意透过洁白的窗纱照进来，很温柔地在娴的脸上落了一层透明的玉。

几乎一整个上午，娴都在窗下坐着。印着清新小花的筒裙上，雪白的薄绒衣衬出她的文静。她静静地坐在那里，低着头，手里是一叠钉得齐整的浅蓝色信笺——那都是潮的一些来信。

她的视线落在熟悉的字迹上，右边的头发纷纷散落下来，黑漆漆地拂在信笺上。字里行间，仿佛又现出他那张俊秀的脸。她轻轻地叹了一口气。

潮是那年春天她去 H 城度假时相识的。那年春天她独自在 H 城的沙滩上度过了许多个白天和夜晚。她喜欢那些细腻、干净的沙子。她曾一遍遍地将它们堆起来，堆起来，弄成她自己也不懂的形状，然后又任潮水抚平了。倦了，娴就坐在沙滩上望着遥远的海出神。

那些日子里，潮也常在那儿。沙滩上的人不多，他却没有像那些无聊的男子一样唐突地跑来跟她搭讪。他只是远远地坐在那里，望着大海翻滚的波浪，直到夕阳从海面上缓缓地坠下去。娴只在偶尔间从眼角的余光里发觉他似乎在看她被风拂起的长发。

娴爱喝茶，在海边旅社的茶厅里，她的小圆桌上总是有一只透明的玻璃杯，里面一朵朵菊花舒缓地开放。潮总是漫不经心地用小银匙轻轻往白茶杯里搅动褐色咖啡。她坐在这边，他坐在那边，四周是低迷的柔情的音乐。

后来，在茶厅的过道上相遇，潮对着她很温和地笑着，问："走啦?"娴点点头说："走了。"

就这么一来二去的，他们竟成了朋友。

娴回S城的那天，潮也回T城。因为路线不同，潮执意先送娴上车。

路边的站牌下满是拥挤的人，潮一直站在娴的身后，有意无意地护着她，这让她觉得温暖。等她在车上坐定，他便俯身在路边的草丛里寻了一样什么东西，宝贝似的两只手捧着直递上来。"什么?"她略有些奇怪，见是一朵蓝色的小花，于是笑了。娴在接花时不小心手指碰到了潮的手，脸上便有些热起来。她以为他会说些什么，但他却没有，只是笑容可掬地瞧着她。她有些窘，便低头看他落在地上修长的影子，再抬眼时，由于车的转向，潮的身影已看不见了。

三周后，娴收到了一封寄自T城的来信。信封左下角大大地落着一个"潮"字。

娴没有想到潮会写信给她。她原以为他对她的态度不过是男性对女性常有的殷勤罢了，所以也就没有很放在心上。

潮在信中借用了一段歌剧中的咏叹："海边的姑娘，她有美丽的长发，她的裙裾在海风中飘扬。海边的姑娘，难忘她轻柔微笑，她说美人鱼的故乡有她温暖的家。"他热情的笔调在浅蓝的信笺上起伏，就如大海的波浪，晃得娴有些晕晕的。

这封信似乎写了有一些时日了，信尾所著的日期已逾半月，而S城与T城之间的距离联络起来并不需要那样长的时间，或许潮起初并没有想寄这封信。她这样想着，便故意待了好些日子才回信给潮，倒是在将充满花香的信笺投进邮筒的时候，她一念闪过：潮在接到她回函的时候会有怎样的心情?

潮很快回了信来，两页的信纸，每一页都排得满满的。信中还夹了两片很薄且很美丽的贝壳，一片紫的，一片粉红的，也不知他是从哪里得来的，H城的沙滩上似乎并没有这么美丽的贝壳。

潮竟是一个外科医生，这是娴没有料到的。她向来讨厌她家隔壁医院里那些趾高气扬的外科医生，后面总有许多女孩子众星捧月似的表演着凰求凤的闹剧。有几个朋友也曾热心撺掇过她，对她说："某某医生对你有好感呢。"她没有理会，她嫌他们粗鲁自大没有热情。她想起在 H 城所见的潮的种种细枝末节，觉得他倒是有些不同，最起码他还有一些可以让她回味的东西。

潮在信里一大串一大串地写了他的联系电话，娴只搁在一边，她并没有打算用它，倒是那两片贝壳，被她串在钥匙串上，天天都带着。

潮的信越写越长了，内容也日渐丰富起来，他似乎什么都愿意跟她说，比如入党啦，晋职考试啦，生日宴会啦，甚至郊游什么的。虽然也不过是一些琐事，他的言辞却让她觉得亲切。他真算得上是一个有情调的人呢，不像她自己，没有经历、没有变化，每天准时上班下班，过着钟摆一样平稳的生活。

潮却说女孩子还是简单些、安静些好。他的话很有些意思，好像在他眼里她什么都是好的。这让她很受用，闲来无事她便一遍遍地斟酌他的那些话。她细细地反复研究那些句子，那些句子似乎有些特别，但具体又说不出特别在哪里。她有时会想，这些可爱的句子若当着面，他会怎样同她说呢？

她这样想着，便有些神不守舍，有一次在餐桌上，她把汤匙伸了出去，却忘了舀汤就放回来了。她的母亲便有些惊讶，问她："怎么？"她才发现自己的失态，脸一热，说："没啥。"匆匆吃罢便逃开了。好在母亲没有再问什么。

潮的来信填满了她的生活。

到了第二年春天，她已经能自如地同潮撒撒娇或说一些心事了。有一段时间她因为右眼角上生了一颗蚕豆大的疖子，请了病假，一个人整天在屋子里闷闷的。潮便在信中说："不如我来看你吧。"虽然极想他来，但她怕这难看的疖子会影响她在他心中的形象，终究还是寻了一个理由没答应他来。

潮再给她来信时，便在信中写了许多想念她的话，他说他觉得孤独，给她写信便是安慰。这些表白让娴的内心里又喜又忧的。娴从来没有问过潮是否爱她。她想总有一些爱的吧。倘若一个男子并不喜欢一个姑娘，他还会将热情花在写信上吗？这么远的思念与期待的确有些折磨人，可恋爱不就是折磨人的么？

到了秋天，窗外的桐树只剩了光枝子的时候，潮忽然在一封来信中说他病了。他一遍遍地摆弄着那些渴望她去看他的言辞，看来他是真的希望她能够借着这个理由去看他。那么，为什么不去呢？

娴想，一向优柔寡断的自己，这一次竟然能立即决定动身去T城。可见，虽然自己不想承认，但心里确实对潮是有些担心的。而且，她也想着他。她猜想，若是自己忽然出现在他的眼前，他会不会觉得高兴，从而病会好了大半。

T城的汽车站就在山脚，比她想象中要小得多。

四周没有房舍，只有一条荒凉的青石块路往山脚延伸过去。一簇簇不知名的野花正蓬勃地盛开，更衬出野地里衰草的凄凉。一车人顷刻间便走散了，只剩了娴一个人不知所措地站在那里。

车站南面的墙上开着两个小窗眼，没到售票时间，两只窗眼都闭着。北边的角落里，是一间小得不能再小的店铺，一位老伯正眯着眼，一下一下地打着盹，木台面上搁着一只笨笨的投币电话，上了锁，上面的油漆已脱落了好些。

等了许久，没有车，也不见人来。她只得叫醒老伯，拨了一个电话给潮的单位。那边的人似乎并不明白她的话："生病？没有这回事啊。"娴拿着电话，有些疑惑自己是不是看错了他的信。

隔了一会儿，她听见一个轻便的脚步声进来，拎起听筒的时候还笑着用磁性的嗓音与同事打着趣，她觉得软软的几乎有些拿不住话筒，一开口便忍不住直问他："你根本就没有生病，为什么要骗我？"

一时间对方竟答不上话来，听筒里只有呼呼的喘气声，好一会儿，他才说："因为爱你。"

她浑身震了一下，眼泪簌簌地掉下来，什么理由都不及这个，他吃准了她会原谅他，不是吗？她却偏硬硬地说："我是不会去看你的。"

她听见那边含糊地应了一声："好吧！"然后就将电话挂了。她呆呆地站在那里，半晌一动不动。

到了下午，娴便买了一张车票，又回了 S 城。

潮在后来的一段时间里依旧给她写信，想想他的用心良苦，她也就渐渐原谅了他。而且她细想起来，觉得自己也不是全没错，起码当时她的态度是稍微生硬了些。对于这些，他在信中极力为她开脱，这让她觉得温馨，有股被人宠爱的滋味，她觉得他是一个值得托付终身的人，沉稳、豁达，且上进。

在娴一日日沉浸在爱的氛围里时，潮的来信间隔却一次比一次长了，她想他或许有情绪，不过她相信他不会计较太久，因为他曾说爱她。果然，潮在后来的一封信中很郑重地问她愿不愿为他改变目前的生活？

这算不算求婚呢？想到这里，她的心怦怦直跳，那就是她的归宿了么？她有些不敢相信即将到来的幸福。或许不久以后，她就要离开 S 城去 T 城开始新的生活。然而她又有些难受，S 城毕竟有她的一切，她的家，她从小就要好的朋友以及她的工作，这一切都是她不忍割舍的。

为潮，值得割舍这一切么？她有时想想，又觉得在许多方面，他对于她来说，依旧是陌生的。他们之间的交往不过是一次旅游的经历外加一些来信而已，这么一来，她忽然又觉得渺茫。因为在这之前她从未有过与男子交往的经验，她拿不定主意是否允诺他。

对于她的犹疑，潮在回信中没有掩饰他的失望，他说他不是一个善于等待的人，对于她的不信任，他在信中极力掩饰着痛苦，这种笨拙的掩饰让娴很受用，她感受到她在他心中的分量，这让她安心了许多。

然而，潮却不再来信了。

在 T 城，潮的小楼外，门前围着一圈高而森绿的茶树篱笆。娴站在那里，透过茶树的枝丫望进去，只见矮矮的水泥雕花石栏里种着两株白梅，已凋谢了，树下落了一层粉白的瓣儿，仍不甘心似的透着一股淡雅的香。边上站着的，不正是潮吗？忽然见到他，娴的一颗心禁不住突突乱跳。可是，他边上还站着一个女孩子。一时间，娴不知道该不该招呼他。她希望他能偏一偏头自己发现她——这位不请自来的客人。

然而他没有回头，只顾凑近再凑近些地不知在女孩耳边说了句什么，女孩便摘了篱笆上新抽的嫩叶掷了他满脸，叶子撒了一地，他却一点也不恼，只是笑着拖了女孩的手进屋里去，窗玻璃上隐隐现出两个粘在一起的幸福身影。

一时间他的勿忘我花、他的紫贝壳红贝壳及那些蓝蓝的海潮一般的来信都挤到娴的胸口，让她觉得难以呼吸。

没想到竟然是这样的结局，娴愣愣地站在那里。这两年的光阴里，她在他的信中曾一点一点地品尝过爱的幸福，可现在，照他的情形，好像他与她之间从来都不曾相识，也从来都没有过什么！有的，怕只是一场梦吧！

阳光在娴的脸上悄悄移过去，移过去，落在那一片又一片残白的梅瓣上，那渐凋的花瓣告诉她，那个还没开始的故事已经结束了。

风中尘埃

1

清爱拿着话筒，背靠着售票台站着。她简单介绍了一下自己、司机和这次旅游的行程安排，包括路线、食宿及到景点后应注意的事项。

这是一个散客团，都是一些会享受生活的人，路途迢迢地去泡温泉呢。从她所在的小城出发，到目的地需要四个小时的车程。那边有地陪导游接应，清爱要做的只是想法子把这一去一回路上的时间给填满。

高速路上没有什么风景可看，秋阳穿过玻璃一下一下打在脸上，空气有些沉闷，有人开始伸懒腰、打哈欠。

清爱看看他们，笑容可掬地说："大家来玩猜谜吧。"

"不要。"那边有个胖妇人应声说："我最怕动脑筋了。"

清爱就征询大家的意见要不要听她唱歌。她就是在问完这话的当儿看到陈言的。

那是一张干净的脸，就坐在左边靠窗的位子。好像知道她在看他，他忽然掉转头反盯着她，让她心里一个咯噔，仿佛在一瞬间被一把锁给锁起来了。

她听见他在说："就跳个舞吧，我喜欢看跳舞。"

清爱看着他，笑着说："这地方太小了，怎么跳？"

他却仍然坚持，说："一个走道可以站二三十人，不小了。"

大家便哄笑起来，纷纷鼓掌让她跳一个。

清爱便说："我不会跳舞，还是给大家唱个歌吧。"说完不敢耽搁，开了早准备好的CD，拿起话筒就给大家唱《后来》。她的声线很好，甚至不比刘若英逊色，倒是将这一班人给镇住了。

唱完后，车上的空气流动起来。趁着大家高兴，她开始让他们玩文字游戏，她将话筒递给客人，让他们说出类似"金灿灿"之类的叠词。

不知道她要玩什么，大家老老实实地配合她，从第一个说到最后一个，什么"黑黝黝、香喷喷、恶狠狠、静悄悄、红彤彤、湿漉漉、胖乎乎……"说了一大堆。

等他们都说完了，清爱又让他们在自己所说的叠词前面加上"我的屁股"四字，这下，满车皆沸腾起来。

大家嘻嘻哈哈笑着，各自拿自己的屁股说事，一脸的开心和兴奋，清爱不由得在心里笑一下，这些人，也就是喜欢这样俗气的游戏和热闹。

说着笑着，车子到了一个小村庄。正赶集呢，马路上挤满了人，摆满了等待出售的衣裤、农具。衣服挂在衣架上，一张大红纸贴在那里，上面描着黑字"每件十五元"，一车人都叫起来，真是便宜。陈言开了窗，对着外面说："老乡，这么便宜的裤子能穿吗？"

那个大块头的"老乡"以为来了生意，忙说："能穿能穿，包你十年穿不烂。"

陈言说："那我可不相信，说不定还没穿好就裤裆开线了，我可不想在光天化日之下让人瞧见我香喷喷的屁股。"

这话逗得车上车下嘻嘻哈哈的。

那个大块头说："你的屁股是香的吗？"

陈言说："那有啥奇怪的，我们这儿还有金屁股呢。"说罢看看清爱。

那个胖妇人笑着将肚子抱住，脸憋得通红。

陈言说："你是不是要生孩子了？"

听他这么说，清爱也笑了。

车上的气氛很好，大家彼此间有说有笑的，不觉间，车已到目的地。

2

车进入小城，清爱向他们介绍当地的温泉特点、分布，又指给他们看当地的标志性建筑——一座古木桥。

在一个路口接了地陪小章，车便继续往里，越开越偏僻，终于在开过一段山路后，停下了。清爱抬头看了看车头前的计时器，正好十一时，便安排大家在半山腰上的饭店吃农家菜。

因为早饿了，每个人的胃口都出奇的好，每上一个菜，风卷残云般，一忽儿就消灭干净，大家纷纷赞土鸡好吃，赞芋头鲜美。

小章说她已经吃过了，清爱就一个人去路旁买了一个竹筒饭吃，一边吃，一边看着路上走过的人。才吃了一半，陈言就出来了，他朝四周看看，便向清爱这边走来，白色的休闲服，头发随着山风飘飘的，让他看上去很是帅气。

"你怎么吃这个？"他和她的目光撞了一下，她有些不自在地低了一下头。

他笑笑，问："那东西好吃吗？我可不可以尝尝？"

清爱看看他，点了一下头。

他便在摊主那儿要了双筷子，从清爱吃过的地方夹了一口，放进嘴里。

清爱的脸一下子红了，不过她偷看他若无其事的样子，就想，也许他是无心的。

他慢慢品了一会儿。"光是香，不如想象的那么好吃。"又看看清爱，笑了笑，说："我原先还以为导游都有小灶待遇呢。"

清爱瞄了他一眼，没有说话。

他说："这回出来玩，总算碰到一个好导游，我以前有一段时间也很想自己能是一名导游。"

清爱看着他笑，说："当导游有什么好的，满面尘灰烟火色。每天带团在外面，吃住行娱，与景点打交道、与司机打交道、与宾馆饭店打交道、与游客打交道，总是忙得像个陀螺，有时候碰上黄金周，自己的住宿都成问题。这些，你做不来的。"

"小瞧我呢，"他笑笑说，又问她："既然累，你为什么还要做？"

她叹了一口气，说："我要找一个人。"

他还是笑着，问："找谁？"

清爱说："找我爸。"

她的话将她扯回到十年前：先是母亲生病，接着，父亲在厂里搬东西时从楼梯上摔下来断了右腿。生活像玩了一个恶作剧，将他们家里从前仅有的一点温馨都藏了起来，小院子里，总是充斥着难闻的中药味和时时爆发的争吵。后来，一个清晨，父亲拄着拐杖，说是出去给她买早餐，她站在门口，看见他慢慢走过斜对面的拐角，从此，就再也没有回来。独自带大她的母亲每次因为要对付生活而伤透脑筋的时候，就会坐在门口哭，一边骂清爱，一边骂清爱的父亲。她骂他们像榨汁机，榨干了她身上的血。那无休无止的哭骂让清爱的童年和少女时期总像浸在一个噩梦里。

其实，让清爱受伤的倒不是母亲的歇斯底里，而是父亲。他就这么像一滴水一样从她的生命里消失了，而且，那么长的十年，居然什么消息也没带回给她。那种被抛弃的感觉常常烙伤她，让她一直不能像别的女孩子一样伸展、活泼。当年她母亲没有去报案，也不让她去，母亲说："他不愿意回来，就让他死在外头吧。"

清爱高中毕业后没有继续学习，她考了导游证，努力工作，一个月起码有二十天在外面。她跟母亲说，她到处跑，总有一天会找到父亲的，她会把他找回来，跟他算算这些年来他欠下的账。

虽然累，但她越来越喜欢这份能让人心灵自由的工作，而且，她这样天南地北到处跑，可以心安理得地避开母亲。她和母亲在一起的时光，每一分每一秒，心里头都是沉甸甸的，沉得人喘不过气来。她偶尔会想，如果母亲知道她是那样想的，她会怎么样呢？或许当年父亲的离开，就是因为母亲无休无止的抱怨？

3

大家吃过饭，去看风景，去的是一个叫清风山的地方。沿着盘山公路上去，一路上古木参天，清澈的山泉从高处下来，潺潺地。受着它的滋润，岩壁上的小草格外的青翠动人。幽深的涧谷里，那一树树明黄的叶子在风里哗啦啦响着，叶儿轻悄地飘，像舒缓的音乐，那种明净的美让人陶醉。一路上，草地里随处可见紫红的半边莲，由星星点点白色的小雏菊衬着，看上去格外婉丽。

他们一路跟着地陪小章走着，清爱慢慢地跟在队伍的后面。转了一个弯，草丛里忽然闪出四只雪白的羊。它们若无其事地吃着草，其中两只羊羔散播在空气里孱弱的叫声让人心疼。清爱笑着，跟一对中年夫妇说："这两只小羊是春天的时候生出来的，那两只大的是它们的父母，我是看着它们慢慢长大的。"

"瞧这一家子，老的老，小的小。"陈言说。他的话让人发笑。

一群人爬了好久，还没到山顶，一个个早已累得直喘，汗涔涔的，只有陈言，一副气定神闲的样子。他见清爱脱了外衣，就自作主张把衣服拿过去搭在他自己的手臂上。清爱不肯，拿手去拽，却被他夹在臂弯里，拉也拉不动，怕别人误会，她只好随他去。见他们两个在后面做小动作，一个妇人笑着对众人说："他们倒好，看上去简直就像小两口，是来度蜜月的吧。"众人回头，看着他们笑着，纷纷说有同感。

陈言大方地笑笑说："是啊，让您给瞧出来了。"便有人起哄，说："干脆晚上入洞房好了，我们也好讨杯喜酒喝喝。"

清爱笑笑，轻描淡写地说："你们怎么可以相信他，男人在外面说的话，多半是假的。"

大家便都笑。

他们上到山顶，没有停歇就开始下山了。一路上，雪白的茶花一树一树地开，两山夹成的峡谷里，竟意外地有一湾水草丰美的处所，竿竿青竹，幽幽草坡，微风吹过，一泓清凌凌的水波显出万千风情。小章介绍说，这里就是情人湾。

陈言做了一个抒情状，说："回顾所来径，苍苍横翠微，若能在这儿搭个草房子住下来就好了。"

清爱来这儿好多次了，但这儿青草的香、茶树的香、小羊的叫唤、竹的幽静仍然令她迷醉。她听着他的话，觉得他虽然已是成年人，但是在他身上却有些孩子气的天真。

他们从山中出来后，在山脚下农家庄子里还看到两头正埋头吃草的黄牛和两只追来追去的灰鹅。

大家爬山爬累了，因为出了一身的汗，纷纷建议立即去泡温泉。清爱和小章商量了一下，就将原本安排在晚上泡的温泉提前到下午进行。

清爱问大家是否都带了泳衣。

陈言说："带了，现在就换吗？"

一车人都笑起来，清爱说："这位先生，如果愿意在车上穿泳衣，我没有意见。"

大家又都笑。

4

浅水湾温泉池到处都是人。陈言冲过澡后，去牛奶池里泡了泡，又去咖啡池、枸杞池、人参池、明目池泡了泡。人越来越多，一个胖妇人在他身边，因为重心不稳摔倒了，像一个大土豆一般在水里翻滚，不时地浮上来。她没什么可抓，惊慌之中一把抓住陈言的手臂，把他的手臂都揪痛了。还有一个孩子，来不及出池子，干脆就站在池子里撒尿。陈言只得离开池子，去澡堂里冲了冲澡，就出来了。他在门口看见坐在花坛水泥边沿上的清爱。

见陈言这么快就从里面出来，头发湿漉漉的，清爱冲他笑笑，说："怎么不多享受一会儿？难得来。"

陈言玩笑地说："想早一些见到你。"

清爱红了一下脸，说："你去下面的车上等吧。"

陈言站在她身边，很仔细地看着她说："你的眼睛长得真是好，细长的，很柔和，又非常有神。"

清爱没有接话。

陈言继续说："我见你在人前很会笑，但现在单独的时候却不那样，为什么？是因为你父亲？"

清爱心头一震，从来没有人当着她的面说起她的父亲。她身边的人都知道她的隐痛，大家都一样，在她面前总是小心翼翼地将"父亲"这个词藏起来，这么多年来，她也早习惯了。现在，陈言蓦然抛出的这个问题，几乎将她砸晕。她不吭声，不知道该怎样回答他。

陈言说："人生苦短，我觉得你应该学会放开。"

清爱叹了一口气，说："怎么放？能放吗？被一个人抛弃，又被另一个人当成累赘那么多年，两个都是我最亲的人，我难道可以装作什么也没有发生？"

陈言沉默了一会儿，说："我虽然没有你那样的经历，但是，我想，凡事只要问心无愧就好了，以前你母亲撑着家，现在不是由你撑着了吗？而且，你不是做得很好吗？你靠自己打拼出一条路，那多了不起，大家都说你是好导游呐。"

清爱听他这么说，心里知道这是在安慰她，觉得很温暖，忍不住想哭。她说："我这样生活，算什么打拼呢？不过是一颗尘埃而已，吹到哪儿算哪儿。"

陈言看了她一会儿，说："虽然都是尘埃，但是，那阳光里的尘埃，是会跳舞的。"

清爱傻傻地看着他。

陈言说："你父母都是成年人，他们有安排自己生活的自由，他们可以决定将日子过成那样，但他们没理由让你来承担痛苦。你那么年轻，难道不应该为自己的幸福着想，难道要将你自己的一辈子也赔进他们的一辈子里去？"

自从做了导游，这两年来，清爱见过的人多得不可胜数，但这的确是她第一次跟一个陌生人说自己的家事，而且，他那些让人心里亮堂的话，不是无谓的鼓励，而是一句句都从她的角度出发。她已经二十岁了，十余年来她只是想着父亲能够回来，想着母亲能够过得舒坦，想着这个破烂的无从收拾的家，却从未想过应该要自己的幸福。

陈言见她心里不好受，就伸过手来牵着她的手说："好了，别难过了。"

他抬眼看看四周，然后对清爱说："你瞧，有好多人看着我们，只我们两个人在一起说话，现在又牵着手，他们肯定把我们当成情侣了。"

清爱眼睛里还潮潮的，却被他的语气逗笑了。

陈言说："旁观者清，我的话可没有一句是哄你的。"

清爱笑笑说："你挺会说话呐。"

陈言做了一个鬼脸，说："其实我平时不太爱和女孩子说话的。"

清爱依旧笑笑，她知道这个话当不得真的，但是，依然为他特意的撇清而内心欢喜。

陈言似乎知道她的心思，忙说："真的，我们萍水相逢，我为什么要骗你。"

5

等泡澡的人陆续出来，暮色已经慢慢降临了，清爱将他们带到饭店里用晚餐。

用餐时，一个胖子站起来向陈言敬酒，他举着杯，大大咧咧地说："新郎官，敬你一杯。"

陈言一声不吭，也不站起来跟他碰杯，那人就装着不以为然的样子，自己找台阶下。他一边往回走，一边回过身来对陈言说："兄弟，作为男人，我佩服你，你钓女人有一套，导游小姐已经被你搞得七荤八素的了，晚上火候就差不多了吧。"

陈言盯着他，慢慢站起来，把杯子里的酒浇到地上，然后说："我就是喂狗，也不跟你碰杯。就你这副德性，到哪儿都是烂冬瓜烂土豆，整个心都烂透了，有谁会喜欢。"

胖子恼羞成怒，冲过来就要打，被陈言用椅子挡了一下。大家纷纷站起来，拉住了。

清爱和小章坐在柜台边上的一张小桌上吃面，将这边的情形看得一清二楚。她没有说啥，陈言已经帮她把气都出了，她还需要说什么？她慢慢地吃着面，心里有一丝特别的熨帖。她觉得，陈言总能将一切都做得让她放心，如果，他真是她的男人就好了。想到"男人"这个词，清爱的脸红起来。她悄悄看过去，陈言正往她这儿瞧呢，她的心里又是一个咯噔。

吃过晚饭，她和地陪小章带着大家到总台登记房间，一边说好第二天早起的时间。因为刚才的口角，陈言坚决不同意与那个胖子同一个房间，其他的人又都是成对的。只好安排他们在不同的楼层，一人一间房。胖子看看陈言，见再无转圜的余地，只好骂骂咧咧地抱怨着多付的一百二十元，一边乘电梯上楼去了。

地陪小章完成任务，回家去了，清爱自己去导游睡觉的大间。然而，她开了门看看，才发现已经没有她的铺位了。三个南京那边临时带团过来的导游正挤在最后两张床上，房间里空气很浑浊，汗臭、狐臭什么味都有。她皱了皱眉，将提包拎出来。在总台那儿打听住宿的时候，陈言过来了，他看到她，显得有些惊讶。

他问她："怎么还在外面瞎逛，累了一天了，怎么还不休息？"

她心里很郁闷，但是因为在这当儿看到他，心里还是觉得有些阳光洒进来。她笑着跟他点头，说："大家总爱扎堆，这儿没空的导游房了，得到另一家旅社看看。"

"怎么还有这种事？这么待你，下次别跟他们介绍客人。"

清爱撇撇嘴，说："这有什么，我们习惯了。人家可是旅游城市，旺季能给留足客人住的空房就已经够给面子了。"

大厅里的灯光很柔和。清爱见他换了一件白色的衬衫，玉树临风的样子，便笑着对他说："穿得那么整齐，是要去会朋友么？"

他朝她做了一个鬼脸，说："是要去见一个网友，聊了好多年了，我这次来其实是去见她的。"

"是女的吗？"清爱笑笑说。

陈言便笑她的傻，说："你怎么那么纯洁，难道我还会去见男人吗？"

清爱也不过是说说，他这样回答，让她脸上倏然红了。

陈言看看她，说："也许晚上不回来了，不如你就住我那一间吧，反正也是空着。"

"真的还是假的？"她笑笑说。

陈言笑笑，不再说什么，只是将房卡放在她的手里，然后转身走了。

她的视线跟着他出了大门，好半天回不来，心里想着那个女网友，竟然惊觉自己会有一点点不是滋味。她叹了一口气，对自己说，像他说的，不过是萍水相逢，想那么多做什么？

她乘电梯上到十二楼，开门进去，拣了一张靠墙的床，将袋子放在床前的圈椅里，然后去放水洗澡。等她收拾完，吹干头发，已经是晚上九点了。实在是累坏了，倒头就睡着了。昏天黑地的，也不知睡了有多久，被一阵手机铃声吵醒了，她一骨碌起来，将手机放在耳朵上仔细听了听——居然是陈言。清爱傻了傻，看看时间，是晚上十一点。便奇怪地问："有什么事？"怎么那么忙的约会还会有时间打电话来。

陈言说："我回来了，你帮我开个门，好吧？"

清爱心里一震，转念一想，竟然觉得有些失望。他想做什么？难道因为她是导游，就以为是可以随便一点的么？

陈言在那一头听她半天不吭声，就说："我不过是想回来睡觉，我太累了，我会当您是空气，您放心。"

她听他蓦然把你换成了您，就将心放下来，她知道她将他猜成那种人让他不开心了。于是，她很平静地对他说："你的房间，你当然可以进来。"

清爱去开了门，等她回到床上躺好，他才进来。

他果真当她是空气，没有和她说一句话。

清爱脸朝着墙壁，心里有一丝特别，她悄无声息，听他站在床前脱衣服，听他将手机放在床头柜上，听他进浴室洗澡，水哗哗哗哗地响，她的心如鹿撞，那种感觉，好像她就是他的女人。有那么一刻，她紧张得几乎想逃，可是，她知道那只是想想而已，这会儿如果出去，她只能一整宿在外面走了。她叹了一口气。

不一会儿，他从浴室里出来了，她听见他将自己舒舒服服地放在床上，心满意足地打着哈欠的时候，她忍不住笑起来。

她问他："见到网友了?"

陈言没看见她的脸，但听出她话音里的笑意，就说："别提了，那个人一会儿说自己在这里，一会儿又说自己在那里，等好不容易见到了，才发现竟然是个恐龙（指相貌丑陋）。"

清爱笑笑说："怎么以貌取人，或许人家心灵美呢?"

陈言说："得了，别提了。真是，早知道她长得那么丑，我早就不跟她聊了，怎么可能还去见她。简直是浪费我的青春和生命。"

清爱一个劲地笑，说："这回是你傻了吧，人家要是美女，还有工夫和你在网上泡蘑菇? 怕是约会都来不及呢。"

陈言笑着说："看不出你这人智商还挺高呢，早知道，还不如待在房间里陪你说话。"

听他这么说，她蓦然回头看着他，一双眼睛亮亮的。

见她蓦然把身子转过来，他吓了一跳，说："你想干吗?"

她的心怦怦跳起来，她定定心神，听见自己在说："明天把你们送回去，我得去成都了，那里的旅行社说要借用我一个月，我或许可以在那里找到我父亲。"

陈言躺回去，依旧看着天花板，静静地说："如果你父亲知道他有这么好的一个姑娘，他说不定就不出走了。"

虽然他的语气是平静的，但是，她能感觉到从他那儿传过来的温暖。

然后，他说："我困了，不和空气说话了。"

她听他渐渐匀和起来的呼吸，不知道他是装睡还是真睡。

她有一点点的失落，她跟自己的内心挣扎着，真的很想过去，不做什么，只是将头慢慢地靠在他宽大的手掌里，让他摸一摸她柔软的头发，就像她父亲在她小时候常做的那样。可是，她终究还是忍着，没有动。

6

清爱是被手机闹钟唤醒的，她睁开眼，见陈言那张床已经空了。床上整整齐齐，没有他睡眠留下的痕迹，她心里掠过淡淡的忧伤。

吃了一碗泡面，她就去各个房间叫他们起床。有几个年纪大的已经起来了，她好脾气地带着他们去餐厅里吃自助餐。然后回到大厅，站在总台前等着收大家的房卡。刚做完这一切，接他们的车来了，清爱才松了一口气。

等她回到车上，见大家都已经各就各位坐好，陈言仍然坐在原来的位子，却是瞧着窗外，一脸沉思的表情。

她将话筒放到嘴边，像平时那样，说着告别，说着百年修得同船渡，说着惜缘，说着祝大家在以后的日子里都能健康快乐……

好像大家都很感动。但是，陈言依然没有说话。一阵风吹来，有一颗小沙吹进清爱的眼睛，她用手轻轻地揉着，心里有一点点的痛。他和别人一样，也不过是个过客吧？窗外，远山一片金黄，像燃烧的火。

有手机短信来，清爱摁了接收键，见那上面说：不忍错过，那粒小小尘埃的温柔，难道你可以，就这样一笑而过？

她抬头，看看陈言，见他若无其事的样子，只是拿眼睛看住她，她笑了，忽然觉得，那眼睛，真像一把锁。

香水百合

一

嫣然遇到辰是在那个秋天。

那个秋天，梧桐树叶似乎掉得特别多。嫣然将花搬到门口打理的时候，那些黄绿的叶子常会落进花桶里，她也不去捡，一阵小风吹过，它们会自己从花上掉下来。

那天，辰是开着车来的。嫣然正坐在店门口打理一堆刚运来的粉玫瑰，蓦然响起的汽车喇叭声吓了她一跳。她手一抖，一根小刺便戳进她右手食指里，指尖上出了一滴血珠子，她习惯地迅速放到唇边吸，一边回头看。

辰坐在车里，笑眯眯地问她："小姐，一百枝玫瑰有吗？"

嫣然说："有啊，你要什么颜色的？"

他下了车过来，说："你帮我挑挑看，相亲用。"

嫣然笑了，说："相亲用的话，深红的不太适合，白玫瑰的花语是'纯洁'，也有'我足以与你相配'的意思；粉玫瑰的花语是'感动、初恋和铭记于心'，你选哪一种？"

他笑笑说："不是我一个人要，是一百个人的集体相亲活动，你看应该怎么选？"

她笑了："这样啊，那先生用白玫瑰，小姐用粉玫瑰怎么样？光是玫瑰有些单调，我会在边上帮你衬几枝满天星，这样看起来会更漂亮一些。"

辰说："这样一来，成功的几率能不能高些？"

嫣然低头笑了一下，说："花好看，人的心情一定会好，人的心情一好，做起事来也应该称心一些吧。"

辰说："你不要笑，都是老大不小的，皇帝不急太监急。"

嫣然做了个鬼脸，不说话了，把两只装玫瑰和满天星的花桶拿出来，一边修剪，一边用玻璃纸包好。她的手指白皙又修长，拿着花很好看。

辰看着她弄花，然后，回车里拿了手机，问嫣然的手机号。

嫣然抱歉地笑笑说："我没有手机。"

他看着她，说："你真的没有手机吗？还是你不愿意跟我联络？"

嫣然笑起来，说："我这个人，不喜欢说谎的。我租店的时候，原先的主人把电话给了我，你可以打我电话。"

他笑了，把她店里的电话号码存在自己的手机里。

上车前，辰回头问她："晚上七点钟的活动，这花包得及吗？"

"现在还是上午，一百枝花，来得及的。"

"那好，我下午六点半过来拿。"

辰开着车走了——他开的是一辆黑色长安铃木跑车，后车门玻璃上装饰着两个京剧花旦，左边玻璃上的那个拿扇子遮着脸，右边那个脸是露出来的。妆容精美绝伦，令人惊叹。

嫣然望着他把车开远，一拐弯，便看不见了。

那天，嫣然一直在忙，中间有几位客人来包了庆祝生日的花束，还有一位来预订开业花篮。中午趁着人少，她去附近的工商银行将弟弟这个月的生活费汇了过去。每次她做这件事的时候，心里总有些不是滋味。当年她考上师范大学的时候，母亲不同意她去读书，说家里的钱只够供她弟弟以后上大学用。对这事，嫣然心里是憋着气的。有一次她问妈妈，她是不是亲生的。从小就那样，有什么好吃的、好穿的，都留给弟弟。这也罢了，居然连读书的机会也要给弟弟让出来。母亲打断她的话，说："你有什么好抱怨的，如果你弟弟生得比你早，这个世界上就不可能还会有你。再说了，我对儿子好有什么错，我指望他养老呢，对你好有什么用，嫁出去的女儿泼出去的水。"

母亲说得那样决绝，让她的心里凉凉的。就在那一年九月，嫣然离开了家。

她一个人来到城里，在花店里做了学徒，每天一点也不松懈地学习花艺，苦熬了两年后，用攒下来的钱开了这家花店。她曾经发誓就这样一个人生活，永远不再回去。可是，去年夏天，弟弟忽然来找她，说父亲突发脑溢血住院，还没一个星期呢，家里这么多年的积蓄就都花光了，连日常生活也不能维持，母亲没有工作，每天除了抱怨命不好，只知道哭，一点办法也没有……

嫣然心一软，就把家里的担子挑了起来。家里每个月的日常开销、父母的医药费，她弟弟考上大学后的学费、生活费，全都从她这里拿。

嫣然有时候想起来，也会感叹，口口声声要靠儿子的母亲，现在把担子全搁在她的肩上，居然心安理得，从来没有过一丝歉疚，真不明白她是怎么想的。

那天，辰要的花，嫣然下午四点之前就全部打理好了，一枝一枝的玫瑰包在透明的玻璃纸里，一捧粉白，一捧粉红，在满天星的映衬下，显得那样清雅柔和。两捧花就放在门口的一张小桌子上，吸引了好些过路人的目光。

六点半左右，她远远看见他的车开过来，不由得在心里笑了一下，想，真是守时的人。

辰没有像上午看到时那样随意地穿着休闲服，而是换了西装，打了领带，头发也不一样了，看上去帅帅的。她一闪念地想，不知这个人晚上会把玫瑰交到哪个女孩手里。

辰下了车，过来，微笑着问她："桌上这两捧花是我的吧？"

嫣然点点头说："是啊。"

他捧了花，开了前车门，轻轻地将花放在副驾驶座上。

在关上车门前，他停了一会儿，然后，下了决心似的，俯下身，伸出手去抽出一枝白玫瑰，走过来，递给嫣然，说："今天晚上我本来打算去相亲的，可是，现在我决定提前把这朵代表我心意的花送给你，你能不能接受？"

嫣然看着他，笑着说："你这是在排练吗？"

他笑了，说："又不是演戏，排什么练啊"想了想，又说："我每次开车经过你花店门口的时候，总会被你理花的样子吸引，你不知道吧？有好多次了。"

听他这么说，她有些惊讶，把他看得有些不好意思。

她终于接过他手里的花，他做出松了一口气的样子。

两个人都笑了。

二

几天后，一个晌午，嫣然收拾好刚运来的百合，有些累，正一个人站在门口舒展筋骨呢，就见辰从街那边慢慢过来。

嫣然有些意外，却从心里悄悄生出几分欢喜。

他站到她眼前，笑笑地跟她说："我们学校里的老师想聘请一位花艺师，学点插花技巧，你愿不愿意去教教他们？"

她想了想，说："好啊。"

他等了一会儿，说："你怎么一点也没有感谢我的意思啊，我这可是在关照你，知道吧。"

听他这么说，像是玩笑的样子，她也开玩笑似的说："知道了，要我怎么谢你啊，请你吃饭呢还是请你看电影？"

辰笑笑，说："你这么说，好像我问你讨赏似的，多不好意思。不如我们抛硬币，如果抛到正面，我请你吃饭，你请我看电影；如果抛到反面，我请你看电影，你请我吃饭。怎么样？"

嫣然笑起来，说："你倒是办法挺多的。"

他们抛了硬币，结果是辰请吃饭，嫣然请辰看电影。

那天晚上，他们一起吃了饭，然后又去看了一场电影。散场出来，在人潮里走，辰将手环过来，拢住她的肩，让她靠近他一点，免得被人撞开。

她抬起眼睛偷看他，眼里闪着星，深深地吸引他，到了外面，经过一个小公园的时候，在四溢的花香里，他情不自禁轻轻拥她入怀，低头深深地吻她。

她没有办法拒绝，这不是她一直盼望的吗？在迷醉里，她想，缘分的事真是奇妙，两个原本不相识的人，竟然说遇上就遇上了。

嫣然教插花很顺利。她带了一些鲜花去，一边讲理论，一边做示范，大家都学得比较愉快，学校不小的会议室里，被来听课的老师挤得满满的。嫣然把家庭插花要注意的陪衬、排列等细节一一说了一遍。还介绍了弧形插法、三角形插法及盆景式插法。她插好的菊花配剑兰很美，在讲台上静静地吸引着每个人的目光。她看见辰坐在最末一排，很认真地拿笔记着，不由得在心里笑了一下。他看见她的眼光看过来，就举手，做出恭敬的样子问她："老师，您所教的都是不同花配在一起的插花，如果是同一种花该怎么插才好看？"

嫣然想了想，说："如果是同一种花，那最好同时兼有花蕾，半开、盛开的花朵，配上满天星，看上去也会有一种诗意的美。"

辰拍拍头，说："哦，是这样，我怎么就没想到。"

大家都笑起来，嫣然也笑了。

那天晚上，嫣然正在为客户预订的十几只开业花篮忙呢，一抬头，见辰站在门口梧桐树下，就开心地说："怎么这么晚了还在外面闲逛，难道就没人管你？"

辰笑着过来，说："有谁敢管我呀。我妈有时候倒是想管我，可是我说，我去会女朋友，去谈恋爱了，她还巴不得我脚下安几个轮子，好走得快些呢。"

嫣然笑了，说："这批花篮明天一早人家就要的，如果你愿意，就帮我绑花泥吧。"

他开心地点头，说："愿意，我太愿意了。"他学着嫣然的样子，将花泥一块一块用尼龙绳绑到花篮一上一下两个篮筐里，绑好了，再慢慢往花泥上浇水。花泥吸足了水，将花篮坠得稳稳的，嫣然先将陪衬用的鱼尾葵插好，然后再依次插上月季、香石竹、菊花、百合。

辰看她从花桶里抽了枝百合出来，就说："这些百合挺好看的。"

她点点头，说："这是香水百合，通常百合花的瓣上都是有斑点的，而香水百合的瓣却是纯白的，干干净净。"

"我觉得，这花像我，"辰说。

嫣然听了，笑他，这么自恋。

两个人安静了一会儿，她说："你会真的喜欢一个人吗？"

辰抬起头看看她，说："你怀疑我的真心？"

她摇摇头："我觉得我太普通了。"

他看着她："我就喜欢普通的女孩。"

嫣然笑了："你瞎掰吧，哪有人喜欢普通的。"

辰说："我读幼儿园的时候，喜欢过一个女孩子，非常喜欢，每天一放学就在家里跟我母亲念叨她。我母亲很好奇。有一次，她到学校接我时，特意去看了看那个女孩，结果很失望，那个女孩子太一般了，既不漂亮，又不活泼，之后，有好久，我母亲都担心我长大后找对象的眼光会太差，担心我会找个没品位的。"

嫣然说："既然她那么普通，你为什么会喜欢她呢？"

"我没有跟我母亲说过，在幼儿园里，那个女孩子，是第一个在我哭的时候牵我的手慢慢安慰我的人。"

辰停下来，认真地看着她，说："就像现在一样，和你在一起，我也有那种心里很舒服的感觉。"

嫣然听辰这么说，心里暖暖的。

三

嫣然 22 岁的生日是和辰一起过的。那个冬天的傍晚，天特别的冷。他来接她出去，事先并没有告诉她要去哪里，只说要带她去一个地方。

当嫣然走进那个布置得像宫殿一样的溜冰场时，有好一会儿，站在那里傻傻的。

那是她第一次去溜冰场，那么大一个地方，装饰得明亮甚至耀眼，让她很意外。她以前从来没有想过，只隔她花店三条街远的地方，居然有这样一个热闹的去处。好像有人在这里举办生日聚会——那些彩带在灿灿的珠灯下鲜艳夺目，出口处几个大大的红气球上分别贴着几个黄色的大字——"生""日""快""乐"。让嫣然觉得，自己好像是站在电视剧的某个场景里，没有真实感。她的眼睛四处寻找，想看看哪个幸运的人是今晚的主角。

见辰来了，那些在场上的年轻人都滑了过来。

辰回头问嫣然："你玩不玩?"

嫣然摇摇头说："我不会。"

"要不要我教你。"

"不要，我怕摔。"

"那你等我一会儿。"

他去穿了溜冰鞋，一下子滑进场里。不一会儿，那些溜冰的人就接起了长龙，辰当龙头，他一抬右脚，后面的人就都跟着抬右脚；他一抬左脚，后边的人又都抬左脚。他们哗哗哗溜过来，哗哗哗溜过去，随意而帅气，那些人在滑过嫣然身边时，向着她齐声说："嫣——然——小——姐——生——日——快——乐。"他们在溜冰场上空回荡的笑声让嫣然心如鹿撞，她有点不敢相信，在她的生命里，也会有一个人悄悄为她做这些事。她的内心一片柔软，静静地看他们滑。过了片刻，他们就各自散了，辰一个人还在那里玩，他舒展又回旋，身姿是那样的飘逸，让她心动。他滑着，忽然到她的面前来，溜冰鞋撞在铁栏杆上轻轻的一声。他离她那么近，她能清楚地听到他的呼吸。他微笑着从外衣兜里取出一只精致的小盒子，打开来，里面是一串象牙项链。

他说："这串项链是我上次去云南时带回来的，你戴上一定好看。"

她笑了，说："这么贵重的礼物我怎么敢收？"

他说："你不能拒绝，这是我头一次送东西给自己喜欢的人。"

她看着他认真的样子，笑了。

"我帮你戴起来吧。"他帮她把项链戴在樱红色的高领毛衣外，挨她很近的时候，温暖的气息吹在她的发梢上、脸上，让她觉得心动，她偷偷地期待他能吻她。

他似乎听到她心里的话，果真将脸偏过来，轻轻地吻在她的唇上。

她脸上烧得厉害。

很多人朝他们看着，起哄……

从溜冰场出来的时候，他拉着她的手，轻声问她，还需要什么礼物。

她捂着脸，很高兴地说："我要一碗长寿面，加一个煎得黄灿灿的荷包蛋。"

他笑了笑，摆出皇帝的架势，说："就这么点要求？好吧，朕准了。"

她看着他，靠过去，将手插进他的风衣口袋里，他将她的手握了握，好暖。

她没有想到，他竟然是这样心细的一个人，比她任何一个家人都要好。她在心里想，这样一个人，无论将来如何，即使变心了，不再爱她，她也会把他存在心里一辈子。她偏过头看看他。他不知道她心里在这样想，将她的脑袋搂过去，三下两下把她的头发揉乱了，然后说她："懒姑娘，头也不晓得梳。"两个人的笑声在夜色中升得好高好高，高到星星那里。

暗
伤

四

天气一直那么冷，有时候，嫣然拿花的手在冷风里被吹得木木的。可是，她总是笑着，她常常觉得心里存着很多话，却不知道该跟谁去说。她从来不知道，牵挂着一个人的感觉居然是那样的。每一个到她这儿来买花的人，在买花的同时，也被她的笑感染，会带一份好心情回去。

她每天都忙，只在深夜关了店门到小阁楼上休息时，才能自在地想一想辰，有时候也和他通一通电话，那通常是他打来的。他在那头问："忙完了？"

"是呢，刚洗完澡，正吹头发呢。"

"你下来，让我闻一闻头发的香。"

她的心便直跳，说："你在哪儿呀？"

他说："在你楼下啊。"

她笑着说："你骗人。"说完，放下电话，走到窗边扯开窗帘，果然下面没人。

等她再拿起话筒，听见那边笑了。他说："那么容易就被骗，你是很想见我吧。"

她有些不好意思，说："我以后再也不相信你了。"

他在那头笑着道歉，说："我是怕你睡觉前忘了关窗。"

她心里甜丝丝的："这么好，你会不会三五更的时候，再来敲一敲锣，提醒我：'天干物燥，小心火烛。'"

他笑了，说："如果姑娘你有需要，小生愿意效劳。"等了一小会儿，又问她："我上次给你带的那个披肩，怎么没见你用啊？"

"我舍不得。"

"有什么好舍不得的。如果你喜欢，我每次出差都给你买一块回来。"

她笑了。

他顿了顿，还是说："过些日子，你愿不愿意来见一见我母亲？"

她故意装作想一想的样子，听他那边在着急，她有些忍不住笑，她觉得他有时候也有一点傻傻的，他难道还不知道她的心意？她当然是愿意的，只是心里有一点点不安，怕他母亲会不喜欢她。

他听她不吭声，便说："你放心，我母亲是一个很和善的人。下次见了，你就知道了。"

她答应了一声。

他又说："累了一天了，快去睡吧。"说完在那边吻了她一下。

虽然不是真的吻，但是，嫣然还是觉得周身暖融融的。她不知道别人都是怎么谈恋爱的，而她自己，只要和他在一起，无论做什么、说什么，甚至静默，都让她觉得是那样的好。

他说："你先挂吧。"

她说："嗯。"却拿着话机不放。

他说："怎么还不挂。"

她说："我舍不得。"

他在那边，久久的，叹息了一声，说："你真是傻，怎么会有那么多的舍不得。"

说完，才轻轻将手机给关了。

她晚上睡下的时候，将他给她的披肩围在身上，贴住脸，在甜蜜里，渐渐入梦乡去。她喜欢这样慢慢让爱情装满整颗心。

五

春节前几天，辰却感冒了，咳嗽又发烧，怕传染给嫣然，就只好忍着不见面。

他在电话里跟她说："我这是相思病。几天不见你，就又是感冒，又是发烧的。"

她笑笑，说："就知道嘴巴上抹蜜。"

辰说："这些日子在家里待着，倒是让我有时间专门去做一件事。"

嫣然有些好奇，问："什么事啊？"

辰说："我去年春天曾经在西部一个小学支教。那儿真是美，周围青山环绕，站在操场上，闭上眼睛，可以听到风吹动松树枝叶的声音，哗啦哗啦；无论白天黑夜，满鼻子都是梨花、杜鹃花、野樱花、野灌木的清香。"

嫣然听他说得陶醉，就笑着说："还想再去吧。"

辰说："当然。不过，那里的孩子们太让人心疼了，他们每天上学放学，都要走上两三个小时的山路，天还没亮就得从家里出来。每天中午，八九十个学生一起，在两块大石头搭起来的大灶上做菜煮饭，菜里没有油，没有鸡蛋，也没有肉。因为长期营养不良，他们一个个都是那样的瘦小，可我从来没有听他们抱怨过。他们总是乐呵呵地摘了一大捧一大捧的杜鹃花或别的野花来偷偷放在我的宿舍门口，把我的宿舍打扮得像一个宫殿。有时候，他们还会带来家里酿的米酒、红辣椒和黄玉米。一看到那些天真的脸，我就觉得心里发酸。我最近找了一些办企业的同学，说服他们成立了一个爱心基金，在那个学校建一个食堂。以后，每年年初都汇过去 20 万，所有在那个小学就读的孩子，都不用再为午餐伤脑筋了。他们不用带饭带菜，每天在学校都有饭吃，有蛋吃，也有肉吃，他们一定会很高兴吧，一定会因为每天有蛋吃有肉吃而更加喜欢读书。你说是吧？"

嫣然听他说得那样开心，也替他高兴起来，她对着那边轻声说："你真是做了一件了不起的事，你的朋友也都是些好人呢。"

他笑笑说："那当然，不是说'近朱者赤，近墨者黑'吗，你以后会发现我越来越多的优点，开朗、爱清洁、做事勤快、对待感情专一……"

嫣然听他这样一顶一顶地给自己戴高帽，禁不住笑了。

除夕那天上午，嫣然关了店门回家。

到家时，母亲正在厨房里做菜，父亲坐在沙发上看电视，边上放着他的拐杖。那场大病后，他成了半边身子不利索的人，脑子也时好时坏的。看见她拎着行李箱进来，也不知道打声招呼。弟弟在一边，低头玩手机，听见门响，抬头看看，见是她，就又低头玩他的游戏去了。嫣然将一大袋子好吃的年货放在客厅的茶几上，又打开行李箱拿出一根银灰色的围巾给父亲围上，就去了厨房，将年前积攒下来的钱都交给母亲。母亲接过她手里的钱，数了数，小声咕哝："怎么才这么一点。"

嫣然忍了忍，没忍住，说："妈，我到底要怎么做你才能满意？你知道的，我也不止给家里这点钱的。家里所有的开支，包括弟弟的学费、伙食费，还有去年以来你和爸的医药费，不都是我拿出来的吗？我到现在，连一个手机都没有，弟弟他一个处处伸手的人，却换第二个了。"

她母亲放下手里的钱，说："怎么脾气越来越大了？这么点钱给我，还不许我说说？你弟弟在外面读书，吃的穿的用的，太差了不是给人瞧不起吗？你又不到哪里去，手机有什么用？"

嫣然噎了一下，回头看看父亲正将脖子上的围巾解下来，她不知道这是做什么，就过去问她父亲："怎么啦，爸？"

她父亲说："我不冷，给我儿子围。"

正兴高采烈地玩着手机的弟弟不耐烦地说："爸，你烦不烦，这么老土的围巾，我才不要呢。"

看看母亲不吱声，嫣然觉得自己心里愤懑，就冲弟弟说："你有点孝心好不好？怎么跟爸说话。"

听她这么说，弟弟一把扔了手机，说："刚才还好好的，怎么你一回来就让人生气。"

弟弟的话让嫣然气得发抖，她说："我没什么对不住这个家的，我连读书的机会都自己放弃了，你们还想叫我怎么样？"

"你是长女，这么做不是应该的吗？"母亲还在厨房里，听见她的话，把脸伸出来说："我小时候，还不是一样，家里有困难，什么机会都让给你舅舅，我还不是什么都没说。"

弟弟说："好了好了，姐，我知道你辛苦，但是你不要太觉得委屈，我们班里同学，有姐姐的，都是姐姐给买的衣服。他们可都是买高级名牌的衣服，比起他们，我的差远了，我也没有挑剔过什么啊。"

嫣然气得说不出话来，将刚拖进门来的皮箱拉起来就走。门被风吹的，在她身后砰的一声巨响。也没有人伸出头来喊她回去。

走在路上，风吹得脸、手生疼。

回到店里，站在镜子前，才发现自己一直在哭。

她打了一个电话给辰，电话拨通了，她却没有说话，她的心情还没平静下来。

他在那边问："是在哭吗？"

他这么一问，她心里堵着的地方像忽然找到了一个缺口，眼泪哗哗地下来……

傍晚的时候，漫天的雪花飘起来，一朵一朵，随风飞扬，飞扬……没有人来，嫣然坐在门口的矮凳上扎了一个花束。粉玫瑰一朵一朵排成心形，那美丽的星星一样的小碎花，使整颗玫瑰心看起来那么柔和。

一抬头，就见辰在门口站着。虽然他戴着帽子、口罩，但，她还是知道是他。

嫣然有些意外，站起来，问他："你怎么来了？感冒好了吗？"

他没有回答她，只是问："你在电话里哭，为什么？怎么没回去过年？"

他的关心让她心里的委屈消了大半，她跟他说："我在家里待不住，就出来了。"

他说："是在家受委屈了？"

嫣然看着他，没能忍住，攀上他的肩，在他的脸上亲了一下。虽然隔着口罩，但是，她还是感觉到他脸上烫烫的。

辰静静地站在那里，然后，把她扯进怀里，叹了一口气说："这感冒真是磨人。老想它好，它却老是不好。"

嫣然笑了。被他拥抱着，她忘了脸上的泪。

六

辰的感冒从低烧到高烧，从高烧到低烧，低烧好了以后，咳嗽还没有好，又治了半个月才完全恢复。这期间的一个月，他与嫣然都没能见面。嫣然觉得，时间一下子变得漫长了起来，一个小时，再一个小时，上午、下午、白天、黑夜……她觉得自己总在等待，等辰的电话，等辰过来，这等待里还有担心。这样的等待是她生命里不曾有过的。她每次想起，自己也有了可以惦记的人，心里总是有些不平静。她有时候会想，他到底有多喜欢她呢，因为怕把感冒传给她，居然能忍住那么久不来见她，可是一听到她受了委屈，就又不顾天冷身体不适跑过来看她安慰她。她这样想着，眼前浮现他的笑脸。她喜欢他把她的手放在他的手里，再一起揣进他的衣兜，像所有热恋的情侣一样。

弟弟开学后回学校去了，回去之前只给她打了个电话，他在电话里说，只要他找到家教的工作，以后就不用麻烦她寄钱了，前一个学期的钱他以后也会想办法还给她。她在电话里听她弟弟这样生分地跟她说，心里充满了痛，这个唯一的弟弟，居然拿这样的话伤她，可以想见，她的母亲究竟是怎么跟他说的。这两年，她克扣着自己，为了家庭做出的牺牲，他们居然可以完全丢之脑后。她一个字都没有说，就把电话给挂了，却在挂了电话之后，痛哭了好久。她想不明白，明明是她的母亲、她的家人，却为什么总是那样强硬地对她，好像不管怎样都是她的错，让她觉得郁闷……不过，她现在已经不再像从前那么难受了，因为在她心里，已经装进了许多更重要的叫作幸福的东西。

那天黄昏，嫣然包完一个花束，觉得有些累了，就靠在躺椅里，把头枕在手臂上，想休息一会儿。一偏头，就见辰站在那里。

蓦然见到他，嫣然有些不敢相信自己的眼睛，她呆呆地站起来。

他看上去瘦了许多，脸色也不是很好，但他的笑容是那样的灿烂。他走过来，紧紧地把她拥在怀里。

她听见他轻声说："现在终于不用只是想你了。这么多日子，对我来说简直是煎熬……你知道吗，这些日子，我想明白了一件事。一个人，来到这个世界，能遇上自己喜欢的人，是一件多么幸福的事。"

嫣然趴在他肩头，感受他拥抱的力度，她开心地哭了，问他："你都好了吧？"

辰说："一见到你，我就都好了。"

辰又开始上课了。请病假那么久，重新回到学校，他的事情很多。但是，他每天总会抽出时间打电话给嫣然。

那天，他在电话里跟她说："过几天我和母亲要去扫墓，你愿不愿意去？是我母亲的意思，她说要带你一起去的。"

嫣然有些紧张，不敢一下子答应。

他在那边温和地说："你不要担心，我上次不是跟你说过吗，我母亲是极好说话的人，她提出这个建议，是因为她已经在内心里把你当成我们家的一份子了。"

清明节那天，辰与母亲一起，带着嫣然去山上扫墓。他让母亲和嫣然一起坐在后排位子上。辰的母亲微笑着，一路上，和嫣然说了一些辰小时候的趣事。他的母亲说："我们家辰从小就很怕羞，像一个姑娘，小学三年级的时候，有一次上课，很想解小便，又不敢举手，结果就尿裤子了。他们老师打电话给我说：'辰妈妈，辰同学尿裤子了，你快点拿干净的裤子来给他换上。'吓了我一跳呢。"

辰妈妈说："快30岁了他还没有女朋友，我都担心死了。"

辰的妈妈还说："辰父亲和我一向感情很好，他是一个很顾家的人，所以，辰以后也会是一个重情的人，会待你好的。"

辰笑着说："妈妈，您歇会儿好不好，不要逮着了就说个没完，把我小时候的糗事也给晒出来。"

他们都笑了，嫣然心里充满了暖意。

辰的母亲说："等你们有了孩子，我会帮你们带的，以后如果我老了，也不会拖累你们，我会和我的朋友一起，去养老院养老。"

嫣然望着她，说："您一个人把辰带大，吃了很多苦，我以后一定会像辰一样孝顺，我们要一直在一起。"

辰的母亲看着她，欣慰地笑了。

辰父亲的墓前，有一棵高大的梨树，正是花开时节，山风吹过，雪白的梨花纷纷扬扬，一片片像落雪。

辰献上鲜花，他母亲在一边说："孩子他爸，我带着嫣然来了，你看看吧，她是我们家的儿媳，是个好姑娘，你可以放心了。"

嫣然听她这样说，心里暖暖的，感动的泪水湿了眼眶，辰在一边将她拥在怀里。

那天扫完了墓，已经快近正午了，他们开着车往外走，在经过农家一个猪圈时，一只小猪唰的一声跳上来，将两只前爪搭在栏杆上，朝着他们的车直叫唤。辰看了，笑起来，偏头，问嫣然："它跟你打招呼呢，你认识吧？"嫣然笑着说："这世上还有人不认识猪吗，我奶奶在世的时候养过好几头呢。"辰又问："那你有没有看过猪赛跑？"嫣然说："这倒没见过。我只见过杀猪、喂猪，我还煮过猪食。"

辰说："什么时候我带你去美国、英国或泰国看看，那里有专门的猪赛事，每头猪身上都穿着运动服，标着 1 号、2 号，它们也都有自己的名字，佩吉小姐、史努比、布兰妮、克林顿、希拉里……"

他这样说着，辰的母亲和嫣然已经笑得弯了腰……

许多年后，这一幕还在嫣然的脑海里闪现。每次想起来，嫣然都觉得笑声还在耳边回荡呢，可是，如今，周围是那样的安静，这不像是真的。她有时候会怀疑，辰这个人是不是她单调愁闷的生活里想象出来的一个人。可是，他给她的围巾还在，他给她的象牙项链也还在呢，这些总是提醒她，她曾经的爱和痛，都是那样的真实。

他们是在扫墓回来的路上遭遇车祸的。一辆醉驾车撞上了他们的车。

嫣然在医院里昏睡了一天一夜，第二天傍晚，她醒来的时候，仍觉得昏昏沉沉，头痛欲裂。他们告诉她，辰已经送到殡仪馆去了，他的母亲就躺在隔壁的病床上，因为伤心过度，已经昏过去多次。

嫣然一声不吭地躺在那里，谁跟她说话她都不回答，她拒绝吃饭，也不睡觉，好像她已经死去，她不去隔壁看辰的母亲，她希望这只是一个噩梦，希望这一切都不是真的。她想起他第一次见她时的样子，想起他递过来一朵含苞待放的白玫瑰，脸上微微局促的笑意。想起他在冷风里，帮她戴上那串洁白的象牙项链。他的气息是那样温暖。好像就在昨天，她不相信他已经去了。他怎么可以抛下她呢？难道不知道她会没有白天黑夜地想他？直到辰的母亲过来。她们互相看着，她的脸是那样的苍白，辰的母亲也是，是那样的憔悴和忧伤。嫣然心里酸酸的，她说："妈妈，辰呢？我要他回来陪我。"

辰的母亲过来，抱着她，说："我可怜的孩子。"

两个人失声痛哭。

七

嫣然坐在床头，手里拿着那串象牙项链，链子上有许多濡湿的痕迹，那是她的眼泪。这个她放在心里的人，永远也不会回来了。一想到这，她便心痛起来，她还没有为他洗过一件衣裳，还未为他做过一顿早餐呢，她还想为他生一两个孩子……总以为以后还有长长的岁月，她可以一件一件慢慢地做。没想到，才一瞬，竟都成了过去……

辰去后的第二年清明，嫣然做了一个梦。梦见他回来，在她的花店里，他从那只高腰的花瓶里抽出一朵香水百合，拿了一支笔，慢慢在花瓣上写了几个字，递过来给她，她看见，他写的是：再见嫣然。

她忘了他已经去了，就傻傻地问他为什么要这样写。

他说："没有正式道别，心里一直留着遗憾。"

嫣然心里一阵痛，她说："你不要跟我道别，我要你一直在这里。"

他不回答她，只是叹息了一声，默默地将花撕成一瓣一瓣，将它们一一放到嫣然的手心里，她重新读到的是：嫣然再见。

然后，他轻声对她说："我得走了。"

他快走到门口时，回头看了她一眼，他的眼光那样温暖、柔和，充满了怜惜和不舍。

她看着他出去，又看着他的身影慢慢走远，消失，心痛又惶急。一挣，就从梦里挣醒，再也不能入眠。嫣然知道，辰已经不在这个世界上了，他曾给她的灿若流星的爱和幸福，再也不会因为她心痛的想念而回来。她压抑着哭，哭得肝肠寸断……

八

每年的清明节，嫣然总会用那散发着清香的百合扎一个花圈。与辰的母亲一起去墓园看他。

三年后，辰的母亲也在哀伤里去了。去之前，她一直住在医院里，嫣然帮着她把房子、辰的车，还有别的财产全卖掉了，将八十多万元全捐给了辰曾经支教过的那个小学。

嫣然只拿了几张辰和他母亲的合影照，装在镜框里，竖在床边的小柜子上，每天跟他们说说话。

她还开着花店，但是，每次她在往婚车上插玫瑰的时候，总是不知不觉地落下泪来，她的眼泪那么多，那么多，落在花瓣上，像露珠一样晶莹，但那晶莹的露珠一样的泪，是苦涩的。屡次被人看见，有人便怪罪她，嫌她晦气。来她店里装饰花车的就越来越少。

直到有一天，嫣然花店的招牌被人给拆了，才有人想起嫣然，可是，没有人知道她去了哪里。

她一定是在别处生活着吧，就像那些脸上含笑、心怀伤痛的人一样，坚强地生活在别处的人群里。

有时候，生命是由许多哀伤堆积而成的，那些哀伤每日只会增多。而我们渺小如蚁，无法阻止，无法逃离。

独来独往

近来他的心情不太好。

这天他比往常早半小时到单位。刚坐下，馆长也到了。馆长在经过他办公室门口时站了一站，然后对他说："你把这走廊扫一扫吧，上午省里的行风检查团可能要来，清洁工请了一个星期的假还没回来，这走廊脏得也太不像样了。"

当他拿着扫帚很笨拙地一遍遍划过地面时，同事来了，冲他嚷："你会不会扫地，连水也不洒。"

他没吱声，装作没有听见的样子。

其实，他真想扔了扫帚，冲过去揪住那个人的衣领说："是啊，我不会扫，你会扫你倒是来扫啊。"

可是，这个场景只在他的脑海里演绎了几遍，他一个字也没说。

上午检查团来的时候，他坐在自己的办公桌前生着闷气，没有起身打招呼，也没有像别的同事那样主动递烟什么的。这天是周一，下午的周前会上，馆长沉着脸说："这次评议，我们单位本来是可以通过的，可是行风检查团的同志说我们是文化窗口，有些同志欠亲和，而且卫生也没搞好，所以决定暂不通过，半个月后还要复查。"

馆长的脸上结了冰，他停了一小会儿，又说："尽管我解释了有些同志并不是我们单位的正式员工，但省里领导还是不肯通融。我们有些同志要好好检讨自己，行风不达标，我们这一年就都白干了。砸了我们的牌子，就等于砸了他自己的饭碗，既然我们可以聘用他，当然也可以解聘他。"

他听了这话，吓了一跳，然后低下头沉沉地叹了一口气。

他的叹气声在安静的会议室里像刮起了一阵旋风。

他边上同办公室的女同事菊悄悄在桌子底下用脚踢了踢他，他这才意识到自己失态了。

果然，他听见馆长夸张地笑了几声，问他有什么意见。其他人都幸灾乐祸地瞧着他。一时间他觉得很难堪。

散了会回到办公室，菊扯了一张纸，写了一句什么，然后递给他。

他拿起来，见上面写着：有几个老同志说你没有基本的礼貌，所以才投了反对票。

"这些老家伙真难缠，"他说："没事就爱到处晃悠，再给别人挑刺找麻烦。"他想了想，又问她："你是怎么知道的？"

菊却不理他，且哼起歌来。

他觉得莫名其妙，待要再问，就见馆长阴着脸站在门口。

他顿时噎住了。

夜已经很深了，他却要到街上去。他没有深夜上街的习惯，而且，通常在这个时候他也应该睡了，可是，他前两天才买的那支水笔坏了，那支笔刚才从写字台上滚下来，跌在地上，笔头缩进了笔管，再也不能为他服务了。

他无奈地站起来，从椅背上取下他那件烟灰色的西服。在这间二十平方米的居室里，除了衣橱、写字台、床及这把旧椅外，就再没有别的。去年他和女朋友还好着的时候，她曾搬来过一盆枝叶亭亭的夏威夷竹，让他的住处有了一些生气。可是他总不记得浇水，也没有搬它出去晒太阳，它就蔫掉了。这让他的女朋友很生气，她对他说："这盆花是我送给你的，我以为你会像照顾我那样好好照顾它，可看来我是错了，你并不爱我，对吧？"

之后她就不再到他这儿来了。他很有些不以为然，自从那天女朋友生气走后，他没有主动去找过她。起先的时候，他想，不就是一盆破竹吗，因为这么一丁点儿小事就会跟他闹来闹去的女人，怎么可能会跟他一辈子。反正迟早要分，那还不如早点分，长痛不如短痛。而且，在长时间的冷战后，他又想明白了一些事，他既不能为她提供优越的生活，又不能给她想要的属于自己的房子、车子。就算他这次低头把她求回来，迟早她还是会离开的，所以他忍着，什么也不去做，早在内心里将他和她之间画上了句号。

可是，虽然这么想，有时候他心里还是会有一点点的难受。他和女朋友交往已经有两年了，两年的光阴里，她给他留下许许多多的记忆，他们曾在一起做过太多的事，那些记忆常常猝不及防地回来，包裹着他，让他感觉到自己的孤单，像是一个被遗弃的人。

虽然已是暮春了，街头的风仍然有些冷。他望过去，对面街上的文具店竟然还开着门。他走过去，在玻璃柜上的笔罐里慢慢给自己挑了一支水笔。

付钱时，他玩笑着说："老板真是好运气，这么晚了还能做到生意。"

老板没有看他，只是很漠然地说："我是无所谓的，因为晚上睡不着，才守着店。生意好坏是不会差你那一点的，再说，你现在不来明天就会来，你现在来了明天就一定不来了。"

那倒也是，他想。

出来的时候，他才发现店门口靠左十余米处不知何时竟支起了一个烟柜，坐在那里的显然是一个姑娘，在灯光里看去，她的皮肤不是很白，但她有一头很润的头发，在灯光下闪着油亮的光泽。

见他注意她的烟柜，她笑了，露出两颗洁白的虎牙，远远地问他："要买烟吗？"他点点头走过去，忽然想起已经身无分文了，于是不好意思地摇摇头说："对不起，我忘了带钱了。"

"没关系，"她说："我见你从对面那个弄堂里出来，你就住在对面是吗，烟你先拿着，钱可以改天再给的。"他想了一想，于是点了点那包"三五"。她问："是'三五'吗？"他说："是的。"临走时他又说："烟钱明天准送来。"她好脾气地说："不急。"

到弄堂口时，他下意识地回了一下头，见那女孩竟推着烟柜走开了。他觉得有些奇怪，好像她一直等在那里等到十一二点就是为了等他来买那包烟的。

第二天，他在财务室门口转了几圈，却没有一点动静。他本来是想问一下工资的事的，可是他终于还是忍着没有吱声，他一直都是一个很要面子的人。

直到三天后的中午，他才冒着大雨将钱送去，虽然撑着伞，雨水仍将他的风衣淋湿了。

她换了件嫩黄色的绒线衫，还将头发梳了两条小辫，辫梢上扎了两只浅紫色的小鸭，这让她看上去既文静又俏皮。

她坐在屋檐下，头顶上的遮阳棚刚好可以遮住她。见了他，便笑笑地招呼："嗨!"她看上去有些高兴。

"实在对不起，"他说："出差去了，所以没能把钱送来。"他说完这话，忽然意识到她这两天一定是没少盯着弄堂口看，他那么高的个儿，她能看不见吗，他不禁脸红起来。

"我知道你不会是骗子。"她说。

他笑了，稍微减了些窘意，然后问她："那天晚上为什么我刚买了烟你就走了?"

她说："那是我第一天做生意，总不能一点收获也没有，所以我一直等着，这几天也一样，结果总会有人来向我买烟。"

他听了她的话，觉得她有些可爱，就笑起来。

自那以后，他常常去她那儿，照例要的是"三五"，有时一包，有时两包，不过要两包的时候并不多。

气象新闻说梅雨季节来了，果然，接下来的好多个日子一直不停地下雨，空气变得潮潮的。

那天，当他在她的烟摊上买了一包烟正要离开时，雨竟然又从天上蓦然下来，于是他对她说："我没带伞，只好在你这儿躲着了。"

"躲吧躲吧，我又不收你钱，躲躲又有什么关系。"她笑着说。

她的笑声像雨一样滴滴答答落在地上，溅起清脆的回声，这让他有一些愉快。然后，他听见她问："昨天中午跟在你后面的是你的女朋友对吗？真漂亮！"他看了看她说："那是我以前的女朋友，现在不是了，昨天她是回来拿一些旧东西的。"

她笑起来，摇摇头说："你们吵架了吧，一定是你不对，你们男的根本不懂女孩子的心思，却总是自以为是。"

对她的话他有一些惊讶，他凑上去仔细地看着她，轻声说："男女之间的事你也懂？"

听他这样说，她脸红了，却笑起来。

一会儿，她又说："我看你们挺相配的。"

他说："是吗？那有什么用呢，你不知道我是很穷的，一个月千把块工资，除了吃饭，交房租，买两件当换的衣服，剩下的就都抽烟抽掉了。"

她说："你真的很会抽烟吗？我觉得你和那些经常到我这儿来买烟的人不太一样，他们的牙齿是黑的，他们的手指是黄的，你却一点也不。"

"是吗？"他说："我是搞创作的，我得花很多时间和精力才能完成我的作品，我在构思的时候常会抽很多很多的烟。你看，我工作快三年了，虽然我的牙还是白的，我的手指还是干净的，但是我的肺一定不太健康了，那里面一定像小树一样生出了许多黑色的枝杈。"

"你说什么呀！"她咯咯地笑着，很开心的样子，他也情不自禁地笑起来。他听见她说："我爸都快六十了，抽了一辈子的烟，也没听他说哪儿不好呀！"

他听了，很认真地说："你爸是你爸，我是我。"

听他这么说，她把头歪了一下说："好吧，那么你这么辛苦，一定是需要人照顾的，你们为什么会分手呢？"

他看着她辫梢上颇有生气的紫色小鸭问："真想知道？"她点了点头。于是他说："假如你是一个男人，你能忍受你的女朋友每次跟你接吻跟你做爱都提钱吗？"

她的脸倏然红了，她低下头，讷讷地说："这算什么呢？"

他说："这就是商品经济，把女的都驯化成数钱机器了。"

他说完，顿了顿，然后望着她的窘状笑起来。显然，同她的交谈是让人愉快的。他觉得她不像是一个纯粹的生意人，每次和她说话，她总是那样笑模笑样的，那神态，看上去真像他的妹妹。于是，他关切地说："你穿得太少了，这样的天气还是应该多穿一些的，你瞧我穿着夹克衫，还有些觉得冷呢。"

她说："我是不怕冷的，一向不怕。"

他与她第一次谈了这么久，可是，这期间没有一个人来向她买烟。那些路过的人，撑着伞或披着雨披在街上来来去去，没有一丝要过来买烟的意思。她的生意并不好，他想。他原来还想说些什么的，但是见她似乎不想说了，便不好再说什么，这时雨小了些，于是他拿了包烟，回宿舍去了。

天不知不觉热起来的时候，为了防贼，单位走廊尽头的小窗被堵上了。房间里有空调，但是，人在过道上走的时候，就像在蒸笼里，汗一把一把的。这天刚到单位，还没坐下，馆长便拿了一叠厚厚的资料过来，对他说："这是邻近三个县文化馆以往的节庆资料，挺有特色的，你就参考一下，再结合实际，给我们单位今年秋季的文化节活动草拟一份计划，我研究以后得交到局里去批，要尽快赶出来。"馆长布置的这个任务弄得他很恼火，因为这个任务将他原来的计划全盘打乱了，本来他还有一些别的更重要的事想做。

一天下来，除了吃饭与上洗手间，他都坐在那里苦思冥想，他桌边的废纸篓里丢满了稿纸。他的房间里充满了烟味，这让他同办公室的新同事很不高兴，她整整捂了一天的鼻子，将鼻子都捂红了。下午下班他经过馆长办公室的时候，正巧听见她在里面诉苦。她说："真是受不了，一天下来一身的烟气，回家要洗半个钟头的头，再洗半个钟头的澡才能去掉那讨厌的味道，还要向家里人解释，真是倒霉透了。"

馆长打着哈哈说："克服克服，工作需要嘛！"

过了几天，他将计划书交给馆长的时候，馆长说："以后尽量不要抽烟了，应该学会照顾女同志嘛!"

他扬扬头，笑了笑说："她可以去别的办公室啊，她又不是我老婆，连我抽烟也要管。"

馆长见他这么说，便严肃起来，把脸一沉，说："真想不到你竟然这么难讲话。"

他见馆长的态度有些不同，便只好不说了，本来他在单位里就是不太说话的，他知道菊就是因为说错了一些话，前些日子才会被调到乡下连交通都不便的文化站去了。

在馆里，他和菊一样都是没有靠山的人，而且，显而易见的，馆长并不喜欢他们。单位里几个爱拍马屁的，平日里从不做事，有时间就陪馆长玩玩麻将，输些小钱给馆长，居然也在单位里人模狗样地混。他们都不太理睬他，他也懒得去理睬他们。他知道自己之所以能在单位里继续待着，主要是因为还有用得着他的地方，每年他总会为馆里捧回几个奖项来。菊曾有一次安慰他说："别不平衡，能者多劳嘛。"

菊在单位里是管收发信件的，能力谈不上，但她是这个单位里唯一能和他说上两句话的人。菊走的那天，他一个人送她到车站。菊推心置腹地对他说："三年的试用期就快到了，能不能续聘还是未知数，如果实在做不下去，就趁早走吧。你是一个有才华的人，就这样被这些平庸的人支使来支使去，我看了都觉得可惜。何况，这样熬着，有没有出头之日都是很难说的事，应该到别处环境宽松一些的单位去碰碰运气。"

菊的话让他心里很温暖，他承认菊说的有道理，他不是没有想过要离开，可是，谈何容易。他的履历表都放在人才交流中心快两年了，却连一点消息也没有。新出炉的大学生实在是太多了，一茬接着一茬，没有人会想到他。

接下来有好长一段时间，他在单位里都忍着没有抽烟，实在憋不住了，就拿烟在鼻子下闻闻，难受得要死，可对面的女同事仍然没有一丁点儿领他情的意思，走进走出都耷拉着眼皮，瞧也不瞧他。他便在心里骂她，地主婆，死三八。

那天轮着双休日，在宿舍里待着无聊，他便慢慢踱到街上，站在梧桐树阴下。梧桐树叶密密地遮住了天空，只在有风的时候，阳光才懒洋洋地从叶的罅隙里漏下来一点。

他站在那里，漫不经心地望了一会儿，然后，看见了她，他慢慢过去，对她说："你知道吗，这段时间我真想回到乡下去，我已经腻味城市了。我还是喜欢乡村小道，喜欢田垄上青青的麦子，喜欢那儿干净宁和的气息。不像这儿，人一群群拥挤在一起，真像是一堆堆涌动的蛆。"

她对他的话似乎有些奇怪，便说："你怎么啦，这儿不是很好吗？这个时候若在乡下，就该在田里干活呢，从早到晚，直到太阳下山的时候才能带着一身泥回去，不比城里人，总是干干净净的。"

他哼了一声，不再说了。

可是她又问他："你会跳舞吗？"

他点了点头，说："我只会跳很简单的交谊舞。不过是一个男人，一个女人，在黑暗里抱着走来走去，没什么意思。"

他见她瞪大了眼睛望着他，便问："为什么忽然问这个问题？"

她便说："我有三个最要好的朋友，一个在帮广告公司接业务，一个在帮保险公司接业务，还有一个仍在乡下种花，她们都会跳舞，她们都说跳舞有意思极了。"

他便很认真地对她说："她们在骗你呢。"

她愣愣地说："是吗？"

他说："是的，不过如果你真的想学跳舞，晚上到我的宿舍，我可以教你的。"

她没有回答，只是捂着嘴咯咯地笑。

他有一些尴尬，便在她的烟柜里拿了一包烟，拆了上面的玻璃纸，抽出一支来夹在唇上，摸出打火机来点着烟头，然后走开了。

晚上他去找她的时候她却不在。

她八成是把他看成那种不正经的人了，他想，心里便有一点点的失望。

他有好些天没有去她那儿聊天，后来有一天他远远看过去，见她烟柜里的烟明显少了许多，似乎生意不错。

他慢慢走过去，拿了包烟，可是，摸遍了口袋才发现忘了带打火机。他看了看她，她明白他的意思，却站在那里没有动，脸上是一副不高兴的样子。

他有些奇怪，就问她："你是怎么了？"

她沉沉地叹了一口气，说："现在的生意真是越来越难做了。今天我又收进了一张一百元的假钞，那个人还西装革履蛮神气的呢，真看不出会做那样的事。"

望着街上来往的行人，她又闷闷地说："如果那人再来，我是可以认得出来的。"

他说："那没有用的，谁会承认啊，如果他不承认，你就一点办法也没有。"

她呆呆的，很久没吱声。

他看着她难过得快要哭出来的样子，心里也有些难受起来，于是他说："不如这样吧，我给你五十元钱，你就只损失五十元了，这样你心里会好受些。"

她从柜上拾起他放下的一张崭新的五十元，很仔细地摸了摸，然后肯定地对他说："你真是个好人。"

他耸了耸肩，表示无所谓。

她停了一下，又说："但那是我自己的事，我不会平白无故地收你的钱的。"

他点点头说："我知道了。"他收起了那张很新的五十元钱，对她说："你不知道，我花了两年的时间好不容易才搞了一篇像样的长篇小说，居然没有一个编辑看好它，我猜他们一收到我的稿件就将它扔到废纸篓里去了。"

她看着他，听见他又说："不过，我还是相信，我一定会写出更好的作品来的，总有一天，我会成功的。"

她望着他那张烟雾包裹着的脸，说："你能这样想可真好。"

她的目光让他觉得亲切，他忽然觉得他们真像是一对同病相怜的人。

她好像有些开心起来，对他说："我跟你说过的，我有三个朋友，一个在帮广告公司接业务，一个在帮保险公司接业务，还有一个仍在乡下种花，她们好像都过得比我好，所以，等我卖完这些烟，我就不再卖烟了。"

他听了这话，很想跟她说些什么，但又不知道该如何说，他觉得心里有些空落落的，他很希望她一直在那儿，但这对她是没有好处的。于是，他对她说："那么你去种花吧！"

第二天下午，他从单位里回来的时候，发现她已经不在了，她那烟柜却还在，新装了一扇玻璃门，就放在文具店门口，从玻璃上反射的亮光照过来，刺了他的眼睛一下。

他很失望，竟然连个招呼也不打就走了。这几个月来，他们连彼此的名字都不知道，却像一对朋友那样说了那么多的话，谈他的工作，谈他的女朋友。她无疑是一个纯洁的女孩子。他怔怔地站在街头想，阳光一大片一大片地倾泻在他的身上。

后记：

这是我到小镇后听到的第一个故事。那些人，像浮萍一样来到这个地方，生活在本不属于他们的城市里，支撑着他们的，要么是理想，要么是爱情。可是，他们的理想常常破灭；他们的爱情，常常只是随水飘零的花朵，他们的身影常常是孤单的。夜深人静的时候，没有人来安慰他们的寂寞。

暗　伤

1

　　星期一上午，太阳已经升起来老高，小容还在镜子前面慢吞吞地梳头。她把辫子编来编去，编了好几遍，还是不满意，就干脆梳成了马尾。马尾有些散，她用手在龙头下接了一些水，将头发拢了拢。

　　她一点也不想去学校。她妈妈这两天一直对她唠叨，让她考试成绩一公布，就回来告诉一声。

　　爸爸倒是没有这么催，但是她知道，他不是不在意她的学习，而是这么多年，她在学习上从来没有优秀过，他是对她失望了。

　　小容的爸爸老方是蹬三轮车的，满大街跑，每次经过这个小城的重点中学门口时，里面的学生有要坐三轮车的，他从来不收钱。他好几次跟小容说："我就是佩服读书好的学生，能把书读好，那也是一种本事。"

　　虽然小容没有顶嘴，可是，爸爸的这种做法她却不认可。成绩好又怎么啦，成绩好就可以心安理得地忽视人家的劳动和付出吗？他好几次辛辛苦苦将那些学生送到目的地，他们当真拍拍屁股走人，一分钱不付，有些甚至连句感谢都没有。所谓的优秀生，不过是这么一副德行！

　　在小容看来，爸爸是个思想简单的人，有些事，还不如她一个初中生看得明白。爸爸曾明确要求她读书期间不准看电视，不准玩电脑。可是，他根本不知道，不看电视，和同学们就没有共同的话题可以聊，因为他们在聊《名侦探柯南》，在聊《花样男子》，在聊《恶作剧之吻》时，她一句也插不上。而电脑，除了玩游戏，还可以用来查资料的，学校还有电脑课呢，要求学生做 PS，做 Flash。不玩电脑，这一切怎么能学会？班上的同学还建了个 QQ 群，每个人都可以在里面尽情地说话、发牢骚，轻而易举便结成同盟。而这一切，全都和小容没半点关系。爸爸同样不知道的是，班级里的同学，几乎全有手机，他们偷偷拿手机刷微博、玩微信，生活过得充实无比。小容虽然不在乎这些，她一直觉得玩游戏纯粹是浪费时间，但是，有时候想想，就是因为自己的那么多不在乎，现在总是被人家排除在外。

小容的妈妈素云是个话不多的人。她成天在菜场里卖菜，每天出去得早，回来得晚。在菜场里站了一整天，应该很累吧，可是一回到家，打扫房间、洗衣服、做饭，一件都不能落下。小容常常觉得她妈妈生活得很累，却毫无意义，每天一个样，从蔬菜批发市场到菜场再到家，三点一线，从来不会变更，毫无乐趣可言。如果长大了只能像这样生活，那还不如不长大。

妈妈总是把一袋子从菜场带回来的钱放在桌上叫小容清点，小容知道，那是妈妈想借此告诉她生活的艰辛，让她上进呢！她每天睡觉前必做的事，就是将钱倒在桌子上，将纸币从大到小理在一起，将硬币、纸币一小堆分别装在几个小布袋里。这个事很简单，因为要数的钱并不多，有时是两百，有时是三百，四百以上没有几次，这里面还有一百元用来找零的本钱。小容每次告诉妈妈数目的时候，妈妈总是叹气，对她唠叨："要好好读书，以后考个好学校，找个好单位，坐在办公室里，风吹不到，雨淋不到，靠聪明脑袋赚钱，不要再像你爸和我，只能熬这样的苦日子。"

小容有一次玩笑地顶撞她妈："你上次不是说，王伯伯的儿子本科毕业了，找不到工作在家啃老，还说读大学也没有用，还不如你一个卖菜的实在吗？"

妈妈听了，气起来，冲她嚷："讲了几千遍让你好好学习，你听不进去，这样的闲话你倒是一听就记住了，你不读大学，你倒是说说看要去做什么？读个职高，然后整天在家晃荡，要么在工厂里卖苦力？你这么不求上进，将来谁会要你？"

小容没有回答，但她想自己不会四处晃荡混日子的，她也不想去工厂里做活。所有的功课里，她喜欢的只有英语。她是英语高手，还拿过省级比赛二等奖，她打算初中毕业去读职高，可以报考旅游专业，到时候做一个国际导游，天南地北到处跑，还怕不能养活自己？说不定还能嫁给外国人，从此在风景如画的干净地方过日子呢。

但是，这种想法她是不敢光明正大说出来的，妈妈如果听了这些，不晕过去才怪。

小容出门的时候，将放在兜里的钥匙取出来，在锁孔里转了两圈，上了保险。然后转过身，朝着门前的矮山深深地吸一口气。山上的树木从没有人修剪，翠绿的枝条肆意生长，野灌木一丛丛，一年里，有三个季节，野花烂漫地开，满山芬芳。树林里，常有清脆的鸟鸣从近处滑到远处去，拖出长长的尾音，让人觉得神清气爽。

小容家这里属于老城区，可是，和其他几个家在老城区的同学家不同，因为就在山脚，政府改造老城区的时候，把这里给忘了。所以，人家都住新房去了，只有她家还住在20世纪70年代建起来的一幢灰色的四层楼房里。

小容家在二楼，屋子里只有两个卧室，加一个小厨房、一个小客厅和一个小卫生间。但是，小容一点也不羡慕那些住宽敞大房子的同学。她非常喜欢这里清幽的环境，喜欢山上那些美丽的小鸟。她认得一种黄绿色的小鸟，知道它们的名字叫"暗绿绣眼"。那白眼圈的鸟儿，她不止一次看见过它们在枝子上戏耍。它们的歌声婉转清亮，似乎永远不知疲倦，每次邂逅它们，都让人觉得欢喜。

去年夏天，有个外乡人背着一团渔网上山，当时她还以为那个人是去山上捕鱼。山上有一个水库，挺大的，水很干净，常有钓鱼的人支着钓竿，在水库边从早坐到晚。可是，那天，当她悄悄跟在后面，看见外乡人将渔网罩在树与树之间，罩在野灌木上的时候，她才知道他的目的。她一点也不声张，悄悄回到家里，打电话给派出所，半个小时不到，就有人赶来抓走了那个捕鸟的人，没收了捕鸟的网。

为这事，小容开心了好几天——她喜欢看那些小鸟自由自在张开翅膀轻盈飞翔的样子。

山上的水库边是小容最爱去的地方，那里很安静，水清，却看不到底。有一次，小容搬了一块大石头扔下去："扑通"一声，溅起很沉闷的水花，似乎很深。

几乎每个周末，小容都会带着英语书或语文书到水库边看。水库边有一棵大银杏树，夏天的时候，树上千万片小扇子不停摇晃，坐在树下开着青苔花的山石上，清凉惬意。而在深秋，纷纷扬扬的金黄的落叶总会一夜间在地上铺起一层厚厚的柔软的地毯。小容觉得，这时候上山来坐在树下的自己，简直像个女皇。她常常仰着头，寻找某一条枝干的走向，一条一条，那些枝干极力延伸，直到交错掩藏到另一根枝条后为止。冬日里，正午的阳光透过枝叶照下来，小容闭着眼，感觉一只轻柔的小猫咪在她脸上偎着，加上风漫不经心地吹来一丝野草的气息和一两声鸟儿婉转的鸣声，这是小容最觉轻松的时候。她有时候会想，不知道那些小生灵，每天在枝头飞来飞去都吃些什么，吃小昆虫？小浆果？抑或小花蕊？反正不会像人那样俗气，要吃大米饭，要吃鱼，要吃肉，还要把菜放在油里炒啊炒，整个房间从厨房到卫生间到卧室到客厅，都是油烟味。

2

小容到学校的时候，早读课已经开始了。八（1）班的门口，班主任杨美美正在训一个迟到的女生。见小容过去，杨老师瞪了瞪她，说："你们家就这么穷，连闹钟都买不起？为什么又迟到？害班级扣分。"

小容低了头，轻声跟老师道歉，说："对不起。"

杨老师说："晚上放学了留下来罚扫地。"

看见小容她们进来，值日组长拿了粉笔在黑板上左下角写了她们的名字。小容她们班向来这样，早读课迟到的，都得放学后留下来罚扫地。小容最讨厌的事情就是扫地了，曾经有一次，她跟小欣抱怨："真是倒霉，为什么总是要我劳动改造，我犯罪了吗？"

这话不知怎么的，传到杨美美耳朵里，小容被叫到办公室去训了半天，连科学课都没让上。小容很生气，下课了，她回到教室，对着空气就骂："哪个告状鬼乱嚼舌头，将来生个儿子没屁眼。"

教室里没有一个人接话。小容又说："人心险恶，跟这种人做同学，真是我的耻辱。"

不知道那个告密的人是谁，小容想，一定不会是小欣。在这个班级里，小容只有一个最要好的朋友，那就是小欣。

小欣家里办了一个公司，她父母是做外贸生意的，家里柜子上常常可以看到美元、英镑甚至法郎，小欣个人户头上，光压岁钱就攒了十几万。

小容常和小欣一起玩，却不愿意去小欣家，小欣再三邀请也不去。小欣总是说："我爸妈待人可好了，尤其是对我的朋友。"

小容还是不答应。她在心里想，做生意的人，没有好讲话的，俗话说"无商不奸"，她觉得，越是会赚钱的人，就越是会算计，她讨厌会算计的人。

这个学期初的时候，小欣的妈妈给小欣生了一个弟弟，家里原先就有一个做家务的保姆，为了照顾好刚出生的小宝宝，另外又雇了一个保姆来，专门负责婴儿的一切，奶瓶要及时消毒，小宝宝的衣物要专门清洗，撒尿了、拉屎了，都要立即用清水洗干净……一家人忙得团团转。

小欣每次跟小容说起来，总会乐不可支，说她弟弟长得像个小葫芦娃，胖胖的，她有一次抱他，才一会儿胳膊就沉死了，差一点把弟弟扔在地上。说她爸爸妈妈想了好些日子也不知道该给弟弟取啥名，实在想不出，反正姓罗，就捡了罗贯中这个名字。

小容说："现在你们家也有一个罗贯中了，到时候看看，哪个罗贯中更厉害。"

小欣笑得捂住肚子。

课间的时候，小欣从座位上跑过来对小容说："晚上自习课结束后我帮你扫地。"

小容说："不用啦。"

小欣看她一脸不高兴的样子，就说："你渴了吧，我去超市，要不要帮你买瓶椰子汁。"

小容没吃早饭，这会儿也饿了，就从兜里找出五块钱给小欣，说："好吧，顺便帮我买颗乌龟巧克力。"

小欣拍了一下小容拿钱的手。

小容明白她的意思，就把钱又揣回兜里，说："那好吧，下次我请你。"

小欣跑出去了。

小容在心里记了记这个事，下次找个机会回请小欣一次。她不愿意让别人觉得自己和小欣好是自己想占便宜。

她从抽屉里拿出英语书，预习下节课要学的单词。

可是，小容却一个单词也背不进去，肚子饿得咕咕叫。

过了一会儿，小欣跑回来，对她说："我忘了问，巧克力你要白的还是要黑的？"

小容说："白的。"

小欣跑出去，过了会儿又跑回来，气喘吁吁地问她："白的没有了，黑的要吗？"

小容说："黑的就黑的吧，快一点，我饿死了，也渴死了。"

可是，过了一会儿，小欣还是空着手跑回来，不好意思地说："现在黑的也没有了，椰子汁这两天刚巧断档，要不要冰红茶？"

小容看着小欣沮丧的样子，再也忍不住笑起来。

晚上自习课结束后，小欣真的留下来帮小容扫地。小欣一边扫地，一边唉声叹气地说："一想到星期天家长会的事我就心里烦，为什么非要考试呢，期中考、期末考，没完没了的。"

小容听了，问："你们家谁厉害，你爸还是你妈？"

小欣说："当然是我妈，她好是挺好的，但对我的学习她要求很高。我上学期期末考排年级两百名，她还唠叨了半天，说我不够好，要我再上一点，争取上重点高中。现在，彻底玩完。"

小容叹了一口气，说："唉，如果我像孙悟空会七十二变就好了，要么化作一朵云飘走，要么化作一只小虫子飞走，再也不要见他们。"

小欣笑了，说："谁不想这样。化作苍蝇嗡嗡嗡，化作蚊子嘤嘤嘤。"

小容听了，笑起来，说："你就这么点志向？我才不要做苍蝇，也不要做蚊子，再不济也要做一只蜜蜂，可以被人类赞美。"

小欣笑着说："反正不要做癞蛤蟆就行，丑死了。"

小容也笑了："万一不巧，正好做了癞蛤蟆怎么办？"

小欣说："那我就躲在洞里面永远不出来。"

小容说："还是出来吧，人类需要你呢。"

小欣笑着说："要出来你出来，我就是不出来。"

小容说："看不出这只癞蛤蟆还挺倔的。"

说完，两个人一起笑起来。班级里同学都走光了，剩下她们两个。

小容说："还是快扫吧，不然你去寝室该迟了。"

小欣扫着地，说："我不明白，我们要学那么多知识做啥，我爸爸把生意做得很好，他也不用懂这些啊。上次我拿一道最简单的证明题让他做，他连题目都看不懂。"

小容说："只是为了中考呗。你不懂你就考不好，所以必须得学。"

小欣点点头，赞同她的观点。

小容倒不是怕爸妈说她，爸妈一向不怎么说她的，是她自己，怕看到爸妈一听到她的成绩就愁眉苦脸的样子。

扫完地，已经快九点了，小欣住校，小容和她在楼梯口告别后，就一个人往家走。大街上还有一些店铺在营业，灯火明亮。可是，二十来分钟后，拐到小巷里，就仿佛忽然进入了黑暗的世界。从这里开始，一直到家里，只有寥寥的几盏昏暗的路灯，每盏灯都隔了好长的距离。迷宫一样的小巷，忽明忽暗，神神秘秘的，似乎藏有鬼魅。这里曾经发生过一两次不好的事，所以，小容爸爸老方就总是带着手电筒来小巷口接她。从这里回家，比从大路走要近三分之二的路程。

小容心里发虚，跟在爸爸身后，说这次期中考，全班同学都考得不理想。爸爸没吱声。小容跟着他跳过一两个水洼，出了巷子，走过一座石头桥，家就到了。山影黑魆魆的，风吹来，野草簌簌作响，小容觉得有些冷，赶紧跟了爸爸进屋。

爸爸把小容刚才跟他说过的话又跟妈妈说了一遍。妈妈听了，叹了一口气，说："八成是知道成绩了吧，都没脸说是不是？也知道不好意思，怎么平时不用功。"

小容说："我也用功的，可是我学不会啊，什么全等三角形、相似三角形，什么溶解度、浮力，老师在讲台上说，我脑子里总是晕乎乎的像搅着一片糨糊。"

听她这么说，妈妈恼了，说："人家怎么学得好，就你不行？随你去好了，你不想读书就不用读，等你以后四处碰壁找不到门路，你才会知道当初没好好学是多么傻，世上没有后悔药你知道吧。"

小容闷闷不乐地进了卫生间。一边洗脸，一边委屈地想，她从来都没有不想读书，可是，不知道为什么，数学和科学对她来说，就像是天堑，永远无法逾越。她有好几次做梦梦见数学考试、科学考试，她总是一道题也解不出来，会急出一身冷汗，从梦里挣醒。她非常羡慕班级里那些学习好的人，比如班长，好像什么题都难不倒。

3

星期天下午，小容的妈妈和小欣的妈妈都到学校开家长会去了。八年级有五百三十名学生，小容排在三百五十名，比起上学期又退步了一点。小欣更是一落千丈，从上学期末的二百名直接掉到全校三百六十七名。小欣的妈妈拿着排名表追着班主任杨美美问，小欣怎么突然成了差生了。杨美美看推脱不了，就把她拉到办公室外面，在走廊角落里跟她窃窃私语了好一会儿。小欣的妈妈听着，一脸阴郁。她回家的时候，小欣和小容正站在走廊上，看到她，小欣叫了一声"妈"，她理也不理。

小容对小欣说："你回家肯定要挨骂了。"

小欣愁眉苦脸地说："唉，怎么办？"

小容说："没关系，挺住就是了，反正他们也不能把你给吃了。"

小欣说："我倒是希望他们能把我吃了，我就解脱了。"

过了两天。星期三那天上午第二节数学课后，课间十分钟，小容想去学校超市买面包吃。她绕过一排桌子，去叫坐在第一排靠墙角落里的小欣。小欣正和同桌小静嘀嘀咕咕说着话，听见小容叫她，抬起头。

小容笑笑地对她说："我去超市买早餐，你去不去？"

小欣说："我不饿，不去。"

小容有些奇怪。以往每次只要她叫小欣，小欣不管在做什么都会放下，开开心心地和她一起去，有时是去超市买东西，有时只是随意地和她一起在校园里走走。今天是怎么了？

小容看看小欣，见她别过头又和同桌说话去了，她只好一个人去超市。她买了面包出来的时候，看见小欣和同桌一起，也到超市里来了，便笑笑，说："小欣，你也来了，刚才不是说不饿吗？"

小欣的同桌小静瞥了她一眼，说："是我叫她一起来的，怎么样？"

小容在心里愣了一下，她想，怎么小静说话这么冲？而且，为什么刚才自己叫小欣她不肯来，同桌叫她，她却来了？她看看小欣，小欣没有看她，若无其事地进了超市。小容站在门口，让冷风吹了一会儿，本来想等等小欣的，但是忽然心里有些不愉快，就不想等了，自己一个人回了教室。

下午第二节课是体育课。小欣也没有像往常一样和小容自愿组成一组练习排球，而是和同桌小静在一起，后来又和班长在一起。晚上自习课结束的时候，等小容整理好书包，回头四顾，早不见了小欣的身影。

这是两个人成为好朋友以来第一次放学的时候没有互相道别。

放学路上,小容一直都在想心事,可以肯定的是,小欣不理自己了,连傻瓜也看得出来。"她一定是在家挨骂了,心情很不好,"小容想,"可是,那也不至于不理人啊。"

晚上洗了澡,睡在床上,小容还在想这件事。想起自己和小欣成为同学的一年多的时间,无论上学、放学,去食堂吃饭,去图书馆借书,哪怕上个厕所,两个人也是形影不离的。现在小欣这样突然就不理自己,真的有些不习惯。

第二天早上小容起来时,眼睛涩涩的,妈妈看见了,问:"眼睛怎么回事?"

小容低声回了一句:"不知道。"

到学校门口,小容碰巧看见小欣从一辆黑色宝马车上下来,开车的是小欣的妈妈。小欣下车的时候往后面看了一眼,看到小容了。小容冲她笑笑,刚想过去打招呼。可是,小欣却装作没看见她。

小容心里一抖,便低下头放慢脚步走自己的路。

一直到走廊那儿,看不到校门口了,小欣才站下,等小容走到身边的时候,她低声对小容说:"班主任杨美美跟我妈说,我成绩直线下掉,是因为交了你这个朋友,还说差生学习差,不是智力跟不上,而是因为身上有许多坏习惯,会把别人带坏的。"

小容没想到是这样,她看着小欣,问:"你也觉得自己成绩下掉是被我害的吗?"

小欣说:"我当然不会这么想了,傻瓜才会这么想。可是,我妈允诺,只要我肯跟你绝交,放寒假的时候,就带我去马尔代夫旅游,你知道,这个条件我真的拒绝不了。而且,除了这个,我妈还答应给我买一个新的苹果手机。"

小容心里很难受,她努力在脸上做出无事的样子,笑笑,说:"怪不得,那当然要绝交了,要是我妈这么诱惑我,我也会跟人家绝交的。"

听了小容的话,小欣脸上涨红了,她没想到小容会这么说。她原来还想，小容一向跟她这么好，听了她说绝交的话一定会难受，说不定会哭起来。如果这样的话，她就悄悄继续跟小容好。可是，看小容那样的态度，好像不把她们之间的友谊当回事，而且，小容的语气里，分明把她当成一个见利忘义的人，这让她有些难受。她想了想，说了一句："我心里还是跟你好的，只是，我妈妈让杨美美管着我，杨美美又让小静留意我呢。所以，这段时间我暂时表面上不和你说话，也不能和你在一起玩。等过了寒假，旅游过了，新手机也有了，我们再讲话怎么样？"

小容本来想说"没必要、不稀罕、拉倒"之类的话，可是想想又好像有点说不出口，就沉默着站在那里。

小欣说："杨美美不光跟我妈这么说，她还跟小静说过，让她不要跟你玩，说你不三不四。"

小容生气起来，说："我哪里不三不四了？"

"就是。"小欣说："谁知道杨美美为什么这么说。"

小欣说完，上楼去了。

小容知道杨美美是小静的表姐，她这么跟小静说，完全是有可能的。小容心里有些闷，默默地站在楼梯口等了一会儿，才上去。

坐在位子上，小容看见小欣和同桌小静头挨着头，知道她们在说她。掀开桌板往抽屉里放书包的时候，她的眼泪滴到了课本上。怕人家看见，她故意装作整理书本的样子，半天才把头从书桌里抬起来。

4

上语文课的时候，小容听杨美美讲《桥之美》。她觉得，杨美美的声音是那样的虚伪和做作，令人厌恶。一个喜欢挑拨是非的人，她的内心能感受到美吗？小容这样想着，白了杨美美一眼，不料，正巧被杨美美看到。杨美美便叫她站起来，问她："你上课在想什么？"

小容说："杨老师，你有个词发音有误，应该是'悠闲'的'闲'，而不是'悠斜'的'斜'。"

全班一阵哄堂大笑。

班级里所有同学都知道，班主任老师普通话不怎么标准，有好几个音一直是发错的，但大家都已经习以为常了，现在小容忽然提出来，大家还是忍不住笑。

杨美美气得走下讲台，将小容扯出教室，她在走廊上推了小容一把，训斥小容："你这是干什么，想当女流氓吗？"

小容被这么推了一把，心里很不舒服，说："老师，我怎么就变成女流氓了，我只是指出你的一个说错的音，不可以吗？"

杨美美看教室里的同学们都伸长了脖子在看，觉得面子上过不去，就拿手指戳小容的额头，说："你不要狡辩，不遵守课堂纪律，打电话叫你爸妈来。"

小容觉得额头很痛，好像被杨美美的指甲戳出一个洞了，她吸了一口气，摸摸痛的地方，还好没流血。她生气地说："叫我爸妈我也不怕，在我爸妈来之前，我想你该告诉我，你为啥跟小欣妈妈说小欣成绩差是因为我？"

杨美美涨红了脸，说："你造谣，我什么时候说这话了。"

小容听杨美美这么说，一下子反应不过来，不知道该怎么接杨美美的话。她在心里想："难道是小欣的妈妈在乱说话。"

杨美美气呼呼地说："你把你父母叫来，你这样的孩子，我教不了，让他们自己教你吧。"

小容本来还想争辩一下，就算没有跟小欣妈妈说什么，和小欣的同桌小静说她不三不四总是真的吧。可是她飞快地放在心里想了想，想明白了一件事：就是说了也没用，杨美美一定会赖掉的，而且，小静是杨美美的表妹，一定也会帮着杨美美，于是，就把蹦到嘴边的话给咽了下去。

杨美美看小容不说话了，觉得这招奏效，就说："不想叫他们的话，就自己写两千字的检讨，你选哪个？"

小容低声说："我还是写检讨吧。"

下午放学前，小容将检讨书交了上去，为了凑够两千字，她下课写，上课写，一整天什么也没听进去。她在检讨书里写了好多赞美老师的话，说老师教书辛苦，说老师像春蚕一样吐丝结茧无私奉献，说老师像蜡烛一样发光发热，将温暖照亮同学们的心灵……小容一边写，一边在心里骂自己睁着眼睛说瞎话。

但是，杨美美老师的气还是没有消掉，下午放学的时候，她把整个班级的同学都留下来反省。"为什么有同学侮辱老师大家都会笑？那是因为大家心里都没有学会一点，就是尊敬老师。"

到了吃饭时间还没得吃饭，几个饥肠辘辘的学生坐不住了，教室里唉声叹气的。

杨美美说："你们记住，你们被留下来，就是因为方晓容。没有她不遵守纪律，大家都不用这么累。"

有同学就说："老师，我低血糖了，经不得饿，既然是她一个人的错，为啥要我们全都留下？就把她一个人留下来好了，留到半夜留到天亮我们也没意见。"

大家都笑起来。小容抬头看见小欣也在笑，心里一阵刺痛。

晚上放学回到家里，小容的妈妈见小容闷闷不乐的，就问："怎么了，嘴上都可以挂十把油壶了，挨批评了？"

小容头也不抬，说："我怎么会挨批，难道每天就非得高兴。"

小容妈妈听了，过来打了她一下，说："一个姑娘家，怎么这么跟你妈说话。"

小容不理，洗了洗，就去了自己的小卧室。

她听见爸爸在她身后叹气。

半夜里，小容躺在床上，不停地翻来覆去。

5

小容每天一个人去学校，又一个人放学回家。

其实，以前她也是一个人上学，又一个人放学回家的，那会儿从来不觉得有什么。但是，现在小欣不再和她说话了，她又不想和班级里别的女生说话，看上去，她就显得孤孤单单的。她总是把头缩在红围巾里，像一只鸵鸟。每天出了家门，经过石头桥，走过一条幽长幽长的曲曲弯弯的小巷，然后，拐上一条热闹的大街，往西行上约摸二十分钟，就到学校门口了。大街上的店铺很多，卖金银首饰的、卖水果的、卖手机的、卖小吃的，还有药店、服装店。巷子口原来有家小书店，小容以前经常会去光顾。但是，后来书店的隔壁变成了一家狗肉铺，她每次在看书的时候，总有狗肉的香气一个劲地往鼻子里钻，让人一个字也看不进去。时间久了，她觉得每本书上都沾了狗肉的气味，看书的时候，闻不到书香，这种感觉让人不愉快。所以，后来小容就不去小书店了，不知道是不是这个原因，书店终于关了门，变成了一家修车铺。

开狗肉铺的，是一对奇怪的夫妻。男主人留着长长的头发、长长的指甲，常常一声不吭，看上去有些女气。他的妻子则是一个很粗壮的女人，嗓音沙哑，像个汉子一样抽烟，而且抽得很凶。小容常听她支使她男人该去采购了、该去结账了，他领了命令，马上行动。这让小容觉得好笑，什么男人，老婆那么丑，他居然也怕成这样。

狗肉铺门口立着一个铁炉子，炉子上放着一口大锅，盖子一打开，能看见里面的狗肉已经煮好，黄灿灿的，一大块一大块，还有葱、姜、蒜、辣椒，各种香料，弄得香气四溢，每天都有好多人来买。

小容从来不吃狗肉。她觉得，吃狗肉的人和煮狗肉的人一样，都是刽子手，狗对人是那样的忠诚，到头来还是被人吃，那些人，心里怕是从来没有"道义"二字。一次，一个来买狗肉的男人看见小容一个人经过，就笑嘻嘻地问她："妞，狗肉要不要？又香又辣，味道好极了！"小容翻了翻白眼，说："这辈子吃狗肉，下辈子老天罚你变条狗。"

买狗肉的男人说："下辈子的事谁知道，说不定下辈子你也是条狗，我是公狗，你是母狗。"说完便和狗肉铺的男人一起大笑起来。小容觉得这话说得非常恶心，气恼地"呸"了一声，一跺脚跑远了。

6

星期五的下午，学校为一名患白血病的学生组织了一次捐款活动。这个学生是七年级的，小容在食堂吃饭的时候常常见到，知道她叫陈巧。每次总觉得她脸色过于苍白，看上去就像有病的样子，没想到现在查出来是这样可怕的病。班主任杨美美让同学们捐款，每个人至少五十元，上不封顶。那些家庭条件好的当场就一百一百地往捐款箱里塞，还有一些住校生，平时兜里也有钱，也当场交了。杨美美要班长将同学名字和捐款数额一一登记在一张白纸上。还有一半同学没交，杨美美就让大家星期天下午回校的时候交上来。

布置完了作业，大家都散了。小容在整理书包的时候，小静过来问她："你是不是讨厌我们班级里所有女生？"

小容愣了一下，然后低下头，继续收拾自己的书，不想回答这个问题。

小静就说："你不回答，就是你默认了。你觉得自己很了不起吗？"

小容把头抬起来，笑笑，说："你搞什么，我懒得跟你说。"

小静说："你懒得说，我还懒得听呢。你妈是卖菜的，你爸是蹬三轮车的，你有什么好神气的。"

小容看见远处小欣正在座位上整理书本，明明听见小静这么说她，居然也像没听到。为了去旅游，为了得到新手机，她已经彻底把她们之间的友谊给抛弃了吗？自己交的是什么朋友呀。她这样想着，心里头起了火，便拔高了嗓门说："卖菜怎么啦，蹬三轮车怎么啦。就算你家里有钱，也不是你自己赚的，你才没啥好神气呢。"

说完，拎着书包跑出了教室，听到后面小静在骂她"臭屁"还有同学的哄笑声。

在经过杨美美办公室的时候，小容看见杨美美脸上带着笑，正和科学老师说话，手里还拿着刚削好皮的苹果准备吃。她就在心里骂了杨美美一声。

小容觉得，一切都是杨美美造成的。如果她没有挑拨小欣的妈妈让小欣和她绝交，如果没有因为一点小错把全班同学都留下来，女同学也不会那么讨厌自己，不会弄成现在这样，连原来唯一的好朋友也把她彻底抛弃了。

小容一路上走走停停。大街上人来人往，有许多穿着她们学校校服的学生，但是，她一个都不认得，他们也不认识她。他们三三两两地走着，或者骑着车从她身边过去，一溜烟就不见了。一路上，一棵又一棵梧桐树，树上的叶子黄黄绿绿，映着上面蓝色如水的天空，干净、美丽。她抬头仰望的时候，一道阳光穿过稀疏的叶片射到她眼睛里来，刺了她一下。她的眼里顿时盈满了泪。

从大街上拐到小巷，周围安静下来，小巷里很少有人走动，只有她的足音传来传去。几堵盖满青藤的老墙，叶子依旧碧绿，缠绕着，从墙上披下来，在风里轻轻摇晃，不像是深冬的样子。

小容想，如果能成绩优异，老师、同学，还有爸爸妈妈，至少能待她好一些吧。可是，想把成绩搞好，对她来说，真的是太难了。

小容不着边际地想着，在一个四合院门口，看见一个皮肤黝黑的人，手里摇着铃。他正在做一个仪式，将一个死去不久的老人的魂从院子里引出去。小容站着看了好一会儿。这个摇铃的人沉默着，眼光深邃，他远远望过来的一眼，仿佛看到她的心里去。小容的心怦怦直跳。她想，人真的有灵魂吗？那清澈的铃声，"叮——叮——"一下，一下，缓慢，又有节奏，仿佛也在把她的魂引走……

7

回到家，小容看见门口停着妈妈的三轮车，知道妈妈已经回来了。她心里有一点点高兴，不知道为什么，她现在很想跟妈妈说会儿话。

她开了门进去，叫了妈妈一声，却不见回应。就这么点大的地方，厨房里没有，卫生间也没有。推开妈妈的卧室，才看见她在床上躺着。

听见她进来，妈妈睁开眼，对她说："我头痛，一点力气也没有，还有两件衣服没洗，你愿意洗的话就洗一下，不愿意洗就等你外婆来了叫她洗。卖菜的钱都放在桌子上，你做完作业再整理。"

小容答应了一声，放下书包，去卫生间。她看见爸爸的两件短大衣湿淋淋地搭在洗衣台上，正滴滴答答在滴水。她拿起衣服，用刷子刷了几下，才几下，手便冻得又痛又木。她扔了衣服，想让外婆来洗，但是想到外婆也许比她更怕冷，就又拎起来坚持着用刷子刷。

东边的窗户外面忽然传来一阵清脆的鸟鸣，一串串，像滚圆的水珠子。小容靠近窗户，睁大眼睛，却看不见鸟影，小山阴沉沉的。小容傻傻地想，不知道那些唱歌的鸟儿，它们会不会觉得冷，它们有没有东西可以吃，它们的小巢够不够暖？

小容洗完衣服从卫生间出来的时候，轻手轻脚地进卧室看了看。妈妈好像睡着了，闭着眼，蹙着眉，脸色非常苍白。她有些担心，想问妈妈是不是要去医院，是不是要吃药。但是又怕吵醒了妈妈。她呆呆地站了一会儿，又悄悄地退了出来。

一袋钱放在桌子上。小容过去，把钱从袋子里倒出来，一张一张开始整理，三张二十元，五张十元，两张五十元。小容算了算，除去每天准备好的零钱一百元，只剩下一百多，而这一百多里，还有批发蔬菜的本钱，赚到的恐怕只有二三十元。钱虽然少，还好没有一张是假币，小容最怕数到假币了。

上一次，她点钱的时候，发现一张五十元的假币，她觉得有些奇怪，妈妈在菜场里这么多年，不会不认得假币呀。她拿着钱问妈妈。妈妈叹了口气，说："是几个年轻人干的，他们十几个人一下子围过来，这个要茄子，这个要萝卜，那个又要番茄，都拿着钱催着要找钱，我心里一乱，就收进来这张假的。一群狗崽子。"

小容问妈妈，既然知道是假币，怎么还放着。

妈妈抬眼看看她，说："先放着吧，下次用用看，看是否能用出去。"

小容默默地把钱放回袋子里。可是，过了一会儿，仍然去把钱拿出来，摩挲了好一会儿，慢慢撕掉了。她去自己的卧室，从枕头下的书里拿出一张崭新的五十元来放在袋子里。

为了这事，小容挨了妈妈一顿骂。妈妈骂她太不精明，这样大手大脚，长大了只会败家，怎么可能还靠她赚钱来养老。

小容很生气，冲她妈妈嚷："知道那是假的，用来害人总不对吧，假若最后这钱流到像外婆这样年纪大的人手里，人家还不得心疼死。"

妈妈这才不说了。

从那以后，小容对数钱的事总是心里存着害怕，担心又会数到假的人民币。

还好后来没有再遇到过。

小容放暑假的时候，常常早起帮妈妈卖菜。每天从凌晨四点钟出去，先到城南的批发市场批发来各种蔬菜，再整整齐齐码在摊上，青菜、菠菜、卷心菜、番茄、胡萝卜、马铃薯……袋子总是沉得要命。而在冬天，除了累，还有冷，每次整理菜后，手总是会冻僵，像不是自己的手，但是，买菜的客人快要来了，连歇下来搓一搓的余暇都没有。妈妈的手，到了冬天，没有一天会是好的，看上去像一截又一截的胡萝卜。

小容在桌前坐下，准备做作业的时候，外婆夏兰来了。她带了小容爱吃的猪排、一把嫩黄的金针菇和碧绿的芹菜。每个星期五下午，外婆都会来帮小容做饭。她一进门就问小容："今天你妈怎么这么早就回来了？"

见外婆来了，小容忽然很想哭，她拼命忍住了，对外婆说："我妈不舒服，在床上躺着。"

外婆一听，忙进大卧室去，小容跟进去，看见妈妈已经醒了。

见是母亲来了，素云的头从枕上抬起一点，说："妈，我不舒服，晚饭还是你做给小容吃。"

夏兰去探了探她的额头，说："发烧了，吃药了没有？"

"刚才睡了一觉，现在感觉好点了，不用吃药。"

"是累过头了吧，我不是告诉过你，什么事都应该分点给自己男人做，不要事事管着让自己累死。卖一整天菜，回到家里，什么事都不肯落下一点点，身体不舒服也硬撑着，不生病才怪，你当你是铁打的呀。"

听了这话，素云叹了一口气，说："我苦，难道他就不苦吗?"

夏兰也叹了一口气，说："怎么摊上这样的男人，赚钱没本事，心也是那么粗的。"

说完，外婆去厨房做饭，小容帮着把金针菇放在脸盆里洗，又和外婆一起给芹菜择叶子。外婆将猪排放在菜板上敲一会儿，再放到大碗里拿黄酒、酱油、生粉、盐和味精腌了腌，然后一片一片拿出来放在油里炸。等到正面反面都炸成金黄色，小容帮着往锅里加一点点水，"刺啦"一声，厨房里漾起一阵肉香，小容情不自禁地咽了一口口水。等炒好了菜，锅里冒出猪排的香气，可以吃了，饭也已经煮熟。外婆就拿着一个托盘，盛了一点饭，又夹了一些菜放在碗上，叫小容给妈妈送去。

素云说："我不想吃。"

夏兰说："不想吃也得吃，人有了体力身体才恢复得快。"

看拗不过，素云就起来了，把碗端到餐桌上，三个人一起吃饭。

夏兰对小容说："你外公生前也一样，我有时候胃痛得很，早上都不想爬起来，他也只是问我'好点了吗?'从来不说'今天不舒服就别去做事了'，也不会说'这堆衣服脏了，让我来洗，这地脏了，让我来拖，饭就不要做了，我们去饭店吃吧'。"

素云听了这话，默默地抹了抹泪。

小容一边吃饭，一边听外婆和妈妈说话，心里想，爸爸有时候的确不勤快，他出去蹬三轮车，回来常常像个死人一样躺在床上。有时候，连饭也要妈妈放在小凳子上，端到床上吃，吃完了筷子一丢，继续睡。

素云对母亲说："我一个女人家，怎么会不知道累，可是，叫苦又有什么用!"

见小容看着自己，素云说："你快点吃完，去做功课吧，早点做完早点上床睡觉。"

夏兰听了，看看小容，说："你要懂事点，我们穷苦人家，还是要靠读书吃饭的。你看，我们几个亲戚家的孩子，不都是靠读书出去的吗？小刚的爸爸是种田的，小刚自己读书好，考上了国防生，一边读书，一边还有工资拿，现在手下还有几个兵，从来不用自己洗衣服，从部队出来到地方上就是国家干部。小林的爸爸是做小生意的，赚来的钱不够家里人吃喝，但是，小林就是读书好，现在在一家杂志社当编辑，最近还升了主任，每年花钱请他爸妈出去旅游，他爸爸说起来，总是开心得不得了。还有小柔，小柔的爸爸是个养猪的，可是，她因为读书好，大学毕业考进省城的移动公司，在同一单位找了老公，结了婚，现在也变成城里人了。"

素云点点头，说："上次跟你说的，和我一起卖菜的王伯，他儿子也是高材生，原来一直找不到工作，可是我昨天刚知道，他今年考上公务员了，九月份开始就已经在乡镇里上班，端上了金饭碗。我每次听到这些，总是替人家高兴，我希望小容以后也能活得有出息。"

小容喜欢妈妈，也喜欢外婆，但是不喜欢她俩在一起。每次她们在一起，说着说着总会说到学习的事情上去。她听她外婆和妈妈又开始说到学习了，就默默地放了筷子准备走开。

素云说："你别不爱听，你看妈妈，小时候不懂事不肯读书，才初中毕业，这么点知识，去哪里找工作？没有工作只能卖菜，自己条件不好，怎么找得到好男人，没能找到好男人，就只能自己吃苦，你知道吧？"

小容答应着说："我知道了，我会好好读书的。"

小容回到小卧室里做她的作业，可是，拿起数学书，看了半天，想破了脑袋，却一道题也解不出来。唉，毫无办法，只好星期天下午回学校的时候问同学抄了。对现在这样的情形，她也很讨厌自己，她觉得眼下最难做的事就是把学习学好。面对外婆和妈妈的期许，她真的觉得心里沉甸甸的。

素云见小容一声不响地在房间里做作业，脸上有了一点笑容。她对母亲说："妈，我想再去睡一睡，你洗了碗把老方的饭热在电饭煲里就好了，回去的时候不要叫我。"

夏兰答应了一声，问她要不要去医院看看。

素云摇摇头，说不用。

8

小容在卫生间洗澡。她家没有安装浴霸，每次洗澡，刚开始的时候总是冷得要命，浑身哆嗦，起鸡皮疙瘩。得洗上好一会儿，等卫生间里充满了水汽才会热起来。所以，小容每次洗澡前总是接一大盆热水，把所有换下来的衣服都泡进去，等到整个卫生间热气腾腾，等到镜子盖满了雾气再也看不到人影，才开始洗澡。一个星期里，也就这时候最让人觉得舒服，所以，她每次洗澡总会洗好久。

刚洗完澡，全身都是热乎乎的，小容站在镜子前，脸上白里透红，眼睛像是含着一个梦。她的嘴唇小巧红润，加上皮肤白，怎么看她都应该是漂亮的。可是，因为成绩不好，大家好像都无视这一点。前一次，杨美美说要玩一个评职业的游戏，按期中考成绩来划分：平均分90分以上的，以后可以当公务员、科学家、教授、学者；平均分80分以上的，以后是公司主管，像总经理、董事长，再差一点的就是工程师、写字楼白领、车间主任，最末一等的，就是工人、酒店服务员、三轮车夫、清洁工或者菜场里卖菜的。杨美美说："大家以后想要过上等人的生活，就只能拼命努力，不要被淘汰。"

毫无疑问，小容的成绩只能做最末等的工作。每次轮到小容值日的时候，同组的两个男生总想早一点开溜。他们说："最末一等的，你能做什么，服务员吗？那当然什么事都得靠自己啦，谁会拍服务员的马屁呀。"而班长就不一样了，几乎成了"香饽饽"，轮到班长值日的时候，每次总有男生帮着她擦黑板、扫地。这让小容觉得好笑，她觉得，那些男同学，都是一群势利的人，好像班长真的已经是公务员了一样。他们这样溜须拍马，是想让当了公务员的班长提携一下自己吗？一想起他们，小容心里就不愉快。不过她忍着，从来不说什么。

小容非常讨厌这个学校。她也不知道自己的想法对不对，常常见同学们写作文，说到爱母校、爱老师，但是，她却一点也没有这样的感想。她觉得，老师其实没有这么高尚，不值得受学生这样的爱戴。像科学老师，每次上课总是草草讲完，然后叫他们自己看书，自己则在淘宝上购物。像数学老师，教得那么快，有多半知识她都没有理解。其实，她也知道，科学老师和数学老师一样，他们都只肯把热情花在私下所带的学生身上。一个学生辅导费一个学期得一千八，加上暑假和寒假，一年下来，起码得七八千。一对一教就更贵，一个月得一千多。小容是不敢跟父母提这个事的，这么多钱，妈妈得卖多少菜才能赚到，爸爸得踩多少天的三轮车才能赚到？可是，她知道，像她这样，原来基础差，又没能找机会补习的，只会眼看着成绩一直往下掉，根本不要想有咸鱼翻身的机会。

小欣自从期中考试以后就去科学老师、语文老师和数学老师家里补课了，现在好像没有再像以前那样喜欢抄作业，以后成绩会慢慢好起来的吧。她想，她们之间的距离只会越来越大。毕了业，小欣去重点高中了，自己去职高，也许永远也不会再见，那么现在打不打招呼、说不说话也就没有多大意义。

小容照着镜子，觉得自己傻傻的。她在心里想，熬到初中毕业就好了，离开这个学校后，永远都不要回来。

妈妈在外面敲门，问她洗好了没有，她去把门开了。妈妈虚弱地问："怎么洗澡要那么久？"看见小容不开心的样子，以为她还在为期中考考砸了的事而难过，就对她说："期中考考砸了没有关系，还有期末考，你现在应该努力一点，上课认真听，争取期末考把成绩往上提一点。"

小容答应了一声，看妈妈还是没有力气的样子，就问妈妈病好一点没有。妈妈咳嗽了两声，说："哪里会好得这么快，身上的力气，不知道跑到哪里去了，到现在还没有回来一点点。"

又说："你不用担心我，你自己把读书这件事管好就行了。"

妈妈洗了把温水脸，出去了，小容在洗衣台上开始洗自己的衣服。她本来想跟妈妈说会儿话的，她很想和小时候一样，缠着妈妈玩一会儿，可是，妈妈一定不会答应的，说不定还会骂她两句，说她浪费时间。所以，她只是把这个念头放在心里想了想。

9

星期天下午回校的时候，班级里还没有捐款的同学都把钱交上去了。只有小容一个人没交钱。杨美美在晚自习的时候表扬了大家及时伸出援手，他们班级四十几名同学，捐款竟达五千元，最多的，一个同学捐了八百元。但同时也批评说："班级里只有一个同学没参加捐款，没想到我们班上居然有这样冷漠的人，在别人深陷困境需要帮助的时候，她居然可以置之不理，下次她如果需要帮助，我看也不会有任何人愿意帮助她。"

杨美美虽然没有点明这个同学的名字，但是，大家都知道她是在说小容。小容心里很难过，她本来是想跟爸妈要钱的，可是因为妈妈生病，她一担心，就把这事给忘了。她如果开口，爸妈不会不给她钱。她想跟杨美美说第二天早上把钱带来，可是，没想到杨美美已经把她归到冷漠之类的人里了。她趴在桌子上，等待风暴过去。可是，没想到，杨美美居然越说越激动，什么"害群之马"，什么"一颗老鼠屎坏了一锅粥"也说出来了。小容受不了，从座位上站起来，说："老师，您说话不要这么刻薄好不好，我只是忘了跟我父母要钱了，我明天带来不行吗？"杨美美冷笑一声，说："人命关天，你居然忘了，你有没有心啊，你的心叫狗吃了吗？"

同学们都笑起来。

小容受不住了，她趴在桌子上哭起来。

杨美美说："要哭你自己出去哭，不要在这里影响同学学习。"

小容不知道杨美美为什么这么讨厌自己。她觉得心里痛痛的，好绝望。

下课了，小欣经过小容身边的时候，看了她一眼，小容很希望她能悄悄跟自己说一句安慰的话。可是，小欣一转眼就过去了，一个字也没说。

小容想起刚才杨美美的侮辱和大家的嘲笑，就在心里跟自己说："这个班级的人简直就是一群得了冷酷病的人。"

暗
伤

杨美美没有等到星期一，星期天下午就把钱交到教导处去了，校长吩咐过，所有的捐款得由教导处统一收了，再去医院交到陈巧同学手里。杨美美在办公室跟科学老师李敏说，她一向讨厌拖班级后腿的人。像方晓容这样的学生，成绩差得要命，却敢肆无忌惮地跟她叫板，真想打她一顿。李老师深表赞同，说起自己小时候，每次父母见到老师，总是会说，要是小孩子不听话，老师只管打好了。现在正好相反，许多家长都溺爱自己的孩子，维权意识又强，只要动小孩子一个指头，就不知道会出多大的乱子。杨美美说："谁说不是。"想起这个学生，她就抑制不住内心冒火。都说上梁不正下梁歪，真不知道她的家里人都是怎样的人！

10

　　星期一的中午，小容放学后没有去食堂吃饭。她带着一瓶子千纸鹤去医院看陈巧了。这只许愿瓶是去年她生日的时候跟外婆要的，里面装满了她平时折起来的五颜六色的千纸鹤。所有的纸鹤都是小小巧巧的，粉蓝的、粉红的、粉黄的、粉绿的、粉紫的……她一直像宝贝一样带在书包里。

　　小容在住院部大楼底楼的大厅里，从电脑查询系统里查到陈巧所在的病房和床号。她出现在陈巧病床前的时候，陈巧认出了她。看见她来，陈巧脸上现出开心的笑，她告诉小容，她是第一个来探望的同校同学，并问她是怎么知道自己在这里住院的。小容本来想说，生这个病，当然会住在最好的医院，但是想到陈巧或许会难过，就说是从老师那里打听到的，并问她："你好点了吗？"

　　陈巧笑着点点头，说："我觉得舒服多了，真想早点回到学校去，可是，我妈不让。"

　　小容觉得陈巧看上去瘦了好多，一双眼睛看上去黑黑的，显得更大了。她问："就那么想去学校？"

　　陈巧说："是呢，我最喜欢做的事就是看书学习，可是，现在只能这样躺着，很难受。"

小容笑笑说："我可不爱去学校，如果你的病能给我就好了。我喜欢生病，你喜欢学习，大家都快乐。"

陈巧笑起来，说："这个你可不能乱说，谁还愿意生病，而且，我这个病，如果找不到相配对的骨髓，就是一个死，你知道吗？"

听了她的话，小容心里有些难过，她把手里的瓶子递给陈巧，对她说："希望你的病能早点好。"

陈巧的妈妈正和一个戴眼镜的姑娘在说话。看见小容带了一瓶漂亮的千纸鹤来看陈巧，那个姑娘停止交谈，用手机给小容和陈巧拍了一张合影。

小容只在病房里坐了二十来分钟，就回学校去了。她刚踏进教室，午间自习就开始了。因为没有吃午饭，一个下午，她肚子一直叽里咕噜地叫。

下午放学的时候，小容听见小静和几个女同学在嘀咕："钱一分没捐，好人倒是让她给做去了。"

她心里一个咯噔，心里想，她们难道是在说她？

她到晚自习前才知道，她去医院看陈巧的照片已经被发到微博上了。她被迅速转发微博的博友们昵称为"千纸鹤妹妹"。

难怪她们要生气，在她们看来，没有捐一分钱的她，是不配得到这样的赞誉的，她们觉得她这是投机取巧，而投机取巧的人，她们最瞧不起了。

小容在心里叹了一口气。反正不管怎么做，她们总会挑她的刺。

11

天越来越冷。小容坐在窗户边上，常常冻得上下两排牙齿直打架，左边的手臂总是那样冷，像没有穿衣服。可是，轮换位子的时间早过了，杨美美却一直不调换位子，说是没几个星期了，干脆就这么坐着，下学期再说。对于她的决定，同学们都没有异议，大家都知道，坐在中间的那一片，都是成绩优秀的学生，班级要靠这些学生提分数的，成绩一般或垫底的同学，既然没能力在学习上为班级争光，这点牺牲精神总该有吧。

中午放学时间，学校门口的油条摊开工了，一根根胖乎乎的油条，在锅里滚来滚去嗞嗞作响，眼看着一点点变得金黄，香气四溢。许多人围着看，看着看着眼馋起来，就掏钱买两根尝尝。

下课铃响后，三三两两出来好些学生，老方朝里面张望。他本来不用经过这里的，踩了一上午的车，怪累的。但是，早上亲眼目睹的一件惨事让他心里有些慌，他忽然就想来看看女儿。

他在校门口站了好一会儿，后来想想，小容是在食堂吃饭的，中午吃饭不用出来，就准备离开，没想到小容却在这时候出来了。

小容站在校门口，不知道该去吃点啥，她肚子有些饿，但没有胃口，不想吃饭，没想到，在校门口看见了爸爸，她有些奇怪。

小容过了马路，站到爸爸跟前，问他是啥时候来的。

"站了有一会儿了。"老方看着她。

小容不知道爸爸为什么这个时间站在这里，她忽然有些担心，但她不敢问，怕爸爸告诉她，妈妈的病加重了。

老方问她："你吃过饭了吗？"小容摇了摇头。

老方说："那我带你去吃面吧。"

小容跟着爸爸到学校附近的小面馆里。老方帮小容点了一碗小排面，坐在座位上等的时候，又帮她拿了一双筷子。

吃面的时候，老方对小容说："上午我载一位老人去医院，见到件惨事，让我心里很不好受。有一个年轻妈妈，没有工作，在家里带孩子。早上她去阳台上晒衣服的时候，把五岁的孩子单独留在书房里，书房靠窗的地方摆着一张大沙发，不知道怎么回事，从来不敢爬高的小孩居然爬上去了，然后，推开没有遮拦的窗，从六楼的窗台上掉了下去，脑浆迸裂，鲜血溅了一地。送到医院时早没气了。我就站在急诊室门口，看着那个妈妈坐在地上，抱着浑身血糊糊的小孩，像一个疯子一样。孩子的奶奶打媳妇，说她害自己没了孙子，孩子的爸爸也不来拉一下。有邻居说这个妈妈是很勤快的，从来不肯少做一点，一天到晚，买菜、做饭、洗衣服、打扫、带孩子，在那个家里，活得就像一个佣人。可是，有用吗？没用。她有一点点做得不周到的地方，就会遭到婆婆和丈夫的辱骂。出了这样的事，等于是要了她半条命，她宁愿自己替孩子去死。可是，不光她的婆婆扇她耳光，那个做丈夫的后来也用脚踹她。”

小容静静地听着，一声不响。

老方见小容一脸平静，知道她并不关心这件事。他就对她说："过些日子就期末考了吧，你要加油，拼上一拼，等放了寒假爸爸带你去影视城看 3D 的电影，人家都说很好看的。"

"知道了。"小容回答。爸爸说的这个事让她有些高兴，她们班没有看过 3D 电影的，大概就只有她了。

吃完面，小容回学校去了。

老方看着她进了校门，忽然觉得鼻子有些发酸。女儿的背影看上去是那样的孤单瘦小，甚至还有一点点驼。他记得，她小时候挺活泼的呀，可是现在，似乎沉默的时间更多。老方不知道别人家里的小孩是怎样的。他觉得小容在学校里似乎并不开心。他平日里一直在怪小容读书不够上进，从没有想过，她只是一个孩子，是不是也在没有办法地默默承受着她不喜欢的一切！

女儿的背影消失后，老方还站在那里，好久。直到有人在校门口招呼，要乘他的三轮车。

老方在他的三轮车坐垫外挂了一层透明的塑料薄膜，所以，就算有时候风大一些，坐车的人也不会被风吹到，即使下雨，坐在里面也不用担心会被雨淋，所以，他的三轮车总是生意很好。

叫车的是一个女子，一坐上三轮车就直催老方快快快。老方说："你去哪儿呀，叫我快快快。"女人说："叫你快你就快好了，到转弯的地方，我自然会告诉你该往哪里走。"老方笑了，回头看看这个性急的女人，觉得有些面熟，但一下子又想不起来在哪里见过。老方试着问："你是这个学校的老师吧？"

女人答了一声："是"。

老方开心地说："我女儿就在这个学校读书，您坐我的车，我不收钱。"

女人也笑起来，说："你女儿是哪个班的？"

"八（1）班。"

"啊！你孩子是哪个？"

一听老师这口气，老方顿时想起来，上学期期中考试后，他到学校开家长会，见过这个老师。于是，他笑呵呵地说："原来是小容的老师啊。"

老方踩了好一会儿车，小心翼翼地问老师："我们小容在学校里表现怎样？"

女人摇摇头，说："你女儿不行，成绩差，抄作业，不团结同学，不尊敬老师，也不遵守课堂纪律。"

老方一听，心里一下子急起来。他把车停下，说："不会啊，我孩子在家里很乖的，还会帮她妈妈洗衣服，怎么您说的这个孩子，一点也不像我家孩子啊，是不是您班级里还有一个方晓容？"

女人摇摇头，说："不是别人，就是你女儿，她就是这样的，所以，我说，没事的时候，你们做家长的应该多和我们沟通，不然你们孩子在学校怎样你们也不知道。"

说着话，女人到了，下了车，从袋里取出五块钱车费，老方不肯收老师的钱。女人见老方不肯收，推了一下，就将钱放回去，拎了袋子走了。

老方踩着车心急火燎地往家里去。一路上，有人拦他的车他也不理睬了。他从来没有想到，小容在老师的眼里居然是这样一副糟糕的情形，这么让老师讨厌，这书能读好吗？他整个人都气得发抖，他想快点到家里，跟老婆说一下，看看这样的情形该怎么办。他飞快地踩着车，车轮差点碾着一只流浪狗，那只受惊的狗嗷嗷叫着，飞快地逃远了。

回到家，开门进去，房间里静静的，老婆坐在床头吃药，丈母娘在厨房里做午饭。老方进厨房叫了一声"妈"，在水龙头下洗了洗手，然后，将洗菜盆上横着的砧板拿起来洗干净了，挂到墙上的一枚钉子上，又开了碗橱拿盘子装菜。

夏兰看女婿闷声不响的样子，心里有些气，就说他："回来也不晓得问一声孩子妈身体是不是好点了。"

老方盛了饭，去卧室叫老婆吃饭。素云心里有些气，自己这么不舒服，早上去菜场的时候，这个做丈夫的也不肯让她休息一下，她在菜场里待了半天，拼命撑着。早上批发来的菜才卖了一半，就实在撑不住了，几乎连站住都有困难，就把剩下的菜都转给隔壁的王伯了。

见老方来叫吃饭，素云本来想说气话的。可是，抬头看见丈夫满脸疲倦，她又觉得开不了口。而且，她也有些害怕，不知道自己到底是怎么了，以前感冒，两三天就好了，现在快一个星期了，一点也没有好起来，反而感觉越来越糟。她本来想去医院看看的，可是，一去医院准得好几百，又要耽误工夫，她有些舍不得。

老方看她一脸煞白，心里有些不安，就说："我带你去医院看看吧。"

素云摇摇头，说："去医院浪费钱做什么，刚刚吃了和前两天不一样的药，睡一觉，发发汗，应该就会好了。我现在不想吃饭，你们吃完帮我热在电饭锅里好了。"

老方叹了口气。

素云听他叹气，曲解了他的意思，说："放心吧，我不会拖累你的，如果睡一觉还不见好，我会自己去医院看看。"

听老婆这样说，知道她误解了，老方拿不定主意该不该把小容班主任的话告诉她。看她神色憔悴慢慢躺下来，他终于忍住了没说一个字。

12

晚上放学后，小容一个人往家里走，经过大圆桥，在一个小街口，一条小狗从昏暗的路灯下走过，瘦骨嶙峋的，在一个垃圾堆里东嗅嗅西嗅嗅，在找东西吃。"喂，小狗。"小容冲小狗打了一声招呼。小狗吓了一跳，抬起头看看她，随时准备要逃。看小容没动静，就又低下头忙自己的。"傻狗，你明天还在这儿吗？"小容走过去问小狗，"如果你明天还来这里，我就带香肠来。"小狗没有听懂她的话，往别处去了。小容看着小狗孤零零的越走越远，觉得小狗可怜，虽然自己也那样孤单，但是，至少自己衣食无忧，不用担心没有地方去。

老方像往常一样站在小巷口等小容。看见她过来，还是那样没有话说的样子，他故作轻松地对小容说："你好像不高兴？"

小容说："没有啊，我本来就这样。"

老方想了想，还是说："我今天下午见到你们班主任了。"

小容吓了一跳，她看着老方。

老方说："你不想知道你们班主任说了你什么吗？"

小容想了想，说："她一定会说我成绩差，抄作业，不团结同学，不尊敬老师，也不遵守课堂纪律。"

老方有些意外，说："怎么老师会这样看你？"

小容听爸爸这样问，就说："爸爸，你是站在我这边还是站在她那边？如果站在我这边，我就都告诉你；如果你是站在她那边，那我就什么也不说，你行使家长的权利好了，要打要骂随便。"

老方没有想到女儿会给他这样的回答。显然，她已经不再是小孩子了。

他沉默了一会儿，说："那你就说说看，我来分析一下，看你说的有没有道理。"

小容想了想，鼓起勇气说："因为我成绩不好，她就跟我最要好的同学的妈妈说我是差生，让她跟我绝交。还鼓动全班同学孤立我，你看，我衣服上写着什么：J、R，人家是在骂我贱人……"小容背过身，老方用手电筒照到她背上，果然有字母，一个大，一个小。

他的心顿时揪成一团。

小容忍不住哭起来："我忘了交捐款，她就当着全班同学的面说我是害群之马，说我是老鼠屎。天这么冷，她让好学生坐在中间，窗子边上那么冷，就一直让我们这些差生坐。爸爸，这个学校我真的不想去了，老师像魔鬼，同学也像冷血动物。"

老方的心里沉甸甸的，他从来没有想过，在学习之外，女儿居然承受了那么多。"我就是有一次在课堂上指出她一个读错的音，她就恨上我了。你知道吗，她是教语文的，读音却常常不准，'佛像'总是被她读成'否像'，'衬托'总是被她读成'寸托'。就是那样没水平的老师，还会在班级里孤立我。现在，每次体育课就没有人跟我搭档，仰卧起坐、排球，都没法练……有一次我想，班长总会不一样吧，就过去想让班长帮我递个球，可是我还没走到边上，她老远就冲我摇头，好像我是个瘟疫病人。"

老方听得心里越来越堵，虽然女儿的话听起来有些偏激，但是，作为一个老师，那样做也是不对的。他说："原来你们老师是那样的，早知道我就不让她坐我的车了，给再多的钱也不让坐。我明天早上去学校找她说说看，让她以后不要这么对你。"

小容摇摇头，说："没有用的。她肯定会跟别的老师说我这样糟糕就是被像你这样的家长给惯出来的，你不用去了，我反正已经一半时间熬过来了，还有不到一半的时间，咬咬牙也能挺过去的。"

老方心里沉沉的，叹了一口气。

第二天一早，素云还在床上躺着，睡了一夜，还是没怎么觉得好，她想去医院看看。

小容刚出门，外婆夏兰就来了。她把老方叫到门外，问他有没有问过小容在学校到底怎么个情形。老方在石桥上，把小容告诉他的情况复述了一遍。

"这可怎么好。"夏兰一听，就着急起来，"孩子怎么受得了这许多委屈。"

"我得到学校去找那个老师。"老方说。

"可是，"夏兰迟疑地说："万一把老师惹恼了怎么办？她既然是这样一个没有耐心的老师，就不会那么好说话的，你去说一通撒了气拍拍屁股一走了之，她每天报复小容，找小容的茬，我们怎么帮？你一个蹬三轮的，又不是国家干部，有什么能耐？得罪了老师，只怕会让小容的日子更加难过。"

"那怎么办？难道就装聋作哑？"老方有些着急。

夏兰说："这当然不行，我们小容，一个孩子，那么多人排挤她，她怎么受得了？"

"那到底该咋办？"

"要不这样，你不是知道老师家在哪里吗？改天你带点补品，准备一千块超市购物券，我跟你一起去，求她照顾我的孙女。我这把老脸，她总该给吧。"

"要这么多？"老方吓了一跳。

"这还算是少的。我平日不是给民政局打扫吗，上次听单位里一个家长说，她的孩子每天在学校里挨骂，她就把孩子送到老师那里补习，每个学期给老师一千八学费，老师就再也不说她孩子不好了。"

老方还在想，夏兰说他："这么拿不定主意做什么？一千块超市购物券，比起一千八学费，哪个更划算你不会算啊？"

老方说："把孩子送到老师那里补习，至少还能对学习有帮助，就这样白白送钱给她，对小容学习不是一点好处也没有吗？"

夏兰说："去补课成绩也得不到提高的，老师不过是管着学生把作业做完，做错的帮助订正一下就完事了，什么帮助也没有，反而养成依赖的坏习惯，自己不会开动脑筋了。民政局那个女干部，她孩子照样成绩很差。花了钱得到的唯一的好处，就是不用再挨骂。而且，如果送到老师那里学习，这个学期送了，寒假也得送，暑假也得送，那钱花得不是更多？"

老方听丈母娘这么说，重重地叹了一口气，骂了一声："这世道，师德都不讲了。"

夏兰白了他一眼，说："说那些废话有什么用。"

老方准备去超市换购物券。夏兰正好当天不用去打扫，就问他要不要陪素云去医院看病。老方说："一个多星期了，这感冒还不好，是该去医院看看。"

13

老方排队的时候，夏兰就陪女儿坐在走廊的椅子上。女儿嫁出去这十几年来，从没有因为生病让她陪着来过医院，这次不知道为什么，感冒这么难好，她这样想着，问女儿："难受不？"

素云深吸了一口气，用手指指自己的胸口，说自己胸闷，头晕，没有力气。

看着女儿一脸憔悴，夏兰有些担忧，不由得在心里暗暗祈祷，希望女儿不要有事，能赶快好起来。

老方一直在忙着排队，先是挂号，等见过医生，又拿着开来的化验单去付钱。等素云到化验室窗口抽了血，又去放射科拍了胸片，已经快中午了。化验结果要到下午才能出来，老方决定送老婆和丈母娘回家去歇着，下午等他拿到 X 片和化验单再去看医生。

等到了下午，老方又载着丈母娘和老婆去医院。

尽管中午睡了一觉，但是，要去医院的时候，素云还是浑身没力气，她起身的时候跟老方说："这次身体不太对，肯定是出大问题了。"

老方劝她不要胡思乱想，说不定看了医生，对症下药，过几天就好了。

在劝老婆的时候，其实老方心里也是没底。因为家里条件不好，有时候，老婆有点小病小痛总是能熬就熬着，这个他都知道。他作为丈夫，除了努力赚钱，别的也不能做什么。他非常担心，万一老婆一病不起，这个家就算完了。还有小容的事情一直在他心里缠绕着。

好不容易熬到下午医生来上班，见到医生了，老方拿着化验单和 X 片，和小容外婆在一边静静地等医生看。医生很年轻，但看上去却是有经验的样子，他皱着眉，看了化验单和拍片结果，就问："怎么现在才来？"夏兰一听，心里就一个咯噔，她连忙问医生："没事吧？能治好吧？"

医生白了她一眼，说："你看看，坐都坐不住的人，能没事吗？赶紧住院，不然命都保不住了。"

老方听医生这么说，吓了一跳，傻了一会儿，夏兰就在一边抹开了泪。老方也不敢劝她，怕自己会撑不住。他让丈母娘和素云先到住院部九楼呼吸内科等他，他自己赶紧去办住院手续。他把上午带出来准备换超市购物券的一千块钱交到缴费窗口，再乘电梯上去。素云和母亲就坐在护士站对面的一张小床上等他，见他过来，素云的视线落在他脸上，老方接了她无助的眼神，心里一酸。

等护士长分配了床位，居然是 14 号床。夏兰心里非常嫌这个数字，觉得它不吉利，想让护士长换一个床号。可是护士长说病床已经没有了，要不就在走廊上加床，可是，走廊上走来走去的人，想安静都不能，而且不安全，万一碰上小偷什么的，东西丢了医院可不管。

老方看没有办法，就劝丈母娘别计较，医院里哪张床是招人喜欢的。夏兰听女婿说的也在理，只好同意搬进去，但这个号码像一根鱼刺卡在她的脑子里。她心里不停地祈祷，希望不要有什么事。等到医生开来药，素云在病床上躺下开始打点滴，已经是傍晚时分。

老方叫丈母娘看着，自己去医院门口的馒头铺买了两个大馒头，吞完了，又帮老婆和丈母娘各买了一碗面带到病房里去。素云只吃了两口就不吃了，只是躺在床上大口喘气。老方和丈母娘站在她床边，静静地，等待正在输入她体内的药水快些产生作用。

晚上，夏兰去家里休息了两个钟头，不放心，就又回到医院看看，她和老方商量了一下，决定第二天开始，白天由她守，傍晚开始到第二天早晨由老方守。

本来老方想自己一个人来的，可是，想到为了治病不知道要花多少医药费，白天还是交给丈母娘算了，自己得去蹬三轮车，能赚多少算多少。

快到放学时间了，看老婆已经睡着，老方出来，跑步前进，去巷子口接小容。老方刚站下，小容就过来了。

老方接过女儿背上的书包，把她外婆和他商量后的决定说了。他对小容说："我和你外婆决定去找你老师，让她关照你一下，不要再这样当众批评你。"

小容却摇摇头，说："不用了。"

老方说："你同学都排挤你，你心里会难受的，每天那么难受，书怎么读得进去。解铃还须系铃人，我们得找老师好好说说，让她想办法把这个事态挽回来。"

"我说不用就不用。"小容说："我知道你们去找老师做什么，不就是送钱送礼吗，班上有好几个差生家长都在教师节和过年的时候给老师送红包，她虽然不再批评他们，可是他们还不是一样读书不好，这钱等于白花。再说了，我还不至于那么娇气，顶多听到了就像没听到，看见了就像没看见，死猪不怕开水烫。"

老方说："什么话，有谁会说自己是死猪，你是不是变笨了。应该说'真金不怕火炼'才对。"

小容笑了一下，说："反正你和外婆都不许去找老师，如果你们瞒着我去的话，我会讨厌你们的。有这个钱，还不如给我报个培训班，让我去补一补科学和数学呢。"

老方听小容这么说，问她："学校发的那些参考书，你自己看不懂吗？"

"能看懂的话，我学习就不会这么差了。"小容说："我们班同学，哪个不补课？不是在学校任课老师那里补，就是在外面补。"

老方看看女儿，心里有些内疚。他在小城里蹬三轮这么多年，知道各种补习班在大街小巷星罗棋布，到处都是，有补文化课的，有补才艺的。因为价格超贵，他从来没有想过送小容去补一补。现在小容成绩这样差，也不能全怪她自己不努力，自己作为父亲，不是没有尽到责任吗？

回到家里，小容在卫生间洗了洗，要去睡了。她站在客厅里，忽然觉得屋子里冷冷清清的，就问正在洗脚的老方："妈妈睡了吗？"

老方没想到她忽然问起妈妈，愣了愣，点点头，说："睡了。"

"她好些了吗？"

老方点点头，笑着对小容说："好些了，你别担心。"

小容便回屋里睡了。

14

开始倒计时了，一个星期以后就是考试，这个学期的最后一个星期，小容觉得，无论是老师，还是同学，仿佛都是在疯狂的状态里。他们还像附近那所高中里的学生那样，在后面黑板上写上"打败官二代、富二代，唯一的路就是学习"，越是成绩好的同学越是疯狂。小容是差生，所以，不像成绩好的同学那样要做全品、做培优、做奥数，但是，人家忙成一锅粥的时候，她也没有放松。她认真看书，六门功课，就算每天晚上不睡觉，要看一遍也是来不及了，她有一种力不从心的感觉。尽管自己是努力了，但结果很难说，说不定会比期中考更惨。她有时候很希望能有一个机缘可以忽然改变这种状态，就像人家忽然中彩票，空空的手上忽然多了几百万；就像习武之人忽然在无人的山谷中得到秘笈，从此豁然开朗，成为天下一等高手，人生从此进入妙境。可是，现实是，她还有一年多的时间得挣扎在水深火热里，多么希望现在就中考，等到一切都尘埃落定就好了。想到这里，小容觉得眼下的每一分钟都是那样的难挨。

杨美美每天都布置一篇作文、一张讲义，古文要一篇篇背诵，还要抄写一遍，听写一遍，默写一遍。同学们在 QQ 群里抱怨，称这是魔鬼训练，说杨美美发神经了。可是，说归说，没有一个人敢不听话。几乎所有的老师都拖课，杨美美拖得尤其厉害，有时候一拖就是十分钟，她刚说"下课"二字，下一节课的上课铃就响了，弄得大家连上厕所的时间都没有。有一次，数学老师正在讲课，男生包育新举手，胡老师问他做什么。包育新涨红了脸说要上厕所。胡老师很生气，没有批准，还说他怎么上节语文课下课后不去上。包育新解释说："是因为语文老师拖课，所以没有时间上厕所。"胡老师听了这话，更生气了，说："她拖课的时候你们怎么不举手说要去上厕所呢？你们是以为我很好说话是不是？"

就这样，包育新憋了一堂课的尿，到下课的时候，都憋到肚子疼了，下课铃一响，他就像箭一样飞射向厕所，班级里其他同学都笑死了。

15

吃过中饭，小容坐下来准备做数学题，翻翻书包才发现忘了带课堂作业本，必须得回家去拿。她跑到校门口，趁保安没留意，一个人飞快地溜了出去。

　　快要过年了，街上随处是采集年货的人，几乎每条道上都挤满了车，一辆接着一辆，慢吞吞的，比蜗牛挪得还要慢。一些性急的，就一个劲摁喇叭，惹来一片骂声。她在人行道上，倒是步子飞快。才十几分钟，就跑到巷子口了，累得快要喘不上气来，就站下歇一会儿。远远看见巷子口的电线杆上，倒吊着一条狗，已经被剥了皮，浑身血淋淋的，白森森的牙齿，从狗嘴里滴下来的血已经在地上积了一摊。小容被吓住了。她每次经过这里，要么是早上，要么是晚上，还有星期五的下午，从来没有看见过杀狗的血淋淋的场面。她呆呆的，浑身的血仿佛都要凝固。

　　一群来买狗肉的人在锅边等着，看老板拿着大铲子在锅子里翻来翻去。一张长方形的木桌上排着许多容器，都是买狗肉的人从家里带来的，代替他们自己在排队。他们纷纷赞着狗肉美味，一个老头说："这家的狗活杀，吃了放心。"边上几个就附和，赞这家店的狗肉地道。老头说要多买点，放在速冻箱里，过年这两天亲戚朋友来拜年，来上一盘香气四溢的狗肉，要么煮上一锅狗肉粉丝，便是锦上添花！一个胡子拉碴的男人对一个胖妇人说："这狗肉你们女人吃了有什么用，应该我们男人吃的。"胖妇人说："我就是买给我男人吃的。"说罢，众人哈哈大笑。小容不知道他们说这些话什么意思，但是看见他们笑得猥琐，就猜不是什么好话。她走到桌子边的时候，才看到桌脚上绑着一根塑料绳子，绳子的另一头居然拴着一条黄毛的家狗。小容刚才没有看到它，是因为它一直趴在地上。它浑身黄色的毛，只有耳朵是棕色的，圆而黑的鼻子使它显得可爱。但是，它看上去神情恹恹，整个儿趴在地上，沮丧的样子。小容看着，忍不住过去，轻轻地摸摸黄狗的脑袋。黄狗抬起头，默默地看她，伸出舌头舔舔她的手。在这样的时候，它居然还是那样乖，这让小容很难受。那些该死的人，为什么就这么喜欢吃狗肉呢。

　　狗肉出锅了，买狗肉的一拥而上，老板忙着招呼众人，过秤，收钱，找钱……小容看没人留意她，就蹲下身，悄悄靠近桌脚，去解那根绳子，没想到，绳子系得很复杂，她解了一会儿解不开，就在地上捡了一块很薄的小石头，飞快地将绳子磨断。

等这一拨客人忙完，老板回头，发现桌脚上的狗不见了，只剩下一段绳子系在那里，便哎呀呀叫起来，说是狗咬断绳子跑掉了。老板娘听说狗跑了，赶快从屋里头跑出来，果然，桌脚那儿空空的。她便骂她男人："真是没用，我说过要关在笼子里吧，这一丢就是八百块，你这一个星期都白干了，你去死了算了。"

老板哭丧着脸，蹲在地上不敢吭一声。

小容牵着黄狗冲过石头桥，她跑得气喘吁吁的，心里充满了紧张，拽着绳子的手心里出了汗。还好，一路上一直没见着人。她飞快地跑到家门口，牵着狗上楼，进了屋子就将门给关了。

黄狗仿佛知道自己获得了安全和自由，冲着小容直摇尾巴。

小容站在那里，紧张地想了想，接下来该怎么办？她先到衣橱里找了一块花布，用剪刀裁成绳子，然后一截一截接起来。黄狗很懂事，一声不吭，由着她换掉拴在脖子上的塑料绳。

小容去厨房里转了转，掀开菜罩，看见桌上还有一些剩饭和骨头汤，就把骨头汤放在锅子里热了热，那些油化开了后，再把饭倒进去，厨房里便漾起肉香。小容把装了肉汤饭的大碗放在地上，黄狗看样子饿坏了，飞快地吃起来。

狗儿吃饭的时候，小容想到了一件事，每天她都得去上学，她不在家的时候，狗就没人带了。万一狗叫起来，不是要吵着人吗？

等狗把碗里的饭舔完，小容决定了，把狗送到外婆家去，让外婆帮忙养这条狗。外婆家离她家并不远，在屏山公园脚下的一个院子里，跑步去，十分钟就够了。

小巷当然是不敢走了，小容绕远路过去。

外婆家院子里静静的，门也关着，好像没有人。小容站在那里"外婆，外婆"叫了好几声，没有人回应，就用手遮着，把头趴在玻璃上往里面看，什么也看不见。她不由得着急起来，下午上课要迟到了，狗又不能带到学校去，怎么办？她等了好一会儿，外婆还是没来，她只好把狗拴在外婆家院子里的桂花树下，然后，端来一把椅子，把狗给挡住。她没有带笔，也不能给外婆留个条子，但她想，外婆应该会知道是她把狗拴在这里的吧，不然还会有谁呢？

可是，她跑出来几步后，还是觉得不放心，就又跑回去。黄狗吐出舌头，朝她望着。她鼻子一酸，上去抱了抱狗，然后，取下头上扎马尾辫的小球扎在狗脚上。这个扎辫子的小球是外婆给她买的，外婆以前常常给她梳头，看到这小球，应该就知道这只狗是她送来拴在这里的了。

她想到这里，放下心来，撒开两腿往学校跑。

16

小容到学校时，下午第一节课已经开始了，校园里静悄悄的。初一年级后面的小花园里，一株蜡梅正在悄然开放，薄如蝉翼的黄色花瓣，很远就能闻到浓郁的香气。小容没有心思闲看，她蹲下身，想偷偷溜进去，但还是被保安拦住了。保安翻开记录本，问小容是哪个班级的，叫啥，为啥披头散发的。

小容沉默着不吭声。

保安严肃地说："不说你就别走。"

小容说："你给我一根橡皮筋，我就会把头发扎起来。"

保安说："我哪里来的橡皮筋。"

小容说："你不能帮我的忙，为什么一定要记我的名字。"

保安说："我的工作就是记不遵守校规的学生的名字。"

小容说："我没有不遵守校规，我只是没有把头发扎起来。"

保安说："你擅自离校，有跟班主任请过假吗？如果没有，又上课迟到，那就是违反校规，算是旷课。还有，你仪表不整齐，当然也是违反校规。"

小容说："你是想让校长开除我吗？"

保安说："这是你们班主任的事，你违反校规，班主任有权叫校长开除你。"

小容说："吓唬谁呢，现在九年制义务教育，你当我傻呀，你们没有权利剥夺我学习的权利。既然你怎么也不放我进去，那我就回家去了，到时候我们老师问起来，我就说你不让我进去。"说完小容抬腿就走。

保安一看情形不对，一把拉住她，说："我放你进去，你们老师怎么说你我可不管。"

小容没等他把话说完，就飞快地朝里面跑。

她跑到三楼教室门口的时候，正好杨美美从办公室出来，小容刚要朝里面喊"报告"，杨美美把她喊住了："方晓容，你到办公室来。"

小容吓了一跳，知道自己这一次准要倒霉了，她还从来没有听班主任用这样尖锐刺耳的声音喊过任何一个同学。她心里好慌乱，真想逃掉。

办公室里静悄悄的，胡老师正在埋头改作业。小容进去，他抬头看了一下，又继续忙自己的。因为小容数学成绩一向不好，胡老师也是不太喜欢她的。有一次她被叫到黑板上做习题，因为不会做，罚站了半天，胡老师戏称她为"蜡烛"。

杨美美开始批评小容，说她无组织无纪律，如果班级里每个人都像她这样不批准就擅自出去，那学校还能像学校吗。训了半天，小容一声不吭。杨美美说："你给我写检讨，说明为什么未经请假就擅自出校门，为什么出校门一次，回来就披头散发了。写完检讨，从今天开始罚扫，一直扫到期末考结束。"

小容一听又要写检讨，还要罚扫，忍不住，说："我不想写检讨，我没有做坏事，我这样都是有原因的。"

杨美美生气起来，把桌子拍得啪啪作响，她指着小容说："我看你爸爸蛮老实本分的，怎么养出的小孩这个样子啊？被你外公外婆爷爷奶奶给惯的吧。读书不努力不说，现在什么都来了，我管不了你了，学校也管不了你了，你叫你父母来。"

这时候，下课铃响了，学生们纷纷聚到办公室门口来看热闹，有个嗓音尖细的女生说："吓一跳吓一跳，披头散发，简直像是日本鬼贞子。"哄笑声传来，小容心里很难过，她告诉自己得赶紧想些别的，不然就忍不住眼泪了，她不想哭给杨美美看。于是她就想，现在如果能瞬间飞到另一颗星球上去就好了，不是有科学家说，宇宙里还有另外一些像地球一样的星球吗。可惜的是，到离地球最近的那颗星球也要七十光年，算算看，就算是一个婴儿，刚出生就让他上飞船，飞到那里也已经是古稀老人，或者，人还没有到那里，就已经老死了。所以，这个发现实际推敲起来好像也没有多大意义。她这样想着，叹了一口气。

科学老师搬着课堂作业本从教室回来了。她在水龙头上洗了洗手，说："女生也这么不听话，到底怎么啦？"

杨美美说："擅自离校，上课迟到，这个能算是旷课了。"

英语老师陈老师也回来了，看见得意门生站在这里，奇怪地问是为啥。

杨美美就又说了一遍。

陈老师对小容说："要好好读书，争取考个普高。"

杨美美笑了笑，说："她能上普高？除非太阳打西边出来。"

陈老师听杨美美这样说，有些忍不住，说："杨老师，有些说过头了，我跟你提个意见，请不要老是拿消极的话说孩子，也不要老是罚他们。"

杨美美听陈老师帮小容说话，就生气地说："现在我是班主任，你们年轻老师没有资格在这里指手画脚，我有我的教学理念，没有惩罚的教育是无力的教育。"

小容在心里骂了杨美美一句："放屁，什么破教学理念。"

陈老师看杨美美恼怒起来，就不再说什么。

小容知道，同一个办公室，老师和老师之间一般都是不会吵架的，他们既然是一个团队，就得保持一个团队的和谐。陈老师能这样帮她，已经让小容心里很暖了，她充满感激地看了陈老师一眼，没想到，正好接到杨美美翻过来的一个白眼。这么被人讨厌，这让小容觉得心里难受，这么一想，眼泪又要下来了，她赶紧对自己说，还是唱歌吧，唱唱歌心里就不会那么难受了。

她在心里唱起歌来。先唱了《春天里》，从"还记得许多年前的春天，那时的我还没剪去长发"开始唱，一直唱到"如果有一天，我悄然离去，请把我埋在，在这春天里"。……可是不行，她发现自己胸口被堵住一样，有更多想哭的情愫涌上来，赶紧换一首歌。她换了一首《怒放的生命》，可是，唱着唱着，眼泪又要止不住了。她赶紧停住，深深地吸了一口气，想了想，不知道该唱哪一首，忽然的，脑海里就跳出那首她一直无比讨厌的《忐忑》来，"啊——噢——"才唱了几个音，她发现自己就想笑了，想起那个演员身穿奇怪的衣服，脸上化着浓妆，像一个精神病一样一抖一抖地唱歌，她终于忍不住，捂住嘴笑起来，笑得上气不接下气。杨美美回头盯着她，一脸愕然："疯了，疯了。"

陈老师看见小容的样子，也笑了。她拉开抽屉，埋头在里面找了一会儿，没有找到一根橡皮筋，也不能帮小容将头发扎起来。上课铃响了，她在三班还有一节英语课要上，就抱了讲义和作业本出去，在经过小容身边的时候，对她说："傻孩子，别笑了，等一会儿我找到橡皮筋就过来帮你把头发扎起来。"小容抬头看看陈老师，两颗眼泪齐齐滑下来。

17

老方在素云的床前整理一些刚买的点心，一个小面包、二两糖炒栗子，还有几两杏仁条。因为素云咳嗽不能吃水果，而她晚饭没吃几口，怕她夜里醒来会饿，他就准备了这几样。素云拿眼神怪他，花那个钱做什么。老方对她笑笑，说："别算那个钱，吃光用光身体健康。"

打了三四天点滴，钱已经花了两三千，素云的状况却没见怎么好转，老方心里有些着急。他下午的时候和丈母娘一起去找过医生，医生说："谁叫你们这么晚送来的，肺炎、下呼吸道感染，重症肺炎引起心肺功能减退，有那么容易好吗！现在我们都是在用最好的药，青霉素、阿奇霉素、先锋霉素，能用的都用过了，能不能好起来，就看她自己了，体质好不好，还有求生意识强不强。"

从医生那里回来，老方和丈母娘相对默默无言，丈母娘哽咽着说："素云要是有什么事，我们小容怎么办？"

老方觉得心里有些闷。他没有想到，素云的病会那么凶险，居然牵涉到生死，早知道应该不让她拖的，现在这个样子，真是让人心里悬着。

傍晚，正是吃饭的时候，隔壁忽然传来盆碗砸碎的声音，接着一阵阵哭声传来，走廊上顿时吵吵嚷嚷的，医生们救火一样全跑到隔壁去了。急救了半天，却没有成功，那个病人还是静静地死去了，走廊上哭声大作。病人的妻子抱着病人的身体，不肯让他被推到太平间去，她像疯了一样。这个病人的陪护在一边小声对别人说："还好不是我喂的饭。"老方听了一会儿，就把事情听明白了。原来，这个突然死掉的年轻人，是个单位的领导，因为才能出众，被提拔到省城去，就在前晚，原来单位的同事为他饯行，一高兴，就喝多了，从酒店里出来的时候，一班朋友看着他慢慢溜到地上，然后烂泥一样倒下来。就送到医院抢救了，救了一夜才醒过来，他妻子心疼他，晚饭煮了他爱喝的牡蛎粥来，想给他补一补身体，没想到，躺着喝的，姿势不对，喝的时候，一不小心就噎着了，居然就救不回来了。

虽然这个死去的人和老方一点关系也没有，但是老方还是黯然站在那里好久。人生无常，乐极生悲，这种事，居然让他亲眼看见。走廊里一直回响着悲痛欲绝的哭声。平安才是福呢。老方这样想着，忽然明白了一件事——这一辈子，图个什么呢？只要妻子能好起来，一家人健康平安就好。孩子能把书读好当然最好，如果不是读书这块料，那就干脆让她活得轻松快乐一点，哪怕以后只能卖菜，只能做劳力活。做人嘛，不管以什么方式生活，不都是苦的吗？没钱人有没钱人的苦，有钱人有有钱人的苦。他以前骑夜车的时候，看见那些开着奔驰、宝马、法拉利、保时捷来夜总会接小姐的，都是这个城里的有钱人，他们的老婆怎么可能幸福？再说了，世界这么大，到哪里不能生活？

老方想明白了这件事，忽然觉得压在心上的一块大石头没有了，他很想立即就去学校告诉小容，学习不好没关系。那些公务员，千辛万苦，还不是为人民服务吗？大不了长大了练一身力气，去蹬三轮，也是为人民服务啊！他这样想着，情不自禁地笑起来。他想，素云如果知道他忽然这样转变了思想，肯定会觉得他是发神经，但他有信心说服她。

18

好不容易挨到下课铃响。小容顾不得扫地了，她冲出教室，飞快地往回跑。她一整个下午都在想她的狗。不知道外婆啥时候会回家，有没有看到狗脚上她系上的小球，有没有喂它吃晚餐……她想，外婆一定会喜欢的，它是那样的乖，而且，外婆一个人怪孤单的，多个伴不是正好？

她从学校一口气跑到外婆家。

外婆家的灯亮着，小容松了一口气。

院子里没有狗的影子，本来挡着狗的椅子放在一边，看样子，外婆是把狗牵进屋里去了。也是，天这么冷，关在外面会冻坏的。

小容在外面叫了两声外婆，夏兰过来开门，见是小容，便奇怪地问："容容？怎么没回家？"

小容探头看看里面，并没有狗的影子，就问外婆把狗关在哪里了。

夏兰说："什么狗，哪里来的狗？"

小容指着院子里的桂花树说："我下午拴在这里的"。说完这句，她就再也说不下去了。外婆根本没有看到这条狗，就说明，这狗在外婆到家之前已经不见了。在她离开后，又有人偷了它。人家为啥要偷狗，还不是为吃它的肉，想到这里，小容一下子好绝望，她大声问外婆："为什么你下午不在家？"说完，放声大哭。

小容外婆看小容哭了，自己也忍不住伤感起来，她一边安抚小容，一边对她说："你妈生病住院了，你爸没有告诉你吗？也不知道能不能好起来，你已经十四岁了，该懂事了。"

忽然听到妈妈生病住院的事，小容一颗心就像跌到深井里去，虽然好几天没看见妈妈了，她早就猜到是这么回事，但是爸爸没有跟她说过，她就假装不知道，她希望妈妈只是小病，希望早上起来，能看见妈妈好好地坐在桌边等他们一起吃早饭。可是，听外婆的语气，妈妈的病好像没有这么乐观。

她没有和外婆告别就往外走。

外婆在后面叮嘱小容："快点回去，爸爸在等。"

小容答应了一声。

很静的夜晚，大概是天气冷的缘故，街上并没有几个行人。小容走了一段路，还是不能止住伤心，她从来没有这么难受过，心里难受得连一步都走不动了。

去年有一次和小欣在网吧一起看电影《泰坦尼克号》，她曾经掉过许多眼泪，但是，那种感觉和现在是不一样的，那时是一种没有负累的伤心，难受一会儿，出了网吧，伤心就飞走了。在学校，杨美美的责骂、嘲笑，同学的冷落、疏远，虽然也让她不愉快，但是，这些从来都像一阵烟一样，风一吹，也都会过去。她有这个本领，可以做到不让这些难受的事在她心上留下一点点。然而，她觉得她没有办法像往常一样若无其事地面对眼下经历的事。

小容没有往小巷回去，而是直接走上了大路，沿着中午她将狗牵出来的路线回去，她希望它能像中午来时一样，回到她的家里，在她家门口等她。

然而，显而易见的，希望落空了。她家楼前空落落的，她上了楼，门口也是什么都没有。

小容慢慢下了楼，走上山去。山上黑魆魆的，到处都是暗影，她从兜里取出去年买饮料时送的小手电筒照了照。风吹来，小容仿佛听到动物的咻咻，她像中午一样，叫了两声"乖狗"，还追了好一阵子，却没看到任何影子。就到水库边了，她决定爬到水库边那棵银杏树上去看看，那株银杏树，她早就想爬上去了。去年初夏的时候，上面曾经生活过两只相思鸟。那鸟儿，有小巧的红嘴，绿衣裳黄围脖，总是两只待在一起，你一声"咕儿"，我一声"咕儿"，一样的眉眼，一样的神态，在同一根枝头，非常亲密地挨在一起。

小容慢慢攀到高枝上的时候，手电筒的光照到一个玲珑的小巢，在树枝间，像一个小酒杯，她开心地笑起来，不知这是什么鸟留下的，是相思鸟吗？她把鼻子贴近鸟巢，看见小巢里有一根彩色的小羽毛，异常美丽，巢里隐隐留着小鸟的气息。到春天的时候，它们应该会飞回来吧，小容将小羽毛拿在手里，情不自禁地遐想。她想眺望远处，然而，尽管叶子已经落尽，许多横着的枝条还是将手电筒的光遮住了，她什么也看不见。小容在心里叹了一口气。虽然戴着手套，但是，爬了半天树，手也感觉快要冻僵了，又有些倦，她将身体靠在一根粗大的树干上，缩成一团，想歇一会儿再下去。手电筒往下照的时候，下面有波光明灭，她知道，现在她是坐在水的上方了，这棵树虽然离水库还有一点点距离，但是，因为它是斜着长的，它粗大的枝干越往上，就离水愈近。"得小心一些。"她提醒自己。

也不知过了多久，隐隐约约的，她似乎睡去了，她在睡眠里觉得很冷，迷迷糊糊间，仿佛听见有人在山脚下喊她的名字，她很吃力地辨别，一定是爸爸，好像还有外婆。她希望那几个唤自己的声音里能有妈妈，她希望妈妈的病能好起来。一会儿，她模模糊糊地梦见已经是春天了，小草、小花、小雨点，一切都是那样的美，一阵风吹来，虽然很冷，但是有别样的芬芳。她看见树下，几个人仰头看她，那是爸爸的笑脸，妈妈的笑脸，外婆的笑脸。她很开心，妈妈果然病好了。她听见外婆说："傻孩子，快下来，叫爸爸接着你。"小容开心地笑着，她觉得自己仿佛成了一只鸟，腋下生出翅膀，无拘无束，优美地从这棵树上滑翔到另一棵树上。

女 人

一

才不过下了两三场雨，这天就凉下来了。天空高远明净，几朵大而净的白云懒散地飘着，阴影犹如一只只肥硕的黑羊，在庄稼地里、河道中、山冈上慢慢溜达。

田地里，稻穗正在由青转黄，几只贪吃的雀子在田埂上小步跳着。跳几步，又停下来歪着脑袋瞧瞧，似乎在琢磨，这稻穗儿啥时候才能填进肚子里呢？它们似乎比农人们更着急。这情景看了让人发笑，急个什么呢？稻子长在地里头，施肥、薅草、治虫，该做的事一件不落地都做过了，剩下的，成熟起来就是稻子们自个儿的事，急又顶个什么用呢？

八月初八这天，小月庄山前的两幢屋子有两场婚礼要办。娶媳妇的，是后生张连胜和张连友。

其实，喜日子是张连友的娘三月里先去挑来的。张连胜的娘一直在厂里做工抽不出身，到了六月里才去挑，没想到，挑来挑去的，竟也挑了同一个日子。择日子先生说："新郎属兔，六月里、八月里、十一月里各有一个好日子。不过几个日子比起来，还是八月初八这个日子最好，既得金又得利。其余那两个日子，一个公公犯冲，一个新娘自己犯冲，都不太好。"张连胜的娘说："这个日子我们庄里已经有户人家挑了，要是今年没日子了的话，我们不如挑下一年？"择日子先生摇摇头说："来年无春，'无春年寡妇年'，你要想好了。"他的话吓了张连胜的娘一跳。就这样，七弄八弄的，两家就定在同一个日子里办喜事了。

同一日嫁到小月庄来的，是韩晓蕙和金彩云，她们岁数相仿，长得都很漂亮。不同的是，韩晓蕙是从镇上嫁过来的，而金彩云的娘家则在隔了小月庄五里地的流水庄。

张连友当年曾和张连胜一起在镇上学油漆活，他们一直租住在韩晓蕙家里。韩晓蕙她爸去得早，家里没有男人，平时碰上换保险丝啊换煤气之类的事情，韩晓蕙她妈总爱在楼道里喊人帮忙。张连胜脾性好，有求必应，时不时地帮着这母女俩，有时逮着闲还会跟她们聊上几句。韩晓蕙在一家国营药店做煎药工，不是正式职工，每天累得半死、臭得半死，工资却只能拿半份。所以，她母亲常常会因为心疼女儿而讲几句牢骚话，怪韩晓蕙她爸死得早，怪韩晓蕙没好好读书，只能做这种累死人的体力活。每次韩晓蕙她妈说的时候，张连胜都在一旁帮忙疏解，他说的话总是很得体，这让在一旁的韩晓蕙心里很是熨帖。

韩晓蕙不是一个多话的人，平时除了养花，就没有什么别的爱好。她家的院子里，有玫瑰，也有含笑、白兰花、茉莉、海棠、银桂和蜡梅各据一方。春天刚起头的时候是花开得最少的时候，那会儿，满院子碧绿幽长的草，看上去静静的，但每一条枝干上，都有新叶拱出来，有花朵在孕育、在含蕾。过不多久，叶子就一片片长齐了，花儿也一朵朵开起来，六月雪、苍兰，还有凤仙、菊……四个季节，小院中总是热热闹闹芳香扑鼻。韩晓蕙种什么花都会活，且都开得特别有生气，常有人抱了气息奄奄的名贵兰花来让她救，她总能让其起死回生。一次，张连胜对韩晓蕙说："我猜你前一世准是王母娘娘瑶池边的花姑，你信不信？"

韩晓蕙看着他，眼睛亮亮的，笑了。

张连胜见她开心，就玩笑一样对她说："我家里有好多地，屋后就有一大片，随你种多少花。你……愿不愿意……嫁给我？"

韩晓蕙吓了一跳。

张连胜拿手挡了一下脸，说："你不要这样看我，我脸上没长花吧，你只要回答愿不愿意就好了。"

韩晓蕙想了好一会儿，说："我除了种花，别的啥都不会，这样怕不行吧。"

张连胜说："行，当然行，我说行，就准行。"

韩晓蕙又说："那农忙的时候，我不要割稻子，不要晒谷子，行不？"

张连胜赶忙把头点了又点。

他们的恋爱很顺利，张连胜他爸是个老实人，什么都由他妈拿主意。而他妈呢，就这么一个儿子，只要儿子喜欢，她哪里会讲半个不字，再说张连胜挑的又是镇上的姑娘，那可是很争脸的事。

张连友当年和张连胜一起学油漆，没做几天就撂下不干了，说是受不了那个味，张连胜曾不止一次地劝过他，说到后来，彼此之间就有了些不愉快。张连胜觉得张连友没出息，因为吃不了苦而回到乡下，以后只能过他老子那样面朝黄土背朝天的日子。张连友则觉得张连胜太死心眼了，难道乡下人就不可以在乡下做出一番事业？他回到乡下后，在离小月庄不远的一条老街上租了两间屋子，像城里人那样开起了小超市，慢慢将生意做起来。他店里的东西价格不比别的店贵，而且看得见摸得着，挺方便的，很受村民们的欢迎，附近的村民都喜欢到他店里来消费。他便一日日地将日子往好里过。金彩云是说媒的介绍的，见过几次面，觉得还称意，就订了婚，跟着就是结婚。

二

结婚这天，金彩云她们这一班人衣着光鲜地进小月庄时，噼里啪啦的炮仗声几里之外都能听到。

金彩云穿着一身酒红色的婚纱，戴着一个粗粗的金凤项圈，两只金耳坠在太阳下光闪闪的，看得小月庄人咋舌不已。这会儿，韩晓蕙那一班人也到了。韩晓蕙是坐着轿车来的，送她来的三辆锃亮的奥迪轿车上，精心点缀着美丽的粉玫瑰、满天星、百合和情人草。一个头发披在肩上的男人，坐在最前面的一辆工具车上，扛着摄像机，对着婚车拍，那阵势，一下子就将金彩云那一班人给比了下去。"到底是镇上的，那排场和气势，就是不一样。"小月庄人啧啧赞叹。张连友家的亲戚听了这话，脸上便有些挂不住。金彩云的堂姐金香玉眼疾手快，掏出一把红米掷到韩晓蕙坐着的那辆车上，随后又扔过去一只染红的鸡蛋，鸡蛋是生的，一磕在挡风玻璃上，蛋清啊蛋黄啊什么的立马就流了下来，粘着先前扔的红米，将韩晓蕙的花车弄得很有些狼狈。司机从轿车里钻出来，朝着金彩云她们喊："干吗哪，干吗砸车啊，砸坏了你有钱赔吗你？"

金彩云没理他，一抽身，带着一班人抢先进去了。

韩晓蕙的婆婆一看这阵势，脸都气白了，因为金彩云不但拿生蛋破了韩晓蕙的喜，还抢了韩晓蕙的先。庄户人家结婚，这是头等忌讳的事。

结婚头两天，小月庄的婆姨们姑娘们一拨一拨地结伴往韩晓蕙家和金彩云家赶，到韩晓蕙家去的，除了每人分到一捧喜糖和两只喜蛋外，十几个未出阁的姑娘每人还分到一个漂亮的胸针。这些胸针造型别致，看得姑娘们的眼睛都发亮了。

韩晓蕙脸儿红红的，站在门口目送着她们又一窝蜂似的拐过西边的墙角，到后边金彩云家去了。到金彩云家的都分到一满把糖和一双红鸡蛋，婆姨们都笑嘻嘻地对金彩云的婆婆说："新媳妇真耐看，一点也不输给镇上来的媳妇。"

金彩云的公公乐呵呵地说："那是那是。"几个大老爷们就笑他说："满意得很吧！"满屋子都是笑。有几个姑娘，忍不住拿出胸针来比着看，金彩云也看见了，知道是前幢屋的韩晓蕙给的，她没有特意给姑娘们准备礼物，脸上就有些不愉快。

金彩云和韩晓蕙过门第三日各自回娘家，金彩云过了一夜就回来了，她跟庄里人说，刚办完喜酒，娘家乱糟糟的，她看着心烦。

　　韩晓蕙和张连胜在镇上过了三夜，回来时，韩晓蕙将她母亲养了快半年的宠物狗也带了来。那是一条马尔济斯犬，她唤它"雪球"，浑身雪白的毛，黝黑的眼睛，黝黑的鼻子，脑袋上两边各扎着一根红绸绑的蝴蝶结。它时不时地伸出小红舌头讨好地舔韩晓蕙的手一下，有时又抬起头来歪着脑袋四处看看，很娇媚的样子。他们到家时，身后已经跟了一大串毛孩子。那些庄里娃们平素狗也见得不少，但都是一些普通的看门狗，黑毛的、黄毛的、花毛的，一条条高高大大，粗野得很，逮着机会就会呜呜叫着厮打成一片，还是头一回见这么漂亮又温顺的小狗，都很兴奋得谁也不肯走开。

　　到家了，张连胜和他妈忙着整理他们从镇上带回来的东西。韩晓蕙拿出一篮鲜花拆了，把花都分给孩子们，腾出篮子，铺上一根薄薄的小毯，将雪球放进去，又从碗橱里拿出一只小花瓷碗，往碗里掰了几段火腿肠。大概是饿坏了，没几分钟，狗儿就将碗里舔得干干净净，又仰起头来讨香肠吃。孩子们开心地欢呼起来。

　　"做啥呢，这么热闹？"韩晓蕙听见门口有人问，抬眼一看，见是金彩云。她还记得结婚那天自己的婚车被金彩云她们用蛋破喜的事，心里头还有些不高兴呢，本来想不理睬的，可是转念又一想，自己嫁到庄子上来，又和她前后幢住着，日后少不得要打交道，想过安生日子，还是应该把关系处好。所以，她在脸上展开了一点点笑，对金彩云说："都在看小狗呢。"

　　金彩云淡淡地看了狗一眼，问："什么狗，怪漂亮的。"

　　韩晓蕙笑着说："要不要抱抱。"

　　金彩云说："不用了，我小时候被狗咬过，很怕狗。不过这狗看上去好像挺贵，多少钱？"

　　韩晓蕙说："不贵，是一个熟人转手给我们的，才两千。"

　　韩晓蕙的话让金彩云吓了一跳，她笑了笑说："你们家可真是有钱。"说完，头也不回地走到西边的墙角，一转，就不见了，剩下韩晓蕙一个人站在那里，一脸的尴尬。

晚上，金彩云跟张连友说："从小到大，我只听说过'人往高处走'，只见过乡下人嫁到镇上去的，还从没见过镇上人嫁到乡下来的，家里头还那么有钱，又长得那么好，我看八成是做了什么见不得人的事，没人要了，才胡乱嫁到乡下地方来的吧。"

张连友正坐在桌前盘算第二天要进的货，听金彩云这么说，抬头瞪了她一眼。把脸一沉，说："做新媳妇就跟人闹不愉快，会让人笑话的，连胜和我虽然不说话，可是我和他从前那二十几年的情分还在那里，不要你一来就把我们彻底变成冤家。我在这个韩晓蕙家里住过，知道她是个本分姑娘，你莫要乱嚼舌头。"

张连友这个态度吓了金彩云一跳，她刚想还嘴，他盯着她继续说："我妈在这个村子里住了一辈子，从来没有说过人家一丁点儿闲话，她是绝对不喜欢碎嘴婆的，以后少在人前搬弄是非，不要让人家笑话我们家娶个媳妇是爱弄事的。"

金彩云看了看张连友，虽然心里非常不快活，但想了想，还是忍了。

晚上，韩晓蕙跟张连胜说起白天的事，张连胜连连打着哈欠，说："那个女人，你少惹她，谁惹她谁倒霉，方圆百里，没有人是她的对手。"

韩晓蕙说："我是见识过了，以后尽量不和她搭界。可是，你是怎么知道她难说话？"

张连胜说："说媒的以前到我家说过媒，我妈去流水庄偷偷打听过，说她还有一个哥哥，也不好好做事，开着辆破尼桑，一天到晚不务正业，骗女人的钱花，加上她的老妈，一个比一个厉害。路过的人捡了她家一个长到路上来的南瓜，她哥哥就把人家一把牙都打掉了，还骂人家祖宗十八代。"

韩晓蕙笑了，说："啊，还有这么一档子事啊。"

张连胜走到她身边，抱着她。

韩晓蕙推开他说："你说说看，你当初是不是挺中意她的，不然怎么会让你妈去打听。"

张连胜说："我找对象哪里用得着打听，看一眼就清楚了。我当时在镇上学油漆呢，根本不知道这事。"

韩晓蕙说："如果你妈喜欢，你就会娶了她对吧。"

张连胜用力捏了捏她的脸，说："你有完没完，我明天一早就回镇上去了，你要好几天见不着我，这些事有什么要紧的，逮着了就打听个没完。"

韩晓蕙笑着打了他胸口一下，一边说："你还有什么瞒着我的？"

张连胜摸着胸口刚才被韩晓蕙打过的地方，说："好痛。"

韩晓蕙笑起来，说："就知道装。"

张连胜拉她过来，亲了一口，说："你别胡思乱想，我再怎么没眼光也不会要那种女的，才勉强初中毕业，能有多少智商，总不能让我孩子输在起跑线上吧。"

其实韩晓蕙也不过是高中毕业，可是被连胜这么一说，就觉得自己有多好似的，便心满意足地笑了。

三

张连胜家门口不远处有一口宽大的圆井，前后两幢屋子的村民吃的、用的，都是这口井里的水。石井台高出地面两三尺，一年四季井水皆清而满。打水的人，弯下身子，拿着水桶略微一摆就是满桶水，那井水是甜的。韩晓蕙非常喜欢，她觉得，拿那样好的水洗衣裳、洗澡，简直就是暴殄天物。她一天里有无数次去那井台上，有时是淘米，有时是去提浇花的水，有时则什么都不做，只是去看看井壁上满布着的茸茸的青苔和润湿的野草，看看井水里一枚小钩似的清亮的月牙。

那天早上，韩晓蕙一个人在井台上提水，金彩云也过来，对着她说："淘米呢？"

因为之前的接触都没有给自己好印象，韩晓蕙对金彩云有些戒备，她看看金彩云，迟疑地回答："啊，是啊。"

两个人默不作声地各洗各的，金彩云看见韩晓蕙的背影，又没话找话地说："我看现在整个小月庄就数你的身材最好了。"

韩晓蕙听了金彩云的话，脸上有些放松下来，接话说："哪里。"

金彩云继续说："不是吗，来旺媳妇、永福媳妇漂亮是漂亮，但是一个太胖，一个又太瘦。胖的像南瓜，瘦的像金针菇，要是她们匀一匀就好了。"

韩晓蕙听她这么说，笑起来，米箩簌簌簌地抖，说："怎么匀啊？如果能匀，胖子就不用那么辛苦减肥了。"

金彩云笑得咯咯响，说："我们连友最讨厌胖女人了。以前他在镇上做活的时候，有个大老板想把他的独生女嫁给他，还答应给他一套别墅，他都没动心。因为那老板的女儿不光脸胖身子胖，还有两条压得死人的大象腿。"

金彩云说完，韩晓蕙也笑了，说："这事我知道，当时就是我妈给说的媒。不过，那个人家好像也不算怎么有钱，他家的女儿也没有那么胖，八成是你家张连友为了吹嘘自己故意这么跟你说的。"

金彩云听她这么一说，把脸一沉。

韩晓蕙一看，心里咯噔一下，知道自己不小心说错话了。

就在这当儿，来旺媳妇挑了两筐番薯从地里回来，看见两个新媳妇都在，便想过来打打招呼套套近乎。她把那担番薯放在门口，拎了一只木桶走到井台上。因为之前在地里干活，她穿了一身做姑娘时穿过的衣裳，看上去就像裹着一个大号的粽子。金彩云见她那副样子，想起刚才匀来匀去的话，心想，来旺媳妇哪里都超大，真是想匀也匀不了，便憋不住笑了。知道她为什么笑，韩晓蕙也忍不住了，两个人把来旺媳妇丢在一边，笑到捂着肚子。来旺媳妇虽然不知她们为什么笑，但是也猜到一定跟她有关，便涨红了脸，拎了一桶水气鼓鼓地进屋去了，把门猛地一关，声音老响。

看着来旺媳妇气鼓鼓地关了门，金彩云才停下来。

歇了一会，金彩云问："我没说什么吧？"

韩晓蕙说："没说什么啊。"

金彩云说："那么就是生你的气呢。"

韩晓蕙依旧笑着说："怎么会生我的气呢？"

金彩云拔高声音说："我什么都没说，当然是生你的气了，你不是说胖的人不能匀吗，她八成是听到了。"

来旺家二楼的窗户"啪"的一声打开，吓了韩晓蕙一跳，虽然没有看到来旺媳妇，但她知道，金彩云的话她都听到了，她脸上的笑顿时僵在了那里。

金彩云说完不再跟韩晓蕙打招呼，径自拿了米箩和矮脚桶回后面那幢屋去了。

韩晓蕙愣愣地站在那里，半天没回过神来。

自从这件事之后，韩晓蕙算是真正记住了金彩云的厉害，便留心着，不再跟她搭界。

张连胜因为在镇上做活，四五天才能回来一次，有时候碰上活忙的时候，一两个星期才回来一次也是有的。而张连友，他的超市就开在离庄子不远的老街上，一早出门，傍晚回家吃晚饭。吃过晚饭，他常会带金彩云出去，有时两个人还牵着手去晒谷场看镇上电影队来放的露天电影。在回来的路上，有人曾瞧见张连友拔了路边的狗尾巴草，绕一些小朵的野花进去，编成一只花冠让金彩云戴在头上；还有人瞧见张连友像城里人那样搂着金彩云在村道旁的野甸子里亲嘴。

一次，韩晓蕙笑着对张连胜说："现在我这个镇上人过起了乡下人的日子，而真正的乡下人倒像是镇上人那样过日子哪。"

张连胜说："如果你愿意，你可以到镇上你妈家住，省得我每天对你牵肠挂肚的。"

韩晓蕙笑着说："我们住镇上，你爹妈咋办？我看你还是快一些赚钱，在镇上买个房子，让他们也去那里住，这才扬眉吐气。"

连胜说："我就是这么想的，不过，现在攒的钱才刚刚够买一个客厅加一个厕所，还得再拼个两年呢。"

躺在床上，韩晓蕙心里想，其实就像这样一直住在乡村里与世无

101

女
人

争地生活也是挺好的，大家都一样，没有谁会再因为不是正式工而瞧不起她，而且，她喜欢乡村的生活，如果不是和金彩云做邻居，她觉得她目前的生活简直就是完美。

四

稻子一大片一大片地成熟了，站在田垄上望过去，金黄的稻浪一波一波地直铺到遥远的山脚，风吹来，稻穗唰唰唰响，空气中有一缕缕的清香。

小月庄的人开始在田里忙活起来。

张连友舍不得歇了店里的生意，没有回来割稻。那两亩田里的事都是由金彩云和公婆一起收拾的。金彩云每天天一亮就起来，跟着公婆下田，割稻，脱粒，扎草把，晒谷子，没省一点力气。除了做事爽快，她还尽着心思做各种点心，前一餐她烙几张金黄金黄的南瓜饼，下一餐她会包几个雪白雪白的蜜枣粽，再下一餐又是肥嘟嘟的饺子……每当张连友家的人在田里开始吃点心的时候，总能吸引许多庄子里人的目光。金彩云的能耐没多久就在庄子里树起了名声。

然而，无论庄子里人怎样地夸奖，金彩云的脸上始终是不痛快的。因为，当她下死命地割稻、脱粒、扎草把、晒谷子时，韩晓蕙的生活却没有一丁点儿的变化。她依旧每天打扮得齐齐整整、漂漂亮亮的，有时候抱着她的"雪球"在田野里走过，看上去就像一朵荷花。

小月庄这一年只有金彩云和韩晓蕙两个新媳妇，众人嘴上不说，心里头可是要比的。那些庄稼活金彩云在娘家时就做惯了，她觉得怎么也不会输给韩晓蕙。因此，早就攒足了劲要和韩晓蕙比一比。然而，让她没想到的是，韩晓蕙却并没有去田里，张连胜的爹妈也没去田里，张连胜干脆待在镇上没回来。农忙快结束时，来了几个割稻客，三下五除二便将张连胜家那一亩多地收拾完了。这一切让金彩云特别的熬心，好像用尽力气打出去的拳头都落在了空气中一样。

其实，韩晓蕙也没闲着，虽然一结婚她就辞了临时工的工作，现在，除了家务活，她每天还忙着在屋后的两块自留地里种花。那地上刚收获了番薯，空着呢，张连胜的妈也没管她，由着她去。"十月小阳春"，也可以算是种花种树的好时节。她从镇上的家里移栽了一些水栀子、玉簪、四季海棠、三角梅的枝子来。眼下，一溜儿排开的菊花开得正闹呢。韩晓蕙每天侍弄着那些花草，心里头非常舒坦。

这天早上，韩晓蕙开了后门出来，见花地里静静地站着一个人，吓了她一跳。那人听见开门声响回过头来，居然是张连友。韩晓蕙有些迟疑，一时间不知道是不是该回到屋里去。她嫁过来那么久，还从未和张连友打过照面。

张连友却很大方的样子，笑笑地对她说："这些花种得不错。"见她不答话，他笑笑问："多少钱一盆？"

韩晓蕙说："只是种着高兴的，没想过要卖。你不是知道的吗，镇上我家院子里的花还要多，我不是从来没有卖过？"

他说："那我能不能问你要两盆，放到街上的店里。"

正说着，听见金彩云站在后面楼上窗口一迭连声地喊张连友，张连友抬头冲她说："咋了，着火了，喊得那么急？"

金彩云说："不喊你喊谁啊，谁叫你是我老公。"

张连友说："发神经。"

见张连友不过去，金彩云从上面狠狠地用眼睛剜了韩晓蕙一眼，砰砰地将窗子关起来了。

韩晓蕙看看张连友，玩笑说："你老婆吃炸药了。"

张连友笑笑说："是得好好教训教训，无法无天了。"

说笑间，韩晓蕙将一盆黄龙爪和紫松针给了他，那盆绿菊张连友也想要，韩晓蕙没舍得给。

张连友吃过早饭去街上时，将那两盆花放在摩托车后座的筐里带去了。

五

韩晓蕙将"雪球"关在屋里，只在为它打扫的时候，才将它牵出来。狗链子要么拴在前门的廊柱子上，要么缠在后门口的一棵山枣树上。

这天上午，趁着天气好，韩晓蕙将狗窝里的毛毯拿出来洗净了，放在太阳下晒，又回屋里将狗窝整理了一下，回到后门牵狗时，狗却不见了。

她有些奇怪，连忙在山枣树边转了转，也没有。她抬眼看了看，后面这幢房子，只有金彩云家的门开着，难道是进她屋里去了？她正想过去看看，却见金彩云出来了，见了韩晓蕙也不理，还一把将脸背过去。见她这副样子，韩晓蕙把话咽了回去，她在心里寻思，如果雪球进了她家，应该早被她赶出来了，她说过怕狗，应该不会把狗关起来。她着急地往四周看。难道是链条没缠好，狗自己跑走了？她心里像沸了一锅油，飞快地跑到附近的田里找。田里留着稻茬、竖着草把，很难走，她两只脚的脚腕处都被戳破了。可是，她在附近找遍了，连堆得高高的稻草垛下都没漏过，却仍然连雪球的影子都没找着。天一寸寸黑下来，她走得筋疲力尽才回来。

张连胜的母亲在做饭，张连胜的父亲在灶前烧火。见她回来，张连胜的母亲就问她："是去哪儿了，怎么饭也没做？"

韩晓蕙心里灰灰的，说："雪球不见了。"说着，眼泪就下来了。

张连胜的母亲说："怎么好好的就丢了？找过了没有？"

韩晓蕙一声不吭，上了楼，衣服也不脱就躺在床上。

她躺在那儿，听见婆婆唤着"雪球雪球"到外面寻去了，心里异常难受。

韩晓蕙一宿没合眼，她留心着屋外的动静，希望雪球能自己回来。狗是能认路的，再说，已经是深秋了，天一日比一日凉，它能跑到哪儿去呢。

第二天一早，天刚亮，她迷迷糊糊地听到狗温柔的猁叫，心里涌上一阵喜悦。可是，等她飞快地跑下楼，一开门，外面却空空如也。

韩晓蕙愣在那里，眼睛里快要流出泪来。

左边的门开响，来旺媳妇出来，说："狗跑了？"

韩晓蕙看着她。

来旺媳妇笑笑说："跑了就跑了呗，一条狗而已。我早想吱声了，前一阵子，你把狗拴在我家门前的柱子上，将柱子弄污了，害得我们当家的病了一场。"

韩晓蕙气得笑起来，说："这真是好笑，你们来旺生病，怎么能赖在我们雪球身上。"

来旺媳妇涨红了脸，高了嗓门说："是看风水先生说的，门前弄污了，还会有好事吗？"

她们吵的时候，金彩云从后面过来。

韩晓蕙正要再说，见金彩云出来看热闹，心里非常不痛快，就不再理来旺媳妇，进了屋，关了门。

胡乱吃过早饭，衣服也没心思洗，韩晓蕙一个人去街上，这是她嫁过来后第一次上街，她也不知道上街去做什么，只是心烦意乱，不能再像个没事的人那样待在屋里。雪球的消失就像一记闷拳打在她的心上，砸得她心窝子隐隐作痛。她很后悔，当时应该去金彩云家里看看的，一定是她把雪球藏起来了。如果当时能进去看看，说不定就找到雪球了。只要能找到雪球，就算和金彩云扯破脸皮吵一架又有什么关系？一想到雪球或许正挨着饿、受着冻，想到它也不知是死是活，她就像整个人被抽空了一样，浑身一点力气也没有。她深一脚浅一脚地往前走，一边往路旁已经开始枯黄的草窠里找。明知是徒劳，但是她多么希望雪球会在不经意间突然跳出来，哪怕浑身都是泥，她也不会嫌它。她会让它像往常一样挨着她，用小红舌头舔她的手……

她胡思乱想着，到街上这段只需要走三十分钟不到的山路，她居然走了一个小时。

不是集市日，街上人不多。经过邮局时，她进去给她妈打了一个电话。

家里应该装电话的，她提了几次，可是婆婆不同意，说："装个电话要三千块钱，我给人做小工，一天才赚十来块钱，这么多的钱我是舍不得花的。况且，我觉得没什么要紧的，安了电话还要交月租费、电话费。这费那费的，会把家里的钱一点点卷走。"

韩晓蕙叹了一口气，她因为没有赚钱，没有说话的资格，她的想法都是算不得数的。

因为没有电话，结婚后，她几乎与世隔绝，她不喜欢串门，她也没有觉得庄子里哪个女人是可以和她说说话的，她每天除了做饭和洗衣之类的家务，就是关在后院种她的花草，有时候，和咻咻地在她脚前脚后跑的雪球说说话。现在，雪球居然不见了，她觉得，自己心里憋屈得快要爆炸。

电话拨通了，可是听那边她母亲"喂喂"两声，她一句话也没说，又把电话给挂了。

就算跟她母亲说了又管什么用呢，白白让她操心而已。

韩晓蕙心里乱乱的，站在邮局门口好一会儿，看见对面是一家超市，便下了矮阶，走过去。

才到门口，就见张连友站在门口的柜台里面跟她打招呼。他笑笑地对她说："这超市是我开的。"

韩晓蕙打起精神说："原来是你的店啊。"

张连友笑笑说："你上次送我的那两盆花，刚摆上就被两个老顾客给买走了，我也没好意思跟你提，哪，这是六十块花钱，你拿去吧。"

韩晓蕙不肯，推辞说："不用了，跟你说是送的，怎么能收你钱。"

张连友说："收下吧。你再送我两盆不就结了。"

韩晓蕙听他这么说，便不再坚持，她拿了几块透明皂，又拿了几桶家常面，走到狗食架边时，她习惯地用手去够那些雪球爱吃的罐头，就在刹那间，心里像被拧了一把，泪涌出了眼眶。

到了门口，她用刚才张连友给的钱付了账，他在收钱的时候，笑笑地对她说:"我想在店里设一个花卉区,你专门给我提供花吧。"

韩晓蕙还没从她的情绪里回过来。

张连胜笑笑说:"我是生意人,不会白给你好处的,所得利润五五开,咋样?"

韩晓蕙看了看他,说:"我一直喜欢种花,但还没想过要卖花。"

张连友听她这么说,便笑了,说:"你不是没事业吗,我看,整个庄子只有你是成天啥也不干的,这能行吗,乡下人的舌头可是刀子,能刮得死人呢。"

张连友的话让韩晓蕙心头一凛,的确,在她还未到乡下前,她以为乡下民风淳朴,乡下人好说话,可现在才知道全不是那么回事。以前在药房里的时候,那些正式工虽然瞧不起她,但都是背地里的,从没有人当面这样给人难堪。

她想着,听见张连友又在说:"你如果做得好,我连胜哥也能松快些,到时候就不用去闻那难闻的油漆味了,我当年在城里当学徒的时候,不是手上痒就是身上痒,我们行内人都知道,油漆可不是好东西,毒着呢。"

韩晓蕙沉默了。

张连友拿出几个小饭格子,对她说:"待会儿有车货要运来,我得抓紧时间吃饭。"

她看了他的菜格子一眼,便整颗心悬在那里,扑通扑通狂跳,脚都有些软了。她听见自己用软得像抽了筋似的声音问张连友:"这是狗肉对吧?"

他点点头说:"是啊,要不要来一块?味道还不错。"

一块一块烤好的狗肉像一颗颗钉子,钉到韩晓蕙的眼睛里,她知道先前自己抱着的一丝丝希望已经完全落空了。

张连友不知道她为什么在刹那间变了脸色,就问她:"你怎么啦?"

她浑身发冷,站在那里。

"真狠",她说:"真狠。"便再也忍不住了,哭起来,一边抹泪,一边说:"冲我来好了,为啥要害我的狗,还吃它的肉啊"。

张连友也变了脸色说："你说什么，这狗，是你的狗？怎么会？我老婆说是她哥从打狗队那儿要来的小狗肉。"

六

韩晓蕙从街上回到家里，已是黄昏，公婆早已歇了，锅子里放着凉了的饭和菜。她的头昏昏沉沉的，一点也不想吃。她拿了雪球的盘子来，将饭菜拌了一点放在小狗窝前，看到空空的狗窝时，她整个人傻在那里。

张连友家关着门，没有一点声息。其实，就算看到金彩云，韩晓蕙也不能够跟她吵了，她又气又伤心，一点力气都没有。

不多会儿，张连友就从街上回来。韩晓蕙站在二楼后面的窗户口，看见他把车开到门口停下，看见金彩云来给他开门，看见张连友进去重重地关了门。不一会儿，就传来吵架的声音。韩晓蕙心里恨恨的，如果可以，她真想冲到张连友家里去，用手扯住金彩云的头发，将她的头往墙上撞，问一问她究竟是吃啥长大的，竟长了那样一颗毒心。

后面闹了很久，天快黑的时候，听见金彩云家的门吱呀一声响，金彩云气鼓鼓地跑出来，张连友在身后冲着她嚷："上哪儿，去了就甭回来。"

转瞬，韩晓蕙家门口就响起金彩云的哭骂声。韩晓蕙心怦怦跳着，赶忙下楼去，婆婆就坐在家门口，不明就里，见金彩云拉长声音哭着，一边哭一边说："狗明明是我哥送来的，怎么就冤枉人说是自己的狗啊。真是被狐狸精迷了心窍啊，怎么帮着人家糟蹋自己的老婆。"

韩晓蕙站在婆婆身后，将她的话听得清清楚楚，她气得一下子冲出来。张连胜的妈脸都气歪了，对着韩晓蕙喊："还不端盆水来淋死她，这个白虎星，坐在谁家门口号丧呢。"

有了婆婆这句话，韩晓蕙便咚咚咚地跑到厨房拿了一只平时给雪球洗澡的大脸盆，接了一盆水，才到门口，却被金彩云扯住了头发。婆婆见韩晓蕙要吃亏，连忙拿了竖在门口的扫帚过来打金彩云。三个女人乱成了一锅粥。张连友跑过来，一把扯开她们，将金彩云往后屋拽。韩晓蕙手里还拿着脸盆，站在一摊水里，气得浑身发抖。张连胜的爸刚从地里回来，见老婆和儿媳遭人欺负，也一把火冲上来，拾起脸盆跑到后屋金彩云家门口，使劲扔过去，脸盆砸在连友家的门上，砰的一声响。韩晓蕙几乎要跌坐在地上。

两天后那个晌午，韩晓蕙正在楼上理一堆花籽，忽然听见前门一声巨响，她吓了一跳，刚要下楼去，就听见有人站在她家门口骂："他妈的，谁以后再敢欺负我妹妹，管她是不是镇上来的，我一定叫几个哥们把她给轮奸死，看她以后还敢不敢……"听那骂，韩晓蕙知道是金彩云的哥哥，她气不打一处来。明明是金彩云做错了事，居然还会来骂人，真是没有天理了。她下了楼，想出去理论一番。但是，到了门口，又停了脚，她想了想，觉得自己这会儿不能出去，公公婆婆、连胜都不在，出去只能白吃亏。她丢了手上的花籽，轻手轻脚回到楼上。

外面好像围了好些人，有咳嗽的声音，也有过路的打听出了什么事的。那个人继续说："臭娘们，我知道你在里面，当心点，你以后不要惹我妹妹不愉快。不然你等着瞧好了，非把你整死不可。"

他恶狠狠的声音夹着擂门声。让韩晓蕙觉得屈辱，但是她什么都不能做。她默默地拿被子盖住头，在被窝里委屈地流泪。

自那以后，韩晓蕙和金彩云就彻底不说话了。两个人每次见到，就像仇人一样。

白露过了没几天，韩晓蕙去街上，张连友站在超市门口讪讪地朝她打招呼。

"上街啊？"张连友说。

她拿眼睛斜了斜他，没有答应。

他说："我老婆没见过世面，你就不要跟她计较了，我妻舅说的也都是混账话，你也不要往心里去。"

她在鼻子里哼了一声，心想，两夫妻不是穿一条裤子的吗？不然咋能过到一起？假惺惺什么？

张连友说："我吃了你的狗肉，也觉得很对不起你，我应该还你狗钱的，又怕你伤心，就没敢提。"

韩晓蕙脸上仍结着冰，她说："算了，这些话你以后不要再提了。"

她走出去两三步，张连友对着她的背影说："你思量思量我上次跟你说过的事，我上次是说所得的利润五五开，现在，我决定三七开，你七我三，怎么样？"

她站住，回过头对他说："拉倒吧，根本还没啥呢，你老婆就说我狐狸精，还要她那个流氓哥哥来威胁我，我看，我还是躲远点的好。"

这些事，韩晓蕙都没有告诉连胜，她怕连胜知道一火起来就会把事情闹大。金彩云不好惹，她的哥哥更是个流氓，惹上了，只会让自己家倒霉。而且，她知道，庄子里很多人都等着看热闹呢，她不想因为自己让连胜家成了人家耻笑的对象。

连胜回到家里，吃着饺子，他妈就忍不住就把丢了狗和金彩云哥哥来砸门的事给说了。张连胜沉着脸，好久，才说："咱不跟她一般见识，躲远点吧，我说过那人不好惹。眼下最要紧的，就是我多赚钱，早点在镇上买个房子，一家人都搬去住，就算把气给争回来啦，这就比拿脚扇他们耳光还更让他们疼。"

韩晓蕙原先还怕连胜知道了会去闹事，可是现在听他居然这么说，意思是让她忍着。可所有的事都不是她的错啊，这让她觉得失望，她在心里沉沉地叹了一口气。

七

那天上午，韩晓蕙在后门口给几棵八角梅涂生根粉，她用湿泥包裹住伤口，扎紧。被日头照着，她脸上有了汗，她想快点做完，就没顾得上擦，那些小汗珠自己攒起来，沿着脸颊往下滑，滑溜溜进土里，倏然不见了。

韩晓蕙是在快做完的时候听到永福家后院子里的动静的。开始那声音还小，忍着似的。有推搡，有喘气声，到后来，她听见女人的呻吟，听见那男的低低地在唤"心肝心肝心肝"。她脸上不禁烧起来。她听连胜说过，永福这两年跟人家做卷帘门赚了不少，下半年生意好得不得了，三天两头跑外面，前一阵子刚接了一笔业务，到外头去了。这么快就回来了吗？一回来就急着跟媳妇亲热，也不顾隔墙有耳。

她笑了笑，怕人家知道她在这里不好意思，就轻手轻脚地收拾着东西，准备回屋里去。

没想到，这当儿，永福家的后门开了，出来一个男人，居然不是永福，而是老五。老五看见站在地里的韩晓蕙，尴尬地笑笑，说："我跟永福屋里的算账呢，上回他欠了我一盒烟钱没给。"

一听老五跟人说话，永福媳妇雪梅从门口探出头来，脸色煞白。

韩晓蕙一时间也傻了，她异常难堪地站在那里，只听到心在扑通扑通地跳，都不知道自己是怎么回到屋里的。

这以后，每次韩晓蕙去老五店里买东西，老五都是一脸讨好的样子，还常常会额外给她一点礼品。庄里人在一边看着，有几个就打趣起来。没多久，闲话就悄悄传起来了，韩晓蕙只知道每次出门，都会看见有人背着她窃窃私语，她不是一个爱管闲事的人，也不知道这居然跟她自己有关系，而且这个话已经在迅速地变成一个大漩涡。

趁着天气干燥，庄子里的人开始拉着板车去后山上弄柴，韩晓蕙也跟了去。她本来是和连胜说好一块儿去的，可是一大早的，连胜的两个徒弟打电话来，把他给叫回镇上去了。连胜告诉韩晓蕙，现在刷油漆不用请老师傅了，他带了两个徒弟，以后自己可以多赚些，这样，也好早些在镇上买一套属于自己的房子。

韩晓蕙喜欢连胜把她看得那样重，她说过的话他都放在心里，而不像庄子里有些男人那样有事没事的，总爱把他们的老婆打来打去，闹得家里不得安生。如果不是她喜欢种花，她一定早去镇上和他在一起了。

她没有带柴刀，只带了一个耙子，几个麻袋，用耙子耙落在地上的松针，看到枯枝就拗断了，装进麻袋里。耙了两麻袋，有些累了，就坐在山腰上歇了一会儿。看见下面有块地很平坦，野菊开得一片灿烂，就想，倘若将这块地开辟成花地，倒是能种不少花呢。她这样想着，山间的野风吹到脸上来，夹着野草的香，舒服得很。

等到将麻袋装满了，她扯了几根野藤扎了袋口，在山路上一路滚下来。

正滚到半道上呢，她看见老五从下边上来，看见她，远远地递过来笑，看得韩晓蕙很是厌烦，她没有理他。他却讨好地帮她把一袋阻在一棵大树下的松针踢下去，一边跟韩晓蕙说："那天的事，你能不能当没看见？"韩晓蕙白了他一眼，说："这种龌龊事，我还怕说脏了口呢。"后面五六个庄里人见他们在道旁窃窃私语，就笑起来，一个说："老五春心荡漾啊，居然跟到山上来了。"韩晓蕙一听这话，心里一沉，转头问老五："他们这个话什么意思？"老五笑笑说："别理他们，庄里人向来爱开玩笑。"

这会儿，金彩云也从上面担了一担柴下来，听见他们的话，接腔说："老五，你该注意影响，你自己是单身汉，人家可是有夫之妇，镇上来的，也要讲道德，乱搞我们是不答应的。"

韩晓蕙心里一把火腾地烧起来。她望着金彩云，说："你这么说什么意思？"

金彩云听她这么说，笑起来说："怎么这还听不明白，你小学没毕业吧，我是说，你长得好看我没意见，可你要是出来勾引人，我们就绝不答应。"

"我勾引谁了？你哪只眼睛看见了？"韩晓蕙觉得自己的声音在发抖。

"你没勾引人，那你干吗无缘无故送花给我老公啊？"

听金彩云这么说，韩晓蕙明白了，原来她是在吃醋。她白了金彩云一眼，说："你脑子有毛病啊，应该去精神病医院看看。明明是你老公自己问我要的，你自己去问他啊，我不跟你这个乡下女人扯不清。"

金彩云笑笑说："乡下女人？你以为你不是乡下女人？你现在嫁在哪里？难道你嫁到城里了？"

边上有女人在笑，韩晓蕙气得不知道该怎么回答她。

金彩云回头，冲她呸了一声，拣了一条平坦点的小路走了，背影消失在树木交织的绿影子里。

老五见大家都没有提雪梅，知道韩晓蕙没有到处说，便放下心来。他打着哈哈，说："好啦，别吵啦，都是我的错，好不好？"

有人在旁边插话，说："老五，你这是在护谁呢？"

说罢，众人都笑。

韩晓蕙气得眼泪都出来了。

她两脚软绵绵地回到家里，才推开门，就见婆婆坐在松木椅子里哭，公公则在一边唉声叹气。她心下吃了一惊。婆婆见到她，便放声哭出来。

婆婆只顾自己伤心，韩晓蕙不知道发生了什么事，心里像熬着一锅油。好半天婆婆才哭歇下来，告诉韩晓蕙他们被老板给辞退了。

"说是有人吩咐，不能让我们在他的厂里做，不然他的厂别想开。老板说这个人得罪不起，"婆婆哭着说。

"什么人要这么做？"韩晓蕙吃了一惊，"是我们庄里的人吗？"

婆婆说："我问了，老板就是不肯讲，硬是当着那么多人的面让我们结清工资回家，我们这把老脸都丢尽了，以后怎么活啊？"

韩晓蕙看着伤心的婆婆，心里头难受。她开了门跑到太阳底下，太阳不知道她内心的愤懑，依旧不紧不慢地照着。连胜不在身边，这一连串的事又不能和旁人说，心里头憋得闷闷的。山那边吹过来的野风将她的头脑吹得清醒了一些，她想，既然有人说这个话，就应该找到那个生事的人，当面问问他为什么无缘无故地害她公婆。她想明白了，就赶紧去街上，找到公婆做工的厂子，见到了厂里的老板。

老板刚接了一个电话准备往外走，韩晓蕙便说了来意，老板打住她的话，说："你来这里跟我理论个啥，这个事没有什么可以商量的。我们开厂的，最怕碰到地头蛇了。"

听到"地头蛇"三个字，韩晓蕙明白了，忍住心头的火说："那你告诉我，那个人是不是姓金？"

"这可不是我告诉你的，是你自己说的。"老板说，"你知道就好，我就一个儿子，可不想他有什么差池。"老板说，"你们也不必再找来了，决定了的事，我是不会轻易改变的，如果我总是今天决定明天又反悔，我厂里的工人又怎么会服我管！"

韩晓蕙知道事情已决无转寰的余地，只好回去。她回到家里，见婆婆坐在那里，神情呆呆的。见她回来，婆婆的眼睛一亮，虽然韩晓蕙出门的时候没有跟婆婆说是去街上，但是婆婆知道她是去找老板说去了。

韩晓蕙看见婆婆像孩子一样无辜又期盼的眼神，心里一酸，她装作轻松地说："我去把老板说了一顿，我本来就打算不让你们做了，明年我们生了娃娃，你们得帮衬着带孩子呢。"

婆婆听她这么说，知道回厂里没有希望，就沉沉地叹了一口气。

八

114

公公婆婆不再去厂里做事了，但因为习惯了早起，每天天还蒙蒙亮，露珠还没在草叶上干透呢，就早早起来，打扫院子、做饭。可是，吃了早饭就没事做了，一堆碗，洗个半天；一张桌子擦了一遍又一遍；一件衣服或者一块抹布也可以在井台上洗半天。有一次，来旺媳妇当着大伙儿的面数落韩晓蕙的婆婆，说她要是再这么用水，非得把井弄干了不可，大家伙的都不答应。韩晓蕙的婆婆听了不服气，跟她争辩了几句。过了两天，一大早，韩晓蕙的婆婆打扫后，端着一盆衣服到井台上去洗，却发现那口井不知啥时候加了一个铁盖，铁盖被一把锁给锁上了。

韩晓蕙婆婆高了嗓门问这井是谁锁上的？问了好几遍，却没有一个人出来回答。她气得直哆嗦。

韩晓蕙在屋里听见婆婆声音不对，赶紧跑出去，一看情形，就明白了。她默默地把气得发晕的婆婆扶回屋里，让她靠在床上。婆婆在床上坐了一会儿，又站起来，说："我得去问他们要钥匙。"

韩晓蕙劝婆婆不要去，她对婆婆说："要了也不会给的，自己白寻不愉快，还让人笑话。"

婆婆说："那往后没有水用怎么办。"

韩晓蕙心里乱乱的，但她还是劝婆婆说："我们家的衣服也不多，以后就拿到河埠头洗，反正也没几步路。淘米的水、洗菜的水，我们可以买来用，一天一担水，五块钱也够了。"

婆婆叹了一口气，说："这日子怎么过啊！全家人坐吃山空。"

韩晓蕙默默地开了门出去，准备到井台上帮婆婆将脸盆端回来。井台上这时站着三个人，是来旺媳妇、永福媳妇，还有金彩云。她们在一起，装作没看见韩晓蕙的样子，低头洗手里的东西。韩晓蕙一看就明白了，她知道，这前后两幢屋子的人，就他们家没有井台的钥匙。她走过去，拿起脸盆的时候，实在憋不住，说："你平日里拜菩萨拜得勤快，现在又专门搬弄口舌，生出恶毒的心，拜了也是白拜。难道佛祖会保佑你们这样的恶人？"

金彩云听她这么说，笑起来说："佛祖不保佑我们，难道只保佑你？保佑你在你公公婆婆老公都死光了以后，你一个人还能活几百年。"

听她红口白牙这么咒家里人，韩晓蕙简直要发狂。她一下子将雪梅手里的湿衣服抢过来扔过去，没有扔到金彩云，却砸在来旺媳妇胸前，来旺媳妇一脸尴尬地叫起来："你发神经啊，什么东西乱扔。"

韩晓蕙端起衣服就走。

她回到屋子里，掩了门，听见门外还在骂，婆婆还在楼上哭，她心里想，这些人，明里暗里欺负他们，准备把他们一家往绝路上逼呢。她告诉自己要把这件事记在心里。她跟婆婆说："我们家不会永远这样受人欺负的，我一定会找一条路出来。"

连胜母亲叹息着说："活了那么大半辈子，现在怎么净受人欺负了呢。"

<h1 style="text-align:center">十</h1>

过了两天，韩晓蕙去街上找张连友。

"你终于想通了。"张连友以为她同意跟自己合作，就开心地说。

"我公婆让你老婆给整丢了工作，我得赚钱养活自己。"韩晓蕙说，"不过，就算打死我，我也不会跟你合作的，你赚了钱，要养活你老婆不是，那不就变成我养活她了吗，我再大度再傻，这个事我还是不会做的。"

"你们之间的成见是越来越深了。"张连友叹了口气。

"你要搞清楚，那是我的缘故吗？我不爱管闲事，都是你老婆一个人弄出来的，我看她精神不正常。"

"不正常倒不至于，她见不得漂亮女人跟我说话，上次我招了一个漂亮的售货小姐，硬是让她给赶跑了。"

"别人的事我不管。"韩晓蕙说："如果她再乱嚼舌头，我就跟她拼命，我不会再忍着了。"

韩晓蕙在张连友那儿出了一口气，心里有一点点舒坦起来，她边走边想，自己得赶快把事业做起来，该到镇上去老师同学和朋友处联络一下，找找路子，她希望自己能顺利把事业做起来，不再让别人这么糟蹋他们一家。

才走到庄口呢，她婆婆就慌慌张张地迎上来。她见婆婆面如土色，忙问："妈，出啥事了？"

婆婆紧紧抓住她的手说："赶紧……去镇上……看看。"

婆婆说完拉着韩晓蕙的手就走，火急火燎的，一边走一边念菩萨。韩晓蕙感觉事态严重，也不敢问出了啥事，一颗心悬起来。

她随着婆婆到镇上的医院，才知道是连胜带的两个徒弟出了事。下午做事的时候，清漆不够用，连胜去商场买，留下两个徒弟。两个徒弟由师傅管着，没日没夜地干活，早干累了，想趁师傅不在的时候偷一会儿懒，他们出门来，在过道那儿说了几句不咸不淡的话，便掏出烟想吸几口解解乏。谁知才抽没几口呢，不知道怎么回事，门边上那罐香蕉水居然就着起来了。小徒弟吓得光知道喊，年长的那个为了扑火，脸上、颈部、前胸，都有烧伤，好在隔壁那户人家刚巧是消防队的，拿了家里的三四个干粉灭火器来，才没有造成太大的损失，人被紧急送进了医院。

韩晓蕙坐在病床前，心里凉凉的。护士过来给伤者测了测脉搏，量了量血压，主治医师初步检查后就走开了，连胜追到走廊里，苦着脸问医生情况到底怎样，会不会死人。

医生看看他，就将诊断结果告诉他，张连胜心里乱乱的，什么也听不懂，只是一些词语自己蹦到他的耳朵里来——小水疱、撕脱、创面烧焦、吸入性损伤、病危……连胜脸色蜡白，韩晓蕙也在一边心里直擂鼓。

"完了完了。"张连胜说。装修公司那儿要赔钱，医药费还要付一大笔，这几年眼看着就白苦了。这些都像沉沉的铅块，紧紧地压在韩晓蕙的心上，其实她心里比张连胜更着急，但是她不能说出来。张连胜现在需要的，不是那些没用的东西，而且，她怎么能怪他呢。她不断地安慰着连胜，让他慢慢平静下来。

之后的这个冬天，韩晓蕙和连胜一直在忙，两个人白天黑夜地轮流在医院里照顾连胜的徒弟，连过年都没好好过。换纱布、涂药膏，韩晓蕙都做得很细心，一日三餐都是她在母亲家里做好了送到医院的。有时候，徒弟的老婆从乡下来探望，她有老胃病而不能吃硬饭的，韩晓蕙就另外给她做粥，红枣的、米仁的、芝麻的，餐餐都不会相同。怕天气冷，韩晓蕙还特意给徒弟的老婆买了一件过年穿的大衣和一个取暖宝，让她带回乡下去好揩手。她做事是那样的细心，让徒弟一家非常感动，他们自己说，着火的事，主要责任在徒弟自己，不该在做事的时候吸烟，连胜没让他赔装修费就算谢天谢地了。

连胜徒弟年轻，植了皮，一点一点在慢慢恢复中。过了年，到了暮春，终于可以出院了。

那是一个好天，张连胜和韩晓蕙在住院部结了账，送徒弟一家离开。

站在阳光下，吸着新鲜的芳草气息，张连胜抱歉地对韩晓蕙说："这段日子苦了你了。"

韩晓蕙笑笑说："一家人跟我说这话做啥？"

"说过要让你过好日子的，可是，现在居然弄成这样。"

"这不能怪你。都过去了，不要再想它了，我们还有许多日子，得往前看。"

"嗯，我会加倍努力做事，把这些钱都给赚回来。"

"这些日子我也想过了，我也得找点事做，你说呢，我不能把担子都让你一个人挑。"

"我知道了，你要做什么，就去做吧。"

韩晓蕙看见连胜的眼睛，那样专注，那样热切，且充满信任，就像他当初向她求婚的时候那样，她笑了。

他们一起去她母亲家。

听说事情终于了结了，韩晓蕙的母亲松了一口气。在韩晓蕙去卧室整理的时候，她母亲拿了一个信封出来。她对连胜说："庄里的人好像都不好相处，我就这么个女儿，不希望她过得委屈。现在，我把攒了那么多年的五万块养老钱给你们，家里安个电话，再找个什么门路出来才好，不要老是让人瞧不起，老是让人欺负。"韩晓蕙从卧室里出来，听见母亲的话，心里什么滋味都有。

十一

韩晓蕙和连胜回到庄子里。

快要夏天了，日头已经有些烤人，韩晓蕙知道，这个刚刚过去的春天，她错过了许多她喜欢的风景，后院里，去年秋天种下的花苗都已抽枝散叶了，风里夹着一股清甜的香气。如果是往日，这时候应该是韩晓蕙最喜欢的时候，可是，她心里没有一点点开心。她在家门口看到几个庄里人，他们都只是远远的不咸不淡地打一下招呼，来旺媳妇、永福媳妇、金彩云及后排屋的雪琴和莲花，她们都在井边上忙，只是拿冷眼看她。韩晓蕙心里明白，从去年冬天连胜出事后开始，她们家就已经被这庄里的人彻底抛弃了，从来没有人来说过半句安慰的话，也没有哪户庄里人给过他们经济上的支持。前一次，她回庄里拿衣服，见金彩云她们坐在房子的东面墙下晒日头。她们说得嘻嘻哈哈的，一见她过来，就集体噤声，连眼皮也不抬，好像她是不祥的人，谁一跟她说话就会把霉运传过去。

想起这些，韩晓蕙叹了一口气。这些人，怎么都一个样呢？谁这辈子不会遇到点难事？她们怎么知道她们自己是不是能一个个顺顺当当到老。

她到支书家门口的时候，看见他正在门口哄他的孙女玩。远远看见韩晓蕙过来，愣了一下，抱起孙女，好像要避开的意思。

韩晓蕙快走几步上前，说："支书，我有个事要跟你商量。"

支书本来想抱着孙女进屋里去的，见被韩晓蕙堵住，只好站在那里，尴尬地笑笑说："连胜家的，有啥事？"

"我想承包庄里的地办一个花木基地，请您帮帮忙。"

"那不可以的，我们庄里的地都是各家各户自己种的，从来没有承包过。庄稼人不种地做什么。"

"那……山上的地不属于个人所有，我去开一块出来怎么样？"

"那也不行，我们每年要注意森林防火的，在山上乱开地，引起火灾怎么办？"

支书一口回绝，让韩晓蕙愣了一下，她原来还以为这个事很好办呢。

支书说："我得给孙女喂奶粉了，没啥事你还是走吧。"

韩晓蕙看了看支书，知道多说也没用，就转身回来。一路上，她把这事想明白了，这件事情一定得办成，家里已经这样了，再不另外谋事做，庄里人只会越来越瞧不起他们。

晚上，韩晓蕙带着两罐奶粉外加一条中华烟重新去了支书家。她原来还想支书会推让一下的，没想到，支书居然什么都没说，接了她带去的奶粉和香烟，就放到里屋去了。等他出来，脸上就有了笑意。他说："我今儿个问过庄里的其他人，他们没有人愿意把地租给你。"

听他这么说，韩晓蕙心上寒起来。她说："这个庄子里的人真是好奇怪，我也没有得罪他们，怎么都这样？"

支书讪讪地笑笑，说："你嫁过来才半年，还不晓得我们庄里人的习性，大家当面不说，背后都是要说的，永福媳妇雪梅不止一次来说过，说你总是爱在她家后门口弄花，害她连门也不敢开，整天屋子里黑黑的，都烦透了；还有，来旺媳妇说你背后说她胖，她老公还没说她呢，要你一个外人嫌弃什么，还说你以前总是把狗拴在她家门口，害得她家里人生病，你不但一分医药费都不出，还说人家迷信；连友家的又说你勾引她家男人，还勾引了老五……"

韩晓蕙听着这些话，气得不知道该说些啥。支书把手一挥，说："还有说得更难听的呢，说你是白虎星，自从你嫁到连胜家以来，他家就一直倒霉，公婆丢了饭碗不说，连胜事业又不顺……"韩晓蕙听不下去了，她打断支书的话说："我没闲心听这些嚼舌头的话，你看我租地的事还有没有法子想。"

支书看看她，说："租地的事，在我们庄里是不可能了，不过，梅岭庄的支书与我有交情，我前些日子听说他们庄里有五十亩地要出租，现在也不知道是不是已经租出去了，听说承包费要高于周边庄子，一亩三百块，钱得一次性预付完。如果你有意的话，我倒是可以帮你打听打听。"

韩晓蕙听支书这么说，寻思了一会儿，眼下没有地，就什么也做不成，就算在梅岭庄，离家远一点，也得试试看。

支书看她答应了，就到屋里去打电话。韩晓蕙在外面等着，好容易支书才出来，说那边答应了，让她第二天过去。

韩晓蕙心里松了一口气。

第二天，韩晓蕙早早就起来了，居然是雷雨天，哗哗的雨从天上一个劲地倒下来，看那阵势，根本没有要停的意思，她心里着急呢，带了预先准备好的钱，撑了把伞就冲进雨幕里。一路上，雨点密集地打在雨伞上，像擂鼓一般。走了十五里地，到那儿时，她全身上下差不多都被淋湿了。梅岭庄的支书正锁了门往外走，看见她来，觉得有些意外。"我以为你不来了。"支书说："这么大的雨，我正准备去水库看看呢。"

韩晓蕙笑着说："说好要来的，下冰雹也得来，不要说只是下雨。"

她跟在支书身后，去看了看地。看过之后，她放心了，这块地位置很好，十几亩地靠近山脚，不但肥沃，而且因为地势高，根本不用担心会被淹。山上有泉水，灌溉也方便。

她回到梅岭庄村部就把钱给付了，还像模像样地和支书签了合约。

刚签完合约，还不到五分钟呢，办公室里的电话响起来。支书去接了，放下电话的时候就脸色很难看。他支支吾吾地对韩晓蕙说："这块地，我能不能不出租了？"

韩晓蕙心里明白，准是有人捣鬼，就笑笑说："我不管你听到什么话，你好歹是共产党的干部，也见过世面，这合同可不是乱签的，你看，白纸黑字写得清清楚楚，如果你违约，你现在除了还我本钱，还得赔我三倍的钱。"

支书点点头说："你怎么得罪那个人的？"

韩晓蕙心里明白他说的是谁，就说："我知道你是说谁，这个人是个坏种，我从来没有得罪过他，是他的妹妹，一个精神不正常的人，老是觉得我碍着她，一直在庄子里拉帮结派孤立我，还害我公婆丢了工作。我是不怕的，我把地租在你们庄子里，以后看护的、搭棚的、种花的，都会雇你们庄里的人，可以解决你们庄里好些劳动力呢，还有，我还可以无偿帮你们在村道两边种上芙蓉花，秋收以后，这花开得会特别耐看。"

支书听她这么说，想了又想，终于下定决心，一拍大腿，说："这事就这么定了，我好歹也是部队出来的，老是怕这种地头蛇怎么成，到时候，你多照顾我们庄里人，大家都拥护你，我就不怕他兴风作浪。"

听支书这么表态，韩晓蕙心里悄悄舒了一口气。

十 二

韩晓蕙忙开了，她在梅岭庄招了十来个劳动力，让他们先给地除草、平整、清理小石头子……先将生地整成熟地。她自己则去镇上的花木市场购了一批花卉，像白兰花、桂花、芙蓉等。她娘家的院子里，那些树长得快要挤在一起了，她去疏了六七十棵花树出来，让院子看上去疏朗而美丽，还有以前保留的大量的花籽，都一一叫人种到现在开垦好的地里，全部都是她自己喜欢做的事，她一点也不觉得累，也一点也不觉得为难。她看她的地里，白兰花、雏菊、美女樱、风铃、满天星和薰衣草，都一块一块插着牌呢，想到不久之后这里将开满灿烂芬芳的花朵，她就觉得十分欢喜。她每天一早就去地里，傍晚才回小月庄来。这样过了半个月后，眼看各类花苗都出了泥土，那些新种的花树也都绿油油地抽着叶，全都成活了。她便和连胜去她高中老师所在的学校接业务，她对老师和校长说："把母校打扮得漂亮是我应该做的，但也希望老师能支持学生，所有的苗木，我不会赚一分钱，只要本钱收回来就可以了，我会在学校操场上种桂花树、蜡梅、白玉兰，图书馆那一块，应该种各色月季，而教学楼周边我会种上香樟，从明年开始，一年四季，学校都有不同的风景，看上去就像一个大花园。"一向精打细算的老校长也被她说动了，答应把学校交给她打理。韩晓蕙拿了学校预先支付的八万元，觉得有了信心。回去的路上，连胜跟韩晓蕙说："等我把这次工程做完，结了账，我也给你当工人。"

韩晓蕙说："你愿意和我一起干，这当然最好了。咱爸咱妈都得派出去干活，你不会心疼吧。"

连胜笑笑说："他们闲着，快闲出病来了，你有事叫他们做，他们高兴还来不及呢。"

韩晓蕙让她婆婆记账，谁上工几天，谁做了多少事，都让她给记在一本簿子上，月底就按这个本子上的记录发工资，多劳多得，谁也不会偷懒。他公公则将地分成五块，每块具体由两个人负责，成员由抓阄的方式决定，大家都做得称心如意的，他们的苗圃才过了两个多月，就郁郁葱葱芳香一片了，吸引了附近庄子许多人来看花。韩晓蕙兑现了当初和梅岭庄支书的诺言，将村道上都种上芙蓉花。这个花，平日里可以看它的绿叶子，等秋天开起来的时候，明媚绚烂，可以遮了收割后稻田的荒凉。做这事，虽然花了一大笔钱，但她连本钱也不要，算是感谢梅岭庄村民们对她的苗木基地的支持。她是事业刚起头的人，能这样慷慨，整个梅岭庄的人都被感动了，大家义务出力，将这些芙蓉花种在村道两旁，梅岭庄变漂亮了。韩晓蕙进进出出的，没有一个梅岭庄的人不夸她大方，没有一个梅岭庄的人不喜欢她。有时候，她接了梅岭庄人的笑，会叹息地在心里想，如果小月庄人也能像梅岭庄人那样好讲话就好了。

连胜结束了城里的业务，也来帮韩晓蕙了，两个人一个一个学校和企业跑过去，一圈下来，接到不少订单。有些企业也想搞绿化，但是因为业务忙，一直没空专门抽出时间去种，现在有人专门给他们解决了这个问题，使他们的单位或企业看上去美丽葱郁，让每一个来参观或谈业务的人都心情舒爽，这是双赢的事啊。

有一次，连胜在和韩晓蕙谈下一笔业务的时候，忽然想起来跟韩晓蕙说："我们装修公司的老板娘每天都在喝一种绿色的汁，我上次问过了，她告诉我说，那是小麦汁，喝了可以明目提神，还可预防心血管疾病、关节炎、糖尿病。我们可以也种一些，看看是不是有市场，如果成功，就又是一片天下，如果不成，小麦种子也不贵，花不了几个钱。"

韩晓蕙听他这么说，眼睛一亮，说："那你以后就管这小麦苗的事吧，你先种种看，我会帮你的。"

连胜信心满满地说："种别的不会，这麦子谁不会啊。"

两个人说得开心，就把这事给定下来了。

说干就干，连胜和韩晓蕙将屋后的花木都移到梅岭庄去了，将家里留的小麦种子撒下去。他们一家，原本是庄里最闲的人家，现在，变成了庄里最忙的人家。为了方便，他们不但安装了电话，还四个人每个人买了一个手机。每天晚上家里有人的时候，不是手机铃声就是电话铃声，热闹得很。

除了种小麦、种花，一家人还要到河埠头弄水。后来，等韩晓蕙的花卉基地上轨道后，他们没空自己去埠头运水了，韩晓蕙从梅岭庄请了一个汉子来，每天专门给他们家从梅岭庄运两车水来。

十 三

这天，韩晓蕙在家后院里观察那两垄麦苗，那些青青的麦苗长得很好，都快可以收获了。连胜和她的辛苦没有白费。为了推销，连胜去镇上找了报社，刊登了一个专供花卉苗木和小麦苗的广告。第二天就有好些电话打进来。

才不过三个来月，韩晓蕙的银行账户上已经有二十几万，到明年这个时候，就可以去镇上买房子了。一想起来，韩晓蕙就觉得非常舒心。她正想得开心呢，忽然听到身后吭哧吭哧的声响。

回头，就见两头硕大的花猪一左一右正埋头在吃她身后青青的小麦苗，那些青翠的小苗风卷残云般被拖进猪鼻子下，转眼便没了影。

韩晓蕙站在那里，心疼得腮帮子都酸了，她跑到地头拾了两块大石头扔过去。两头猪嗷嗷叫着往回逃。

那两头花猪是金彩云家的。它们拱倒猪栏跑出来的时候，金彩云正蹲在她家的马桶上解手。她从墙上一个老鼠掏出的小洞里溜见韩晓蕙的脸，正急着想拿手纸呢，没想韩晓蕙已操起石头砸了她家的猪。她冷着脸出来。韩晓蕙看了看她，若无其事地蹲下继续做自己的事。

"是哪个砸了我家的猪？"金彩云盯着韩晓蕙问。

韩晓蕙绷着脸没吱声。金彩云就抬高了嗓门说："没人应我可要骂了啊！"

韩晓蕙站起来，说："是你们家猪先吃了我的小麦苗，你没瞧见吗？"

"不就几根臭麦苗吗？它们可是畜生，你就那点德行，和畜生一般见识？"金彩云看见她家花猪后腿上血淋淋的，心疼得直冒火。

韩晓蕙冷冷地看了看金彩云，说："畜生是不懂事，那是得靠人管的。这次就算是一个警告，如果下次再过来，小心我在地上撒敌敌畏，药翻了我可不管。"韩晓蕙说完，也不管小麦苗了，转身进了后门，砰的一声，将脸都气白了的金彩云关在了外面。

韩晓蕙靠在门背上，心还在怦怦直跳，两腿发软几乎站不住。从她嫁到连胜家起，受了那么多的委屈，今天上午应该是最快意的一刻了。她当然也想到了金彩云的哥哥回来报复，但是，她觉得自己不能再一味地忍让下去。

下午，婆婆从梅岭庄回来的时候，买了两个小西瓜，一家人吃过饭，就一人一半坐在门口用勺子挖西瓜吃。

晚上，韩晓蕙和连胜说起这事，连胜沉默了半晌，叹了一口气，说："我明天找连友说一声，让他老婆收敛点，我们现在那么忙，没工夫跟她绕。"

韩晓蕙说："凡事都应该讲道理是不是，我就不信她家能永远这样横下去，我就不相信我这一辈子都得看这些脸色，等我们在镇上有了自己的房子，有了车，就把这里的房子卖了，永远不再回到这儿来。"

连胜把她拥到怀里，拍着她的背，表示赞同。

十四

　　从小暑以来，直到秋分，两个半月了，没下过一滴雨，山上水库里的水渐渐少下去，眼看就要不够用了。那天，韩晓蕙把花卉基地的工人都集中在一起，向大家讨教给花卉解渴的好方法。大家纷纷出主意，有说再挖一口井的，有说去找镇上的气象局让他们人工降雨的，甚至有说跳大神求雨的，让韩晓蕙哭笑不得。说得，韩晓蕙在天黑的时候，才从梅岭庄回来。在离庄子不远的地方，被来旺媳妇拦住了。韩晓蕙心里有些奇怪，她站在那里，冷冷地看着来旺媳妇。

　　来旺媳妇递过来一把钥匙，讨好地对韩晓蕙说："井钥匙给你送来啦，早该送来的，总被一些事耽误了。"

　　韩晓蕙没有接她递过来的钥匙。来旺媳妇就把钥匙往她衣服口袋里一塞，然后，有些神秘地压低声音说："彩云的哥哥犯事了，你听说了吗？"

　　韩晓蕙淡淡地笑笑，说："你们不是很要好吗？你怎么在背后说她？"

　　来旺媳妇一拍大腿，说："别提了，我是鬼迷心窍，怕她那个哥哥呗，心里哪里愿意跟她好。呸，我早知道她哥不是好东西，没料到竟然是个杀人犯，杀了人，还把尸体藏在他家院子里的井里，又拿水泥把井口封了。"

　　韩晓蕙突然听了这事，吓了一跳。

　　来旺媳妇凑近来，用更低的声音说："我有个亲戚在公安局，上午到我们庄子里来调查金彩云，问她哥哥去了哪里，下午我打电话问他来我们庄里做啥，他告诉我，说金彩云的哥哥最近不知跑哪里去了，一直没露面，他的堂弟借住在他家，因为没水用了，想到把他封了的井打开，好弄点水出来，没想到井口一凿开，居然扑上来一股恶臭，里面竟藏着一具女人的尸体……"

　　正说到这儿，一阵冷风吹来，韩晓蕙不由得浑身一激灵。她脸色苍白地从来旺媳妇身边走过，往庄子里去。来旺媳妇追在她后面喊：
"连胜家的，你别跑呀，我还有事跟你商量呢。"

韩晓蕙停下来，从兜里取出刚才来旺媳妇塞在她兜里的钥匙，远远地扔过去，说："这个还给你。"

来旺媳妇站在那里，傻了眼。

第二天一早，韩晓蕙和连胜一起刚要出门，支书来了，他站在院子里，一脸笑意地对他们说："这么早就出门啦！"

连胜淡淡地应了一声，问他有什么事。

支书说："我听说你们在梅岭庄的事业做得很顺，而且越做越大了。看来我当时给你们指的路是对的。"

支书一开口，韩晓蕙就明白他要说什么，竟然有这么可耻的人，她笑笑说："这条路是我们自己争取来的，你给我们消息，也不是白给的，是我花了上千元换来的，我们不是早就两清了吗？"

支书尴尬地笑笑，说："晓蕙，你是事业家，是大伙儿有眼无珠怠慢你了，以后，我们庄子里也可以整出地来租给你，庄子里有那么多种地的好手，你也可以招来当种花工人，俗话说'肥水不流外人田'，你们说对不？"

韩晓蕙听他这么说，心里恨恨的，说："你以为种花就是拿锄头翻翻地、浇浇水？哪有这么简单。我看这个小月庄里，没一个人配种花。"

连胜说："我们得出去了，你也是忙人，请回吧。"

支书赔着笑，说："再怎么生气，也是一个庄里的人，能帮就帮一把吧。"

连胜和晓蕙锁了院门，看也不看支书，就一道走了。他们一路上，尽管什么话也不说，但是，两个人都是扬眉吐气的神情。

十五

又一年的春天，韩晓蕙在花卉基地里忙着。春阳暖融融的，在绿叶子的影子下，盛开着一丛丛橙黄的、洁白的、雪青的小苍兰。韩晓蕙看着，心里就不知不觉地生出许多的欢喜。她原先并不知道，苍兰竟有那么多的颜色，原先在她家院子里种的，只是一种橙黄色。坐在边上，久了，总会让人错以为空气原本就是那样的香，觉得人生就是那样的美。而在那个时候，她从来没有想过，许多年以后，自己可以用这种爱好来改变处境。现在，她在梅岭庄的花卉基地因为办得好，得到了媒体的关注，常有记者来她这儿采访，问她创业的动机，问她创业艰难与否，问她花或花树的习性，她对每一种花、每一棵花树的习性和偏好都是那样的熟悉，总是让那些来采访的记者都听得入迷，忘了先前要找她的目的，有人觉得她像百合一样美，又像兰花一样安静。她看了记者的文章，脸上一直笑笑的，不管说她像哪一种花，她都喜欢。她的花卉基地里有越来越多的观光者，有远途来的旅游团干脆把她这里当成了世外桃源。

连胜这段时间没到花卉基地来，因为他一直在忙，镇上那幢新房他得抓紧装修，对装修一事他是很拿手的，交给他办，韩晓蕙放心。

他们没有将小月庄那幢老屋处理掉，连胜的父母不肯离开那个地方，现在庄里人也没有再来为难他们的了。门外那口井，拿了井盖，又恢复了原样，只是，原来安装过的痕迹还在，被螺丝钻出的小洞像一个个伤疤，远远看去，那么触目惊心。

韩晓蕙说服连胜的父母，花了十几万从邻庄接了自来水来，那水源是在更远处的大水库里的水，由城里公家人管着，消毒、检测，不会落下一样，水质有保证呢。家里做了和城里一样的卫生间，淋浴间、洗衣台都有，要洗衣服，站着就行了，不用像在井台边蹲着那样累，连胜的母亲用惯了，觉得挺方便的，每个月也才五六十块水费，比原来买水要省许多，也就不说什么了。

金彩云的哥哥被公安局抓了判了死刑后，张连友和金彩云闹了一段时间的离婚，张连友说不想跟死刑犯的家人一起过日子，也怪金彩云像个扫把星，把他的财运扫掉了。金彩云就一哭二闹三上吊，后来，张连友实在没力气跟她闹了，再加上金彩云怀了孕，终于将日子往平稳里过。

倒是永福的媳妇雪梅，有一天在与老五偷情的时候，被突然从外面回来的永福撞了个正着。永福离婚后，迅速娶了一个年轻漂亮的姑娘，让小月庄的人眼红了好一阵。

老五则娶了雪梅，两个人也在庄里生活，有时候，永福的新媳妇会去老五的店里买东西，给她拿东西找钱的常常是雪梅。

韩晓蕙每次把这事想起来，都觉得有些奇怪，这些庄里人，心里到底是怎么想的呢，这样的情形，居然可以像没有发生过任何事一样，若在她，是永远也做不到的。当然，她的心情也没有以前那样的苦闷了，那一个个庄里人，在她眼里，就像蚂蚁，就像虫子，随便他们在哪一片阳光下或阴影里爬，都与她没有关系了。

蓝的火

1

经过剧院门口的时候，阿宽站了一站。

墙上贴着一张海报，上面大大地写着："今晚上演昆曲《牡丹亭》，敬请戏曲爱好者前来观赏。"那"昆曲"二字，用蓝色水彩笔写得十分娟秀，一看就知道是出自姑娘之手。阿宽看着，不由得笑了。他认得这个写字的姑娘，知道她叫白莹，据说这剧院是被她承包了，每次有节目，她总是台前台后地忙，似乎一点也不在意台下一双双看她的眼睛，该干什么就干什么，脚步又轻又快。

阿宽和别人一样，常常望到她的身影。

到这个靠海的小镇三年多了，阿宽闲来无事，总爱到剧院看看录像、小电影及各类演出，还是头一回见有昆曲上演。

当晚，阿宽到剧院时，剧院里的人还不是很多，他随便找了个位置坐下来。等了好久，周围渐渐热闹起来了，曲笛声才幽幽地吹起来。

厚重的幕布里出来一个年轻女子，她披散着的头发很长，一双桃花眼，眉毛微微地上挑，看上去有一种古典的美。她静静地站在幕布前，看着台下的观众。

她便是白莹。

站在聚光灯下，白莹拿着话筒简单介绍了一下晚上举办昆曲表演专场的意义，先感谢省里艺术家的莅临指导，又感谢当地原先剧团里的参演者。阿宽一边随众人拍着手，一边在心里想，她不光人漂亮，嗓音也特别好听。

戏终于开演了，演员唱功还不错，他看过一些昆曲：《十五贯》《西厢记》《绣襦记》《墙头马上》《桃花扇》……所有的曲目中，他最爱这《牡丹亭》，无论演员是谁，因为那精致的唱词，每次看，总会让他有惊艳的感觉。

然而，台上正春光旖旎呢，整个剧院却突然安静了下来，观众等了一小会儿，才明白，是扩音器坏了。

没有了扩音器，戏就没法再演下去。演员们有些尴尬地立在那里，很多人站起来，座椅翻得啪啪响。白莹望着台下，一时间手足无措。

阿宽坐在那里，好一会儿，见仍没人出来帮忙，几个小青年甚至还冲着一脸难堪的白莹打嗯哨，起哄。这让他看不下去，他站起来，匆匆跑上台去，对站在那里干着急的白莹说："给我一把螺丝刀。"

见有人自告奋勇上来帮忙，白莹松了一口气。她感激地冲阿宽笑了笑。在白炽灯下，阿宽见她脸色润红，一双大大的桃花眼，不由得心里乱跳，忙低头，拿起螺丝刀将立体音响四个角上的螺丝一颗一颗转下来，白莹在一旁用手接着。她摊开的掌心很白，和他黝黑的手形成一个很鲜明的对比。白莹于是笑了一下，阿宽抬起眼来，撞见了她的笑眼，觉得有些窘，脸霎时间红到脖子根，他不敢大气儿呼吸，飞快地揭开盖板，查了一会儿，找到那根断线，接好，再朝话筒吹吹，好了。

断了的戏又重新接上了，剧院里便安静下来。杜丽娘继续做她的春梦，耳朵里竹板连珠似的敲，缠绵的女声一句接一句慢慢地唱着，仿佛永远也唱不完。阿宽准备再听一会儿，确定音箱正常了，就回台下去。虽然开了冷气，但是，眼下是最热的八月里，阿宽还是觉得热，他额上出了汗，汗水顺着脸颊流下来。白莹看见了，从一旁的抽屉里拿出一张湿巾来给阿宽擦汗。挨得那么近，阿宽闻到了一股好闻的香。

他没敢看她，也不敢动，由着她擦汗。一个小丫环正朝着他们这边瞧着笑呢。

白莹看着有些窘的他，笑着问："你不是本地人吧?"

阿宽不知她何意。

白莹笑笑，说："我们本地男人通常胆小，也没有古道热肠。"

他这才笑了。

白莹说："散场后一起去西堤桥喝茶吧，我请客。"

阿宽赶紧摇头说："不用了。"

可是她斜睨着他，有些调侃地说："萍水相逢，喝杯茶而已，不用多虑吧。"

阿宽不好意思再说了，人家姑娘已经说到这个分儿上了，不去显得有些不通情理，那就去，反正晚上也没什么事。于是，他点点头，答应了。

他站在那里，听着台上清丽悠远的笛声，那笛声吹得他的心思起起落落，从水红和杏黄的幕布间望过去，满头珠翠的丽人正挥舞着翩翩水袖，和她的爱人缠绵在温柔的花香里。这情景让人迷醉。

这天的戏结束得很早，才九点不到。等那些老爷太太秀才小姐丫环都歇息去了，人群都散了之后，整个剧院显得空荡荡的。白莹关了嗡嗡作响的冷气，锁了门。两个人出来，在大街上慢慢走，一直走到西堤桥。

西堤桥边柳树一株挨着一株，桥下流水潺潺，树上蝉声时断时续。夜晚，等月亮上来时，这里显得很幽静。

白莹带着阿宽进了桥边的一个茶餐厅，白色的桌椅、奶黄色的白兰花壁灯，看上去很柔和。有三三两两的客人坐着吃点心，聊天。白莹和阿宽挑了一张靠窗的桌子坐下来。白莹点了几个小点心、两瓶小青岛，开了盖，一瓶给阿宽，一瓶给自己。

阿宽笑着说："不是说喝茶吗？"

白莹说："我们第一次见面，不可以没有酒的。"

阿宽便倒了点在杯子里，陪着她慢慢喝。

白莹见他喝得很慢，就问："不会喝？"

他摇摇头说："只能浅酌。"

她笑了，说："你这是君子饮呢，我可是小时候就爱喝酒，夏天时，下午放学回来，冰镇啤酒咕咚咕咚的能喝满满一大杯，特解渴，一点也不会醉。"

阿宽笑着说："你这么小就有这么好的酒量？"

白莹说："是啊，天生的，像我外公吧，他在酒厂里做了三十年的酿酒师傅，几乎没有一天不喝酒。"

阿宽听得笑起来。

白莹问他："是第一次来剧院？"

阿宽说："不是的，有很多次了，常在台下望见你。"

白莹笑着举过酒杯来，问他："喜欢昆曲？"

他点了点头，说："上大学的时候被我师兄给熏陶的，他是苏州昆山人。"

白莹看看他，说："哦？你还读过大学？"

阿宽说："难道你觉得我是文盲？"

白莹笑起来，说："我可没有那个意思。"

阿宽说："我是学机械的，两年前的夏天，大学毕业的当口，正为找工作的事愁着呢，刚巧你们这儿的国营工厂到我们学校招工，我觉得是个机会，就来了。"

白莹笑笑说："不过是在工厂里做工，还说是机会。"

阿宽说："你不知道，我在学校里是优等生，学生会主席，年年拿奖学金，我觉得，需要我这样的人才，工厂应该就不会差。事实证明我是对的，我现在工作才三年，寄回去的钱已经让家里把以前欠下的几万元债都还清了。接下来，我要做的事就是准备考个工程师。"

白莹看他开心的样子，笑了笑，说："离家那么远，人生地不熟的，饮食、方言，没有一点相同，能习惯吗？"

阿宽说："这有啥，本来我也不是一个怕吃苦的人，在大学的几年里，我送过报纸，送过外卖，做过家教，哪样苦没吃过。吃点苦又有什么好怕的。"

白莹点点头，收了笑，慢慢转着手里的酒瓶，问他："你觉得晚上的戏演得好看吗？"

阿宽想了想，叹了一口气，说："这故事，真是让人觉着世事凄凉。"

白莹听他这么说，心下有些触动，看着他说："每次看这个故事，总是觉得心里不平静，我有时候觉得，那个杜丽娘，会不会就是前世的我。"

听了她的话，阿宽看着她，笑了笑，说："有点像。"

白莹也笑了。

他觉得，好像突然找到了知己。要知道，在他身边的工友，有喜欢摇滚的，也有喜欢轻音乐的，吉他、钢琴、萨克斯都有人喜欢，却从来没有喜欢昆曲的。

他对她说："真是难得，总算碰上一个同类。"

白莹又举起酒杯，和他的碰了一下，说："那以后就当我是你的朋友吧，自从我们剧团解散后，我很少跟人说戏了，什么时候，我自己唱两段给你听。"

阿宽说："好啊，那太好了。"

她的话让他觉得温暖。他到这个小镇三年多了，只交到一个朋友，是在他们厂里厨房做菜的小袁，当地的朋友一个也没有，更不要说像白莹这样美丽的异性了。

他们喝着酒，慢慢说着话。白莹常常眼含笑意，温柔地望着他。阿宽有些迷糊，不知道她是天性如此和异性融洽，还是唯独对他这样，因为，这样的情形有那么一会儿让他觉得他们是一对恋爱的人。

那夜，他们一直说到很晚，白莹微醉了，靠在阿宽身上，阿宽拥着她，两个人慢慢离开西堤桥。天上，那一轮浅白的弯月，仿佛在水里清洗过，明亮洁净，轻盈地在天幕里挂着，他们走它也走，他们停它也停。阿宽望着月亮，说："你看那月亮。"白莹也笑着说："是啊，你看那月亮。"

2

这天，阿宽正在车间里埋头调试一台刚买的数控机床。虽然车间里开着中央空调，但是还是很热，他的脸上、手臂上，汗津津的。忽然，他鼻子里嗅到一丝好闻的香，他暗暗在心里思忖着，这香曾在哪里闻到过，一抬头，竟见白莹笑吟吟地站在他的面前。

他吓了一跳。

白莹笑着说："你还真是不好找，总部、车间、销售科、办公室都找遍了，最后托了一个熟人，才在人事科找到了你的名字，知道你在这里。"

他很意外地问："找我？"

"对啊，找你，不找你我来这里做什么？有个事想请你帮忙，能不能找个地方说说？"

阿宽在车间里找了个相对安静的角落，站在那里听白莹将事情说了。

原来，白莹的一个同学在传奇部落酒吧放音乐，最近要结婚了，有很多事得忙，还想去度蜜月，可是一时间找不到接替的人，就托她帮忙找人，她一听这事，就想到了阿宽。

阿宽听了，有些为难，说："我从未干过这差事啊。"

白莹笑了，说："有我做你的师傅，又有什么好担心的？你上次帮了我大忙，我还没有报答你呢。放心吧，我一定会毫无保留全教给你。"

她的笑，带着芳香的气息直吹到阿宽的脸上，吹得阿宽心里酥酥的。好像有一双很柔的小手，轻轻地在他心上抚过来抚过去。

"说好一个月时间，每天晚上七点到夜里十二点，报酬是一晚上一百。"白莹说。

阿宽说："不是钱的问题，既然你当我是你的朋友，我应该帮你的，不过厂里最近很忙，我怕不能兼顾。"

白莹说："什么时候你实在去不了，我可以去酒吧替你，不过这样的话，你可得付工资给我。"

阿宽笑了，他看看白莹，不答应的话也说不出口，只好说："那好吧，我就试试看吧。"

白莹笑着说："那我先谢谢了。"

传奇部落酒吧在小镇的南边。说是酒吧，其实是一个小型的音乐吧。前厅设着一个表演台，台上放着一架钢琴，一边还设着架子鼓、萨克斯、吉他、贝斯……几乎所有的乐器酒吧里都有，平时由放音师在播音室播放客人来点的歌曲或音乐，碰到有客人想随性表演一曲的，酒吧会提供所需的伴奏或乐器。拐过一个玻璃屏风，是一个吧台，吧台外是一个不大的舞池，能容得下四五十个人跳舞。吧台上整齐地排列着鸡尾酒、红酒、扎啤，还有饮料和现榨的果汁，那些高高低低的漂亮瓶子银光闪烁，像藏着让人忘忧的甘露。

因为这个地方既可以喝酒解闷，又可以喝茶聊天，有音乐听，还可以唱歌、跳舞，所以每日天一黑，门口的小灯珠亮起来，年轻人便一拨又一拨地来了。

那晚，阿宽刚从酒吧啤酒瓶一样的窄门进去，就觉得自己像突然间坠入一张由音符编织起来的神奇的网里。

白莹在流转的光影里拉住他的手，转过头，对他说："我带你去放音室。"

他和她挨得那么近，又牵着她的手，他心里有一点点不一样的感觉，但他尽量做出自然的样子，由她牵着经过吧台。他感觉她的手很柔软。一个帅气的男孩斜坐在高高的吧椅上，喝一口红酒，就往怀里女孩的唇上凑过去，他们在玩以吻递酒的游戏，看得阿宽心里乱跳。调酒师正动作麻利地调着酒，酒瓶在半空里翻了两个筋斗，稳稳地回到他的手中，像是在玩杂耍……见白莹过来，调酒师朝她笑着点点头，白莹也朝他摇摇手，带着阿宽往吧台左边的放音室去。

按了密码，开了锁，进了放音室，关了门，一下子安静下来。

白莹跟正在忙着的同学介绍阿宽，同学刚放好一支曲子，直起身，过来和阿宽握了一下手，问他在哪里发财。

阿宽笑笑说："谈不上发财，四海为家而已。"

那人便笑起来，说："好啊，好个四海为家。"

他们说了一会儿话，白莹的同学便指点阿宽在电脑上选了一首刚刚一位客人点的伍佰的《突然的自我》。阿宽看他调音，听他介绍一些不同类型歌的调法、灯光的搭配之类的问题。看了一会，就懂了，试着自己来做。

白莹在一旁看着他很认真地调音，心里充满了欣喜，她之前曾找过一两个人来帮过忙，总是手忙脚乱的，一点就通的，阿宽还是头一个。

"哪儿找来的？"白莹的同学笑着悄悄跟她说。

白莹玩笑说："不告诉你。"

白莹的同学笑着说："还保密，我又没有妹妹，还怕跟你抢？"

白莹红了脸，说："去你的。"

阿宽每天白天在厂里上班，晚上去传奇部落酒吧，其余时间基本上都在床上睡觉。

白莹没有食言，常去酒吧帮他，一次，她从吧台上拿了一杯叫"绿岛小夜曲"的鸡尾酒到放音室请阿宽喝。

阿宽说："怎么那么客气。"

白莹说："不是我客气，是酒吧客气。今天开张三周年，吧里搞活动，碰上美女就免费送一杯。"

阿宽笑了。

白莹眉毛一挑，说："怎么？那笑里有内容，是笑我不够资格称美女？"

阿宽连忙说："哪里，你是美女中的美女，我是开心自己沾了美女的光呢。"

白莹看着他，笑着不说话了。两个人坐在那里，心里头都很愉快。

在酒吧里喝酒，听着让人心神激荡或宁静的音乐，看着穿着华美的青年在舞池里跳舞，这是阿宽从未设想过的生活。但他慢慢喜欢上了这种氛围，觉得这样挺能排解郁闷的，他挑的歌都是他自己喜欢的，像张国荣的《无心睡眠》、谭咏麟的《披着羊皮的狼》、周华健的《萍水相逢》……

好像很快，一个月就这么做下来了。白莹的同学回来那天，晚上到放音室，见阿宽做得得心应手，便笑笑说："嗬，真行啊，我这机器别人没有半个月伺候不下来。"

阿宽笑笑说："多亏了白莹帮忙"。

白莹同学递过来一叠钱，说："数数，正好三千。"

阿宽说："不用了，也没耽误我什么，我不是还免费学了技术吗，给什么钱呢。"

白莹的同学看看他，然后笑着说："白莹看人可真有眼光。"

阿宽明白他的意思，脸红起来，赶忙说："你不要误会。"

白莹的同学见他有些窘，便识趣地打住话。

阿宽说："既然你回来了，明天这地盘还给你？"

白莹的同学说："好。"

等他走后，阿宽放了一支风格有些不同的曲子，自己去外面听一听，居然在吧台靠右侧的角落里见到了白莹。她一个人在喝爱尔啤酒。

白莹看见他，脸上漾开了笑，说："怎么？开小差？"

阿宽笑笑说："怎么？一个人？"

白莹笑了，让他坐一下。

阿宽坐下来，见她穿了一件洁白的旗袍，左腰上绣着一朵荷花，很别致优雅，她身上那股好闻的香水味让他情不自禁悄悄地深吸了一口。他笑笑对她说："穿那么一点，不要受凉了，现在夜里可不比白天。"

她笑了，说："我带了披肩来，放在更衣室里呢。"

他点点头，又忍不住问："一个人喝酒，要么高兴，要么难受，你是属于哪一种？"

白莹没有回答他的话，只是说："今天是我生日呢。"

阿宽有些惊讶，赶紧拿杯子跟她碰了碰，说："生日快乐。"

白莹笑着说："碰了杯，你得喝完。"

阿宽说："这酒度数高不高？"

白莹说："别管高不高，不许耍赖。"

阿宽笑了，他很喜欢她这样跟他撒娇，心里甜丝丝的。正好一曲快终了，他将杯子放在吧台上，装作淡定地对白莹说："该回了，我带进去继续喝。"说完赶紧离开座，回放音室去了。

白莹一个人坐在那里，默默的，拒绝了一两个过来搭讪的年轻人。然后，她忽然听到，整个酒吧，在瞬间装满了郑智化的《你的生日》。歌有一点老，白莹知道，这是阿宽临时专门为了她而播的，心里起伏得厉害。她看着那些随着节奏摇摆的人，心里想，他们一概不知，有这样一个人，专门为了祝福她的生日而放了这首歌。

3

过了几天，是星期六，不用上班，酒吧也不用去了，阿宽打算把一整天的时间都用来补这些日子所欠下的觉。正睡得昏天黑地呢，床头的手机突然响了起来，响了很久，也没有要停的意思，他很不情愿地把手机拿到耳边，迷迷糊糊地问："谁啊？"

那边停了一下，说："是我。"阿宽有些奇怪，那边是白莹。

"我现在在海边，你能来吗？"白莹平静地说，

他一下子清醒了，有些惊讶，他听见电话那头传来清晰可辨的海潮声。

"我知道你今天不用上班，难道你忘了说过要请客的，你一个月的工资还在我这儿呢。"白莹说。

"我跟你同学说了不要了的。是帮你的忙，给什么钱呀，再说你也没少帮我。"阿宽说。

"别傻了，你帮着一个喜欢音乐的人保住了这份工作，他感激还来不及呢，那点报酬算什么？快点过来吧。"白莹说完，便将电话挂了。

阿宽拿着手机，嘴上还在笑着，都不知道该把手机往哪儿搁，手足无措的，好一会儿，他才想起来应该先把衣服给穿上。

等他赶到海边，已近正午了，海边没几个人。远远地，他便看见白莹坐在沙滩上。

白莹看到他了，远远地冲他扬了扬手，他心里一动，慢慢过去，到近前，才见她在鬓角上插了一朵粉红的睡莲头饰，这让她看上去比平日更添了一丝说不出的妩媚。

他在她身边坐下来。

"风挺大的，你冷不冷？"他说。

白莹没有回答，只是说："看了一上午的海了，现在我想好好玩一玩。"

接下来有好长一段时间，阿宽都跟在白莹身后，看她很开心地在海滩上画了一颗又一颗的心，印上了无数的脚印，还在沙子里挖出好些奇怪的贝壳，直到筋疲力尽，连睡莲掉到海里，就要随潮水漂走了也不管。等他们准备回镇上去时，天已经完全黑透了，月亮、星星都出来了。

坐在车上，阿宽觉得浑身的骨头像散了架，他笑着对白莹说："看不出来，你玩起来竟是那么疯的。"白莹不说话，只是将头轻轻靠在他的肩上。

阿宽小心地让她靠着，不敢转过头看她，虽然整个车厢沉浸在黑暗里，但是她甜美的颊，樱红的唇，微微的鼻息，都近在咫尺，且在他心里掀起汹涌的浪花。白莹在他眼里，原本是个画中人，只是用来远观的，用来欣赏的。如今，她居然那样亲密地靠在他身上，好像，他就是她的爱人。他被这突如其来的幸福砸晕了。他想，白莹对他，是不是就是喜欢呢。她对待异性的感情，是那样的坦率而自然，和他家乡的女子完全不同。在他们家乡，就算是马上要成亲的，姑娘也不敢公然和小伙子在一起玩要牵手，生怕被别人看见了，以为自己是轻浮的人。

阿宽送白莹回到家。

这是阿宽第二次送白莹回来，上次他只是到门口就回去了。

可是，这一次，白莹开了门，两个人进了院子，静静的，阿宽闻到白莹家院子里桂花的香气，觉得心里很舒服，他低下头悄声跟白莹说："原来你身上的香就是桂花的香。"

白莹侧过头冲他笑笑。阿宽终于忍不住了，他轻轻将她拥到墙边上，然后，抱着她，低头去吻她。他感觉她的身体是那样的柔若无骨，加上她吐气如兰，一切都是那样的美好，这种甜蜜的气氛让他晕晕的。

白莹居然没有拒绝。

可是，就在热吻里，白莹家院子里亮了起来，是东边那间房子里透出的灯光。白莹轻轻推开他，做了个鬼脸，悄声说："我妈要出来了。"说完，她踮起脚，在他唇上蜻蜓点水一样印了一个吻，把他送出门，然后把院子门关上了。

那一夜，阿宽睡在床上，翻来覆去，一点睡意也没有。脑子里一直回放着他将白莹拥在怀中的情景，一遍又一遍。白莹喜欢他吗？他想，应该是吧，他希望快一点再有一次可以吻她的机会，最好是没有任何人打扰。他想啊想，一直想到天亮。

4

几天后的一个早晨，阿宽刚起床，正俯身在脸盆里洗脸呢，门被敲了敲。他以为是工友，开了门一看，却是一个陌生的女人。

阿宽觉得有些奇怪，刚要问她是不是走错了，没想到对方竟然先开口说："你是阿宽吧，我是白莹的妈妈。"

阿宽吓了一跳，赶紧端了一个凳子过来，请她坐下。

"我们小莹跟我说起你，好像把你认作结婚对象了，所以我来看看。"她说。

听她这样说，也不知道她是何意，阿宽心里七上八下的。

"你老家在湖北？"

阿宽赶忙点点头。

"湖北哪里？"

"武汉。"

"家里人都做些什么？"

"我爸我妈以前为了供我读书，去街上帮人家做热干面，现在我寄回去的钱已经够他们花了，他们就懒得再辛苦了，在家里搓麻将、种菜，安心养老。"

"你没有兄弟姐妹？"

"我妈生我的时候，子宫大出血，动了手术，不能再生，所以家里就我一个。"

"你们家就你一个儿子，那你母亲能答应任由你一个人一直在外面生活？"

"暂时没想那么多，我在这里工作三年了，挺好的，现在正准备考工程师，如果以后能攒钱买个房子，到时候，或许可以把我父母都接过来。"

"我们这儿的房价，你就算奋斗一辈子，也不见得能买一套。而且，让我们家小莹跟着你还贷款、受苦，这个我不赞同。"

虽然她脸上还是带着微笑，但是，听她的意思，是反对呢，阿宽心里一沉。

可是，白莹的母亲却又说："我不反对你们结婚，我就这么一个女儿，她想嫁给谁我一定会由着她的，你没有房子，结了婚可以住在我家里，反正我家房间那么多，随便你们住哪一间。"

阿宽听她这样表态，心里有些放松下来。

白莹的母亲接着说："不过，我有一个要求，你们最近两年不要生孩子，可不可以？"

阿宽看着她，不知道她是什么意思。

"你们现在不是还年轻吗，迟两年生孩子有什么要紧，正好可以过过两人世界，也好看看你们彼此究竟合不合适，如果合得来，那最好，如果合不来，到时候就好聚好散，也不用因为有了孩子而难以决定，你说是吧？"

白莹母亲看他有些思虑的样子，就说："你根本不应该为难，我就白莹一个孩子，以后一切都是她的，要分享那么大一笔财产，我总得看看你是不是可靠，对吧？"

她这样说，从她的立场讲，好像也不是没有道理，阿宽想。但是，他却觉得心里有点别扭。两年不能要孩子，说是怕他不可靠，他不明白她为什么会下这样的决定，一段还没开始的婚姻，需要考虑这么多吗？

白莹母亲说完，站起来要走。

阿宽送她到门口。在打开门准备出去的时候，白莹母亲忽然又回头问他："你性格怎么样？抽烟吗？喝酒吗？爱不爱赌博？"

阿宽笑着说："我不抽烟、不喝酒，也不赌博。"

白莹母亲点点头，说："那你爸爸有没有打过你妈妈？"

阿宽说："我爸妈感情好着呢，没有这样的事。"

白莹母亲说："这样就好。"

她说着，开了门出去。

阿宽站在门口，目送她走，一时间感觉有些傻傻的弄不清状况。

5

下班后，阿宽一个人骑车去了西堤桥。他独自坐在桥栏上。柳树枝条里漏下的晚霞渐渐变成了月光，他依然像一颗沉默的石头。白莹掉在海潮里那朵粉红的睡莲头饰，他一直带在身边，就放在上衣口袋里贴胸的地方，这会儿，他拿出来放在手心里摩挲着。白莹中午打电话告诉他，她母亲已经答应了他们的婚事。

阿宽觉得就像是做梦一样。自认识白莹以来，他眼里、心里装着的只有白莹。他是那么喜欢她。做工的时候、走路的时候，吃饭、睡觉的时候总会不知不觉就想起她，一想起她，他的嘴总是合不拢。工友们知道他是恋爱了，让他请了两三次客。现在，他们还不知道，自己居然真的可以和白莹结婚了，一切竟然会那么顺利。一个人，会有那么好的运气吗？他心里有些忐忑，所以，他要一个人好好冷静地想一想。白莹在电话里还告诉他一些事，说她爸妈结了婚才两年就离婚了，当时因为有孩子，两个人都想要，闹得很痛苦。所以她妈妈才会建议他们两年内别要孩子。白莹抱歉地对他说："我妈妈就是这样，看上去很好讲话，但是，有时候会特别固执。你是不是不高兴了？"

阿宽说："没有不高兴。只要可以和你在一起，这个考验又算得了什么，不就两年吗，二十四个月，很快就会过去的。"

想到这儿，他忽然听见柳荫下有个姑娘问他："大哥，皮鞋要不要擦皮鞋？"

他抬头看了那个姑娘一眼，说："不擦。"

那女孩笑嘻嘻地对他说："大哥还是擦一擦吧，擦干净了，心里也会舒坦些。"

阿宽看了看她，说："我心里舒坦着呢。"

那女孩说："是吗？我长那么大，还是头一次见人舒坦成这样，一声不吭地发呆，连晚饭也不晓得吃。"

见他不吭声，那女孩顾自脱了鞋，倒掉鞋子里的小石子。阿宽听见她用方言说："哪来的这许多小石头？"

他心里一动，忍不住问她："你是武汉的？"

女孩抬起头来，对他笑笑地说："大哥也是武汉人吗？怪不得我看上去觉得有些面熟，是不是以前在家的时候见过呀。"

阿宽听她说得天真，就笑了一下，说："没想到在这儿碰到老乡了。"

女孩说："大哥，我帮你把鞋子擦一擦吧，我不收你的钱。我到这儿快一年了，来来去去那么多人，还是头一回见到老乡。"

听她这么说，阿宽觉得心里有些暖，就顺着她的意思坐下来。

她不再说什么，低下头，很认真地擦起鞋来。

阿宽看着她还稚气的脸，有一会儿，问她："你年纪还小吧？"

女孩说："不小了，都十九啦。"

阿宽说："这儿就你一个人？"

女孩说："我和我婶一起来的，她在离这儿不远的公园里擦皮鞋。"

阿宽问她："你还那么小，你爸妈怎么舍得你出来？"

女孩说："穷人家的孩子，哪有那么金贵，我爸妈都老了，提不动挑不动的，我两个哥哥，还有一个没娶，难道我能眼瞅着我爸妈把一把老骨头榨干？"

阿宽听她这样说，不由得又看看她，觉得她虽然年纪不大，但是，挺有孝心的。

她一点一点把他的鞋擦干净了，两只皮鞋在灯光下闪着光。阿宽看了笑起来。说："你把我的皮鞋从五成新变成八成新了。"

女孩笑起来，说："各人有各人的本事不是？"

阿宽笑着点头，从裤兜里拿出十元钱来，递给她，说："不用找了。"

女孩的脸一下子涨得通红，她有些生气地说："跟你说了不要钱，你是瞧不起我呀。"

阿宽听她这么说，有些不好意思，只好把钱收起来。

那女孩见他把钱收起来了，就仰起头，笑嘻嘻地对他说："虽然不知道大哥有啥心事，不过，我觉得还是不要憋在心里的好，人会憋出病来的。有些时候，还得自己劝自己。"

阿宽想了想，说："你怎么老说我有心事？"

女孩看了看他说："我大哥当年也这样，他喜欢的姑娘嫁人的时候，他成天一句话也不说，就是发呆，要么叹气，饭也不吃，觉也不睡。不过，到后来，倒是他自己想开了，他想着：人家是去过好日子，不用再跟着自己受苦了，就好了。现在，我大哥和他媳妇过得也挺好的啊。"

阿宽看看她，说："我不是失恋，而是恋爱了，还有可能要结婚。"

女孩说："那你为啥不高兴呢？"

阿宽笑笑，对她说："我看上去有不高兴吗？"

女孩站起来，伸出手摸摸他的眉头说："高兴？这里怎么皱成一堆了。"

阿宽听她这么说，吓了一跳，心里想，如果白莹看到他这样的神情，说不定会像眼前这个女孩一样误解他呢。心里想着，决定应该让自己一点点放松下来。

6

阿宽打电话去家里，跟父母说自己正跟一个小镇上的姑娘处对象，过些天大概就要结婚了。他父母听说姑娘生得漂亮，而且家庭条件好，不用他们买婚房了，都挺乐意的。阿宽父亲说："定好婚期就告诉我们一声。"母亲则再三叮嘱他要好好跟人家姑娘相处，要多让着人家。阿宽都一一答应了。

白莹的母亲带阿宽去她好朋友的酒店订了几桌酒席。她请了几个朋友及几个街坊邻居来吃喜酒。虽然是在院子里没人看见，白莹的母亲还是在窗玻璃上贴了喜字，还在门口的梅树上挂了几只小小的红灯笼。国庆那天，阿宽和白莹去民政局登记，然后白莹去影楼化妆，一直忙得像两只陀螺。

晚上的酒宴阿宽的父母没能来。他们本来已经上了车的，但是，阿宽的母亲晕车，一上车就想吐，吐得昏天黑地，而他父亲又腰椎不好不能坐车，两个人只好都不来了。白莹她母亲没有什么亲戚，她也不答应让白莹已经二婚且又有了孩子的父亲来。白莹的闺蜜们勉强凑齐九个，因为五六年没有来往了，忽然在这个情形下相见，大家都有些拘谨和尴尬，没啥好说的，吃了饭把白莹送到家里就纷纷散了。留下几个工友，觉得场面太冷清了。如果不是白莹穿着洁白的婚纱，阿宽穿着西服且在西服前兜里插着一朵玫瑰，人家都不会知道这是一场婚宴。敬酒的时候，阿宽的同乡小袁为了把气氛弄得活跃起来，就举着杯子大声对他说："阿宽，你今天娶老婆，是最喜庆的日子，我们都知道你不会喝酒，但是，今儿个，我们大伙儿敬的酒你都得干了。"

阿宽乐呵呵地说："干，怎么不干。"

另一个工友说："干什么，别干了，不该干的现在拼命干，到时候，该干的正经事就干不了了。"他的话把大家都说笑了。

阿宽有些难为情地说："那咱就不干了。"

看得出他很高兴。

他们吃完酒，跟着阿宽去白莹家，准备闹一闹洞房。一个工友拿了一根香蕉来，将皮剥了一半，夹在阿宽的两腿之间，说让新娘子吮一吮。白莹有点不好意思，不肯做。但工友们笑着催她。白莹的母亲不高兴了，她拉下脸来，问："这是干什么，闹洞房用得着这么下流吗？"

一帮工友谁也没想到她会这样说，无趣地站了一会儿，见新娘子没有要配合的意思，就只好都停下，然后告辞散去了。

歇下的时候，阿宽对白莹笑着说："大家不过是想乐一乐嘛，你妈干吗那样呢？人家多没面子啊。"

白莹说："我先前从没有跟工人接触过，真不知道他们是那样粗俗的。"

阿宽笑了笑，说："我们在车间里做累了，都会开一些这类的玩笑放松一下，大家习惯了，他们没想到你的脸皮是那么薄的呀，像水蜜桃一样薄。"

听他这么说，白莹脸上才慢慢柔和起来。

阿宽将白莹抱在怀里，深深地真切地感受她的柔情蜜意，他希望从此以后，命运能把他们放在一起直到地老天荒。

阿宽原来跟他父母商量好到老家再办一次酒的，阿宽的父母想见一见白莹。但是白莹和她母亲都觉得前段时间为了准备婚礼蛮累了，再把这个仪式去阿宽家重新来一遍就是累上添累，而且浪费钱，都认为没有必要。阿宽心里想，白莹说得也有道理，等两三年后他们有了孩子再带孩子一起去看父母也不迟，于是告诉父母他们的意见，并答应寄几张漂亮的婚纱照回去。阿宽的父母虽然想儿子，但是，儿媳是新人，得让她高兴，她高兴了儿子才会高兴，也只好由着阿宽了。

从现在开始，他可以和自己喜欢的女人天天在一起了，那种感觉充满了阿宽的心胸，让他深深地觉得幸福。

7

　　婚后的第三天傍晚，阿宽拿了一只喜袋去西堤桥找栀子。他一路骑着车，看见柳树下有许多散步的人，心里想，最近天黑的时间是有些提前了。前些日子晚上六点钟吃完饭，再轧个马路，还是天朗气清的。现在才五点半不到，天色就有些暗了。他骑到那里，看见栀子正在那里给一个男人擦鞋。就站在边上等了一会儿。栀子见他来了，就冲他笑笑，说："哥，你怎么来啦？"

　　阿宽笑了笑，没有说话，栀子与他只是第二次见面，就称他哥，让他觉得心里暖暖的。等那个男人擦完鞋走了，阿宽把放在自行车篮里的喜袋拿来给栀子，对她说："上次不是跟你说我要结婚的吗，现在我真的结婚啦，我把喜袋给你送来了。"

　　栀子高兴地说："我正好肚子饿呢，我现在就可以吃吗？"

　　阿宽说："给你了就是你的了，随便你什么时候吃。"

　　栀子听她这样说，笑着打开喜袋，拿出里面的一盒小饼干，拆了一小袋，拿出一片放在嘴里。吃完了，又拿出一小网袋的牛奶糖，开心地拿出一颗，继续吃。

　　阿宽看她专心地吃，觉得她还是像个孩子，有得吃就忘了说话了，不由得笑起来。他问她："今天生意怎么样？"

　　栀子嘴里嚼着糖，说："还好，国庆节，人们都出来玩了，找我擦鞋的人不少。"

　　阿宽说："可是，想靠擦鞋发财是不可能的，你年纪还小，不应该只做擦皮鞋这样的事，那简直是浪费生命。"

　　栀子笑了，说："是啊，我也没有想过要擦一辈子的鞋，我出来快一年了，也没有想到该做些什么，以后碰到合适的机会，我会跳槽的。"

阿宽听她说到"跳槽"，不由得又笑了，说："你是高中毕业的吗？愿不愿意到我们工厂里做事？"

栀子抬起头，一双晶亮的眼睛看着他，说："有机会吗？有机会我当然愿意去了。"

阿宽说："等你到了我们厂里，也不要只做普通工人，应该要评个技术员什么的，像我，现在是助理工程师，只要时间够了，我马上就可以考到工程师证书。"

栀子羡慕地看着阿宽说："阿宽哥，你真是我看到的最聪明的人，说考工程师，我看你就是考公务员，也一定是考得上的。"

阿宽听她这么说，笑了，说："我出来的时候，我妈告诉我，能当工人决不当农民，能当工程师，就决不当普通工人。我当然不能辜负她老人家的心意。"

栀子说："做工程师好啊，多神气啊，工人都得听你的。"

他看着她单纯的样子，笑了，说："那倒没有那么好，什么事情都不会像你想的那么简单。"

他看她疑惑的样子，就接着说："我的一个工友，也是一个工程师，曾经在别的厂里做工，他有一次为厂里设计了一个齿轮，可以减少一半的阻力，这是很不容易的事，可是没想到，零件一做出来，他用卡尺一量，足足差了五丝，他就跟厂长反映了。"

栀子说："厂长一定很高兴，又涨了他一级工资吧！"

阿宽摇了摇头说："厂长说，'算了算了，既然已经做出来了，你就按这个零件重新画一张图纸吧！'"

栀子哈哈笑着，说："这怎么可以呢，你是说笑话给我听吧。"

阿宽看她笑，说："后来他才知道，那个做零件的，是厂长的一个老相好。"

"原来是这样，"她说，"那他一定很难过吧。"

"那当然了，"他说："所以，他就带着技术跳槽到我现在的厂里来啦。所以说，我现在这个厂，是很好的。你既然叫我哥，我得把你带到好地方啊。"

栀子满心感动地把头点了又点。

阿宽说："等你进了我们厂，我保证尽快把你培养成技术员。"

栀子听了他的话，开心地瞪大了眼睛，说："真的吗？考到技术员职称，考到工程师职称，是不是工资会高一些？"

阿宽看着她，笑了，说："那么拜金，起码，你可以受到人家尊重了呀。厂长要是碰到什么难题了，不是得找我们吗？"

栀子有些失望，说："要是不能加工资，那考了又有什么用。"

阿宽说："我们厂长特别注重人才，所以，我在厂里的工资是比一般人高，职称比我高的人，工资都比我高。"

栀子嚼完了嘴里的奶油糖，拿出喜袋里的红鸡蛋，在桥栏上轻轻磕了一下，然后，把蛋壳剥掉，开始吃鸡蛋。吃完以后，她还喝了一两口带来的罐子里的水。然后她对阿宽说："我吃饱了。"

阿宽笑笑说："你吃得不多。"

栀子说："是不多，我每次只吃一个饭团就够了。今天吃了你的喜糖，晚饭就吃不下了。"她说完，从鞋箱里取出一个包得严严实实的小袋子，一层一层剥开，到最后，露出一个洁白的小饭团，用的是糯米，看上去一粒粒晶莹剔透，十分诱人，因为包得好，还冒着热气。

栀子把饭团递给阿宽，说："我已经吃不下了，这饭团第二天早上就不好吃了，不如你帮我解决了吧。"

阿宽说："那怎么好意思，如果过一会儿你又饿了呢？"

栀子笑笑说："你这个人，叫你吃你就吃呗，想那么多干吗？"

阿宽中午只吃了一点点白莹母亲前两天从饭店打包回来的酸辣鱼，这会儿也有点饿了。看她那么坚持，就不再谦让，一大口咬下去，里面竟然包着香辣藕片，还有肉松和小葱。"真是太好吃了，我有好久没吃家乡菜了。只有过年的时候回到老家才能吃到。"

栀子说："你那么高兴，那这就算是我的拜师礼，好吧。""

阿宽三口两口把饭团吞下去，然后说："哈哈，拜什么师呢，你都叫我哥了，这点忙怎么能不帮。"

栀子高兴地说："我到这里这么久，常常吃自己做的饭团，尝试过许多不同的口味，我上次去超市里买了一些麻辣的小鱼干，包在饭团里，不知道有多好吃。"两个人说到美食，两眼放光，不知不觉就天黑了。

8

　　阿宽忙惯了，突然多出那么长一个假期，就觉得有些不知道做什么好。白莹倒是很忙，因为国庆各个单位搞会演，剧院常常要被借用，除了国庆那天结婚有人来问她借钥匙，十月二号开始，她总是不在家里，每天吃过早饭就出去了，到中午吃饭时间她才回来。吃过午饭她会稍微休息一会儿，小睡半个小时，然后又回剧院去。白莹睡醒的时候，脸上现着红晕，像戏里的古装美人，阿宽看了心里怦怦直跳，有几次就忍不住想要跟她亲热。白莹却总是说，要迟到了要迟到了，只肯给他吻。所以，她离开后的一两个小时里，阿宽总要费尽力气把心里那股潮水平复下去。这样一来，阿宽在晚上的时候往往就会要得更多。

　　白莹躺在床上，头发像瀑布一样铺在身下，她对阿宽说："真累，早知道这么累，我就不结婚了。你看，你这样会折腾，我都变得不漂亮啦。"

　　阿宽笑着说："难道你不喜欢一个充满热情的伴侣?"

　　白莹看着他，一声不响，阿宽见她眼旁流下泪来。吓了一跳，忙问她为什么。白莹摇摇头，说："没啥，我太累了。"

　　阿宽想把她抱在怀里，她却转过身子给了他一个背影。

　　隔天的中午，白莹还没有回来，阿宽在浴室里洗澡，他想放松一下神经。中午白莹吃了饭就出去了，没有午睡，他想她是在躲避他，他心里有些失落。还没有结婚那会儿，平日里他在厂里，总是听那些工友们说一些让人脸红的荤笑话，什么鸳鸯浴之类的，听得人脸红心跳。他就曾经想过，等自己结了婚一定要都尝试一下，现在看看，好像不太可能。他从浴室出来的时候，看见白莹的母亲站在门口，好像有话要对他说。他愣了一下，喊了一声妈。

白莹母亲沉着脸，说："有句话我不应该讲的，但是实在是忍不住。虽然你们是新婚，但是，你看她每天这么忙，这么累，你能不能体贴她一点呢？一个男的，不能老想着自己是不是？她从小就身体很弱，经不起折腾的。"

阿宽明白了白莹母亲的意思，忽然涨红了脸。他低着头，一声不响地回卧室里去了。

晚上，阿宽在书房里开了电脑，在上面研究图纸，一直到深夜。他没有回到卧室去，第二天一早，他还没有起来，白莹已经吃了早饭出去了。他默默地回到卧室，脱了衣服躺下来，心里想，自己在书房里，白莹不是不知道，她到底有多累？要这样躲开他。

一连三天都是如此，到了第四天傍晚，白莹来书房里找他，看见阿宽坐在电脑前看图纸，便笑着对他说："怎么不理我了？一个人睡书房。"

阿宽没有答话。白莹过来，双手环住他的脖子，坐在他腿上，把身体靠在他身上，幽幽地说："这几天人家都快累死了，你也不来问一声。"

阿宽看她这样，心早软了，说："累就别去了吧，你妈说你从小身子弱，要注意休息。"

白莹点点头，说："你生我的气了吗？明天的演出活动暂时取消了，我晚上好好陪你，好吧？"

阿宽忍了忍，没忍住，问她："我们亲热的事，你怎么告诉你妈呢？"

白莹笑了，说："我怎么会好意思告诉我妈，你也不想想，这些房间隔音效果有那么好吗？什么声音听不到。"

阿宽听白莹这样说，脸倏然红了。

晚上他和白莹亲热的时候，尽量压抑着不发出声音，但是，那种快乐到极致的感觉却没有了，他总觉得门外有一双耳朵在听着，只能匆匆完事。白莹问他怎么了，他说自己在书房里睡了那么多天，也很累。白莹回头打了他一下。他笑笑，将她搂在怀里，让她像一只小猫一样卧在他怀里。

白莹说："天好像下雨了。"

阿宽说："嗯。"

白莹说："你说天为什么会下雨？"

阿宽说："想这么多干什么？天总会下雨的，不光会下雨，还会下冰雹、下雾。"

白莹假装生气地说："不跟你说了，你这个人一点也不浪漫。做机械工作的人就是这副德行。"

阿宽躺着那里，脸朝着天花板，说："我当然是一个浪漫的人，这个跟我从事的工作没有关系，工作只是我谋生的途径而已。我记得，我以前读高中的时候，我们非常喜欢的物理老师马老师就是一个写诗的。"

白莹说："真的假的？教物理的人居然会写诗。"

阿宽说："当然是真的，他总是在课堂上给我们朗诵他的新作。"

听到这里，白莹忍不住笑起来。

阿宽跟她说："我们应该去度蜜月，到近一点的地方。"

白莹说："好不容易忙完了这一个星期，我想好好睡两天，你给我做好吃的吧。"

阿宽说："好吧。"

9

第二天一早，白莹还在睡呢，阿宽就叫她起床，说可以吃面了。白莹闭着眼睛嗅了嗅，说："什么面，味道这么冲？"

阿宽说："是我们老家的特产，热干面。"

白莹说："热的干的面，好吃吗？"

阿宽说："你吃了就知道好吃不好吃了。"

白莹高高兴兴地起来了，洗了脸，叫了刚在院子里跳完早操的母亲，一起到厨房餐桌旁坐下来，等阿宽上面。

阿宽跟她们说："你们知道中国五大名面吗？北京的炸酱面、河南的烩面、山西的刀削面、四川的担担面，但是排在第一的，还是我们老家的热干面。"

白莹和她母亲一左一右坐着，看阿宽做面。

阿宽说："你们平时做的菜都太清汤寡水了，我今天给你们吃点不一样的，保证你们一吃忘不了。"

白莹："就会吹牛，吃了觉得好我才会信。"

阿宽说："那你等着。"

白莹说："面真的是干的吗？我会不会咽不下，我喜欢吃汤面。"

阿宽掀开另一口锅，里面已经烧好白菜汤了，他说："等一会儿吃面的时候，就着汤，就不会觉得干了。"

他说着话，已经把面条煮熟，捞出来，用凉开水冲一冲，然后放在大碗里拌上香油、芝麻酱、鲜辣味粉、辣椒红油。这些调料都是他前两天出去溜达时，从附近一家很小的超市里买回来的，正好这时候派上用场。

他把面拌好了，就放到锅里再炒一炒，再盛起来装在桌上的三个盘子里。然后把汤盛到三口小碗里，分别端给白莹的母亲、白莹和自己。

白莹看阿宽吃了一口，好像很香的样子，就看她妈妈。白莹母亲也吃了一口，白莹问："好吃吗？"

"当然是好吃的，如果有咸菜、萝卜干要么酸豆角，就更好。"阿宽说。

白莹妈妈吃了两口，赶紧喝汤。"辣死了。"她说。

白莹也挑起面吃了一口，说："辣死了。"

结果，阿宽一大早起来做好的一锅面，白莹妈妈吃了两口，白莹只吃了一口，其他都是他一个人吃完的。他吃完一锅面，又喝了两碗汤，把自己撑死了，半天不想动。

白莹和她母亲一起去街上喝粥去了。

阿宽一脸沮丧地坐在那里，好一会儿也不想站起来收碗筷。他想，自己怎么就忘了她们偏爱吃得清淡呢。

白莹和她母亲一向吃得很清淡，菜是白莹的母亲买的，她每天开了小录音机在院子里做晨操，然后去菜场买菜。她买的菜，多半是素的：豆腐、海带、蘑菇、白菜、藕、冬瓜、胡萝卜、芦荟、玉米、青豆……有时候也会买鱼和虾，但，也多半是煮的，水煮鱼、水煮虾、水煮蛤蜊……阿宽吃了这么多天水煮菜，嘴里淡得不行。他喜欢吃热干面、辣鸭脖、毛血旺、剁椒鱼头……他就是喜欢一切重口味的东西，吃得叫人觉得爽快。他到这里后，在食堂吃饭，也总是点青椒炒牛肉之类的辣菜，在他们厂里食堂做菜的大厨小袁也是武汉人，知道阿宽的口味，每次到窗口打饭，看到阿宽过来，总是给他打多一点辣菜。几年下来，他们就像兄弟一样，无话不谈。

10

阿宽回到厂里的第一件事就是帮栀子办手续，他是助理工程师，加上和厂长关系还不错，反正要招人的，他一开口说，厂长就答应了。

阿宽叫栀子拿了身份证、高中毕业证去厂里人事科报了名。当被问到住厂里宿舍还是自己找房子住时，栀子想都没想，就说自己住。栀子说，她不喜欢住集体宿舍，她喜欢有一个属于自己的空间，反正一个月还有一百五十元的补贴，比以前好多了。阿宽觉得她是一个有个性的人，她的想法他也赞成，他也不喜欢住集体宿舍。

栀子就这样开始在他们厂里上班了。她起初是做流水线工人，因为做得很好，加上人机灵，长得也漂亮，三个月后，她就当上了线长。

栀子每次休息的时候，都会到阿宽这边来，看他调机器，看他画图纸，有几次看他皮鞋脏了，还会坐在那里给他擦皮鞋。在食堂吃饭，她也总是早早就把他的饭给打来——过完婚假，开始上班以后，阿宽就一日三餐都在厂里吃，这是白莹母亲提议的，她对阿宽说："反正你做的菜我们吃不惯，我做的菜你也不喜欢吃，我们都不要为难，干脆分开吃好了。"除了饭阿宽自己一个人吃，阿宽的工作服也是他自己洗的。白莹只帮他洗过一次，她在戴皮手套的时候，不小心把指甲弄断了一个，心疼得掉泪。虽然白莹没有说什么，但是，以后，阿宽每次把工作服换下来的时候，都自己及时洗掉了。

阿宽一个人坐在厂里食堂吃饭的时候，他有时候会觉得自己还是像以前一样，是个单身汉。

白莹和她母亲几乎没有什么朋友，阿宽也不愿意请工友们来家里坐。所以，虽然三个人都在家里，但院子里常常冷冷清清的。

天气愈来愈冷，不经意间，院子里的蜡梅开了，散发着淡淡的香气，小朵的黄色的花映在窗子上，勾勒出一幅美丽的剪影。

这天是休息日，阿宽和白莹吃过晚饭，在院子里站着，赏梅花。白莹的母亲挨不住冻，早早坐被窝里去了。他们两个偎在一起，看那花朵在月光下的倩影直到深夜。他们回到屋里，白莹去厨房里烫了一壶酒，加热的时候，她往壶里加了好几勺红糖，一边用长长的筷子在壶里搅拌。她端出来，想和阿宽一起喝，想要驱驱寒气。白莹喝着酒，笑笑地对他说："你觉得这酒好喝吗？"

阿宽说："酒怎么是甜的？"

白莹说："那是因为，我爱着你。不然我温起来的酒，你喝了会觉得酸。"

阿宽说："是吗，你是在跟我说你爱我？"

白莹笑起来，说："你以为我会嫁给一个我不爱的人？你没钱，也没房子，我难道还图你什么？"

阿宽说："我没有钱，也没有房子，你以后会不会嫌弃我？"

白莹说："我不会做你爱吃的菜，不会给你洗衣服，现在也不能给你生孩子，你会不会变心？"

阿宽笑了，他对她说："你不会做饭，也不会给我洗衣服，至于孩子，你迟早会给我生一个的是吧？"

白莹说："应该会吧，但是，如果你接受不了两年的考验，变了心……"

阿宽摇摇头，不让她说下去。他跟她说："原来你是悲观主义者。"

白莹说："我不是悲观主义，因为我父亲原来也是很爱我母亲的。但是，结婚后的第二年，他突然就移情别恋了。我母亲抱着我，在冷风里跪下来求他半天他也不回头，像吃了迷魂药。而那个女人我后来见过，无论容貌还是气质，根本不能跟我母亲比。所以，我母亲是深深地受过婚姻的伤害的，这种伤害也遗传给了我，我在以前的很多日子里，都很怀疑我能跟一个陌生男人一起生活到老。"

阿宽听了她的话，心里有些沉，他对白莹说："都过去了，我们不要再想这些伤心事，来唱一段昆曲，行不？"

白莹看着他，好像看到他心里去。她对他说："你要答应，永远不要负我。"

阿宽听了她的话，心里震动，他告诉自己，当然不会负她。

白莹站起来，盘好头发，去开了衣柜，找出一件粉色的戏服穿起来。

"良辰美景奈何天，赏心乐事谁家院……"是《牡丹亭》中的《游园惊梦》。白莹唱着，她的眼神似一泓秋水，举手投足间，情思袅袅，步态婀娜，竟像又来了一个杜丽娘。阿宽觉得自己就像那个古代的书生，与这多情的姑娘一起，尽情缱绻，跌入一个春梦里……

11

母亲每次来电话，总是催着问阿宽有没有孩子。她对阿宽说："你高中时的同学军子，第二个儿子都已经生出来了。白莹现在怎么样呢？有动静吗？我看照片里的她，人蛮单薄的，这身体，能生孩子吗？"

阿宽不知道该怎么回答，只好说："白莹当然会生孩子的，只是，我们刚结婚，这么急干吗？"

他父亲则对他说："你不要糊弄我们，也不要犯傻。凭什么人家这么好的条件能嫁给你，是不是有缺陷，有可能不会生孩子也不一定。我在这里跟你妈商量了，如果两年里不能给我们生个大胖小子，你小子就得给我把婚离了再娶。"

阿宽听了父母的话，哭笑不得。他对电话那边说："你们想什么呀，真是想多了。"

晚上，阿宽对白莹说："我妈打电话跟我说，昨天梦见你生了一个大胖小子。我爸更好笑，他为了讨好你，在门前盖了两个大棚，一个大棚种菜，一个大棚专门种草莓，菜苗绿油油的，全是纯天然，草莓也是。说是想等你去武汉的时候，专门给你吃。"

白莹笑笑，说："你爸妈感情很好吗？"

阿宽说："那当然。他们已经在一起快三十年了，还经常一起手拉手逛街呢。"

白莹说："如果我们两年后还在一起，那我要做的第一件事就是去看他们。"

听她这样说，阿宽知道她现在是不会跟他一起去他老家的，说了也是白说，不如不说。于是就不说了。

白莹的母亲爱喝果汁、小麦草汁，家里常常有整箱整箱的苹果、梨、橘子。小麦草是从菜场里买来的。白莹的母亲说果汁可以提供维生素，小麦草汁可以清除体内垃圾。一天水果汁一天小麦草汁，这是白莹的母亲每天跳完操后要做的事，阿宽来了以后，这个事情就交给阿宽做了。两个苹果一杯果汁，四两小麦草一杯汁，每天如此。榨汁是很简单的，插上插头，揿一下按键就可以了。主要是，水果一定是要洗的，像草莓之类的，不光要洗，还要擦干，不可以带水分进果汁里，别的水果，像苹果、梨，还要削皮，白莹母亲说，苹果上有蜡，吃了有害无益。单单榨汁倒也罢了，主要是，榨了果汁，还要清洗榨汁机，这个就太麻烦了。要把刀头卸下来清理，还要防止底座进水。阿宽坚持做了半个多月，终于还是跟白莹母亲说自己很忙，以后没工夫帮她做了。

白莹的母亲"哦"了一声，没有说什么，但是，阿宽知道她一定是不高兴的。

果然，那天晚上睡下的时候，白莹问阿宽："你怎么不帮我母亲榨水果汁了？"

阿宽说："我早上要迟到了，她不是没事做的吗？难道我耽误了上班，也要在家里帮她榨水果汁？"

白莹看着他，说："就算是为了我，你这点耐心也没有吗？"

阿宽说："我觉得这个没有必要啊，喜欢吃水果，削了皮直接咬好了，一天一个苹果就可以了，她这样吃简直是浪费。"

白莹对他说的话有些不高兴，她说："我让你孝敬我母亲，只是想让她高兴，让她觉得自己找的这个女婿是对的，是能待她女儿好的人。这样有什么错呢？"

阿宽说："难道你是觉得，待一个人好，就是要无条件委屈自己做不愿意做的事？"

白莹说："如果真的爱，就应该会去做的吧，又不是天大的委屈。"

阿宽听她这样说，心里明白了，为什么她母亲的婚姻如此失败。夫妻之间不是要互相体谅、互相尊重、互相爱护的吗？但是，这个话他现在不能再说，太严肃了。

有时候，阿宽倒是喜欢待在厂里，只要做他喜欢的工作就好了。他也喜欢和工友们爽气地说话。也喜欢看栀子忙来忙去的，像一只快乐的小鸟。栀子在人前叫他阿宽师傅，而两个人单独在一起的时候，她总是用家乡话叫他阿宽哥，叫得阿宽心里暖暖的。有时候，调弄机器累了，或一起吃饭的时候，阿宽会和办公室的几个工友一起说说笑话。工友们说的大部分自然是荤笑话，栀子听了也笑。有一次，一个工友说："栀子你笑啥呢？"

栀子不甘示弱，说："你们笑啥呢？"

工友说："我们是过来人，当然知道笑啥？你一个姑娘家，知道些啥呢？"

阿宽怕她难堪，想阻止来着，谁知栀子一点也不怵这场面，回说："没吃过猪肉，还没见过猪跑呀？"

大伙儿都哄笑起来。另一个工友说："你见过哪只猪跑啊？"

栀子说："真幼稚，电视上、电影里放得还少呀？看得背都会背了。"

大伙儿都笑了，让她背两段来听听。

栀子说："喊，你们一帮男人，就知道欺负我们女人。"

阿宽听了也笑了。

有人给栀子说媒，她总是拒绝，问她要找啥样的，栀子就说："要找就找阿宽师傅那样的，高大帅气，人稳重，还让人心暖。"大家听了就起哄。

最近一段时间，栀子还在下班后帮他织了一条蓝色的马海毛围巾。阿宽一次也没有围过，工作的时候围着不方便，下班路上倒是可以围的，但是，他怕回到家里白莹看见了会问。每次打开工具箱，看见叠得整整齐齐的深蓝色围巾，阿宽常常会觉得心里充满了点点暖意。从小到大，还从来没有人帮他织过一条围巾。他一个人在雪地里走的时候，一个人用冻僵的手在工厂里搬弄机器的时候，从来没有一个人问过他冷不冷，他母亲没有过，白莹也没有过。栀子是他生命里第一个为他做这件事的人，他心里怎么能没有一点点感觉呢。

有一次，栀子问他："阿宽哥，你怎么不围我给你织的围巾？你是不喜欢吗？"

阿宽说："怎么会不喜欢，我省省用，可以用得时间长一些。"

栀子说："你喜欢的话，我下次再给你织啊，你这样冷的天，怎么可以不围围巾，你是骑车回家，一路上那么冷，会冻坏的。"

阿宽想了想，对栀子说："你不欠我什么的，虽然是我帮你找到了工作，可是，这只是举手之劳，不用挂在心上。你不用帮我打饭，也不用帮我擦鞋，你这样做，有些人会误会，你还没有谈对象，被别人误会总是不好的。"

听他这么说，栀子的脸憋得通红，她低头想了一会儿，然后抬头跟他说："我帮阿宽哥做事，不是因为觉得欠了你的，是因为我自己喜欢，我喜欢帮你打饭，喜欢帮你擦鞋，喜欢帮你织围巾。"

阿宽听她这么说，知道了她的心意。这样是不对的，他告诉自己。于是，他对栀子说："我已经结婚了，男女授受不亲，你知道的吧。总是因为这样的事被人起哄，到时候嫁不出去怎么办，你会不会怪我。"

栀子听他这样说，吐了吐舌头，说："怪你，就怪你。"

说完就逃开了。阿宽看着她的背影，摇了摇头。

厨房的大厨小袁有一次跟他闲聊的时候，玩笑地跟他说："依我看，栀子姑娘是喜欢你吧，你可要小心些，你可是有家室的人，你老婆又是美若天仙的。你可不要吃着碗里看着锅里。"

阿宽点点头，说："这个我知道。"

说着说着，阿宽就说了丈母娘的要求和父母的要求，说到了他现在面临的境况。

小袁听了，把烟头往地上一扔，说："你这个丈母娘，脑子有病啊，这么一个高大英俊帅得冒泡的女婿，她是要往外推吗？"

"那倒不是，她说得也有道理，她们家那么大一片房子，总得交给信得过的人。"阿宽说。

小袁指着他，笑起来，说："你是傻啊，她的房产和你有什么关系，那是婚前财产啊，就是她们自己的，离婚了，你半毛钱也拿不到。你就是跟她过一辈子，那房产证上，还是她自己的名字，傻啊，你是真傻。"

听了小袁的话，阿宽有点被呛着，但是他说："那也没关系，反正我也不是想要她家里的财产才喜欢她、想要跟她结婚的。"

说是这么说，但是，小袁的话一直让阿宽心里郁闷，他不知道白莹母亲说这么大的财产需要给值得信赖的人，这是要把财产分给他呢？还是想要他永远只是做一个房客呢？

12

不知不觉，春节就要来了。阿宽没有打算回老家去。栀子想回，小袁也想回。厂长已经帮他们买好了来回的车票，他们只要到时候去车站坐车就好了，他们十二月廿四回去，正月初七回来。厂里腊月廿二就放假了，那天上午发了年终奖，厂长说了一些祝福的话，大家打扫好各自岗位上的卫生，不到十点便都散了。栀子坐阿宽的自行车回宿舍，她是头一次坐他的自行车，阿宽围着她给他织的蓝围巾，栀子围的是红围巾，一蓝一红，远远看去，那么鲜明。一路上，栀子用手环着阿宽的腰，他们开心地说着话。说着说着，栀子就说："阿宽哥，后天我就回家去了，这么多天见不着，到我那里吃个饭吧。古人都说要给友人饯行，你也给我饯行一个吧！中午帮我做热干面吃。"

阿宽听她说得好玩，再说也抗拒不了热干面的诱惑，就答应了。

到了才知道，原来栀子就住在西堤桥东边的一幢五层楼里。她住在三楼西面的那间，房间很小，除了一个淋浴间，只搁得下一张床和一张桌子。北边开着一扇窗，但是窗子关着，窗下一溜儿排着几个白瓷花盆："这是迷你椰，这是九里香，这是台湾罗汉松，这是红豆杉，小迎客松……"她跟阿宽一一说这些植物的名字。阿宽看见桌子上也摆了一个白瓷盆，是长方形的，里面养着一些不同种类的多肉植物，也是生机勃勃，一看就知道是受到精心照顾了。房间里干干净净，漾着一股女孩儿特有的香气。

"哇，还不错啊。"阿宽说。

栀子脱了外套，去浴室里洗了洗手，又洗了把脸，出来的时候将工作服换了，头发重新盘了一下，看上去清清爽爽的。

阿宽还是头一次这样近距离跟栀子站在一起，心里有些不自然。栀子虽然小巧，但有一些丰满，带着些山野的味道。她的皮肤不是很白，但绷紧的皮肤，处处像掐得出水来。阿宽心里不知不觉地在想，和白莹比起来，栀子身上很自然地漾着活泼和青春，"天然去雕饰"，那种感觉非常吸引人。白莹虽然周身显得雅致，但是，身上却没有栀子的那种野。

阿宽发现自己在将白莹和栀子做着比较时，在心里骂了自己一声。

栀子仰起脸，对他说："好了，我要去做菜了，你过来帮我吗？"

阿宽笑了，说："当然可以。"

栀子的厨房在她卧室的对面，是单独的一间，里面除了厨房用具，还摆着一张桌子，桌子下面搁着四张小凳子。栀子对阿宽说，本来她和婶婶一起住的，可是上个月她婶婶有事回家去了，打电话来说擦皮鞋赚不来钱，别的又不会干，过年后不再来了。她本来是要重新租一个稍微便宜的地方的，但是算了算，一个月四百八十元的房租，厂里补贴一百五十元，自己付三百三十元就够了。如果租到别处，一个月至少二百三十元，而且是不能做饭的。租金是可以少付一百，但是，星期六、星期天去街上买饭吃的话，八天恐怕一百元还不够。所以想来想去，就不打算搬了。再说，在这里住得挺舒心的，也舍不得搬。

阿宽听她算来算去的，笑她说："人精啊，你干脆去当老板娘得了。"栀子吐了吐舌头。她说着话，已经把面条煮好了。她递给阿宽一个漏勺，让他把面捞起来沥干。阿宽按着她的意思，把沥干的面倒到一口大碗里。栀子在案板上切萝卜丁，边问他："阿宽哥，你老婆待你好吗？"

阿宽说："好，当然好。"

栀子说："那她为啥不帮你做饭，也不帮你洗衣服呢？"

阿宽说："那是因为我心疼她，怕她累着，所以都不让她做的。"

栀子说："依我看，那不就是不爱你吗？不然怎么会觉得累呢？如果是我，老公爱吃什么我就做什么，老公的衣服我是一定要洗的。能帮自己喜欢的人做事，高兴还来不及呢。"

栀子说着，往碗里倒入麻油、鲜辣味粉、酱油、醋和芝麻酱，然后撒点味精和葱花，放到锅里炒，很快，香气就飘散开来。

"真香。"阿宽说。

栀子说："在我们村子里，不给老公做饭洗衣服的，我们可都要叫她懒婆娘。"阿宽说："说什么呢，小丫头。男女之间的感情，你是不会懂的。"

栀子洗了锅，开始煮萝卜汤。嘴里仍然不闲着。她说："我可不是丫头，过了年我就二十岁，都可以嫁人了。"

阿宽帮着栀子把煮好的汤分别盛到两口碗里，说："你这么聪明，一定会有好归宿的，哥相信。"

栀子说："谢谢哥，可是，哪儿也找不来像哥这样的人。我妈说，女人这辈子能嫁给谁都是由不得自己的，只有福气好的人才能嫁给自己中意的人。"

看阿宽有些尴尬，她就又笑笑说："好了，不说这些了，我们吃面。"

面很好吃，阿宽吃了一碗面，又喝了一碗汤，还觉得意犹未尽，栀子把大碗里剩下的面都给了他。

栀子说："阿宽哥你多吃一点，我看你结婚后都瘦了。"

阿宽听她这样说，心里觉得暖暖的，竟然觉得眼睛有些潮。

栀子吃完面，站起来，看着阿宽，柔声对他说："哥，我这儿，随时欢迎你来。"

看着她的脸，阿宽心里一动，真想过去抱一下她，可是他忍住了。

阿宽骑车回家的时候，路过邮局，顺便把兜里的一万块奖金给父母寄了一半回去，排队排了好长时间，到家已经是下午一点。这个时候，是白莹和她母亲的午休时间，院子里静悄悄的。他轻轻地开了院门进去，停了自行车，去卧室拿换洗的衣服，准备去浴室洗个澡。进了卧室，白莹果然在睡觉。听见开门的声音，她醒了。看见阿宽，有些觉得奇怪，就问他怎么这个点回来？

阿宽说："上午十点就放假了。"

阿宽刚说完就后悔了，他怕白莹多问，赶紧取出兜里的五千元年终奖交给白莹，说："是我的年终奖，你先收着，我去洗个澡。"

白莹嫌钱不卫生，没有接钱，让他先放在床头柜上。白莹问他："那你午饭呢，还没吃吗？"

阿宽硬着头皮说："吃了。"

"在哪里吃的？"白莹问。

"一个工友家，我们吃了热干面。"

"'我们'，是指两个人还是好几个人？"

阿宽撒不来谎，只好说："两个人。"

"为你做饭的，是个姑娘？"

阿宽点点头。

白莹说："她长得好看吗？"

"挺好看的。"

白莹不响了。

阿宽说："就是吃个饭，没啥的。"

白莹想了想，说："一个漂亮的女孩子，肯为你做饭，说明人家心里有你，你呢？你喜欢她吗？"

阿宽说："你不要误会，我跟她没有什么，是我帮她找到了现在这份工作，人家只是想感谢我一下，所以请我吃面的。"

白莹看着他，说："现在没有，不一定以后就没有，人是最会变的，这个我早就知道。"

阿宽说："我不是那种善变的人，你不用担心。"

白莹笑笑，不说话了。

一整个下午，白莹都是在默默地整理衣橱，阿宽洗了自己的衣服，就一直和白莹的母亲帮来打扫的家政工人挪家具，他们一一挪开那些桌子、凳子、椅子、沙发、茶几、屏风，等人家打扫好后，再把这些家具都挪回原来的地方。因为房间多，等所有的角角落落都打扫完毕，已经是傍黑了。

白莹只吃了一点点，就说不要吃了，说很累，去卧室里睡觉。

阿宽因为饭菜不合口味，也是随便吃了一点点。

白莹母亲收拾碗筷的时候，阿宽说："妈，今天您也累了，碗就交给我来洗吧。"

白莹母亲看看他，说："小莹下午一句话也没说，是你惹她不高兴了吗？"

阿宽说："没有啊，我怎么会让她不高兴。"

白莹母亲说："你是爱我们小莹的对吧，这个我总没有看错吧。"

阿宽说："爱的，当然爱。"

白莹母亲说："因为我婚姻的不幸，没有给她家庭的幸福，她有时候是有些脆弱的，你要更加爱护她，不要随随便便地把她变成跟我一样的不幸的人。"

阿宽说："妈，不会的，我跟您保证，我会永远对她好。"

白莹母亲看着他，叹了一口气，说："小莹很爱你，你知道吧。"

阿宽说："知道。"

阿宽到卧室里，看见白莹已经洗好澡，换了睡衣准备睡了，就跟她说："你一下午都没有说过一句话，还在为我跟人家姑娘吃饭生气吗？"

白莹笑笑，说："没有啊，我没有生气，你不是说只是吃饭没有别的吗，那我还生什么气。"

阿宽想了想，说："我们出去走走吧。"

白莹同意了，她穿上那件蓝色的薄绒大衣，再围上那条长长的颜色浅一点儿的蓝色丝巾，看上去文静秀气，像一个大家闺秀。他载着她，四处随意地骑，不知不觉就到了西堤桥。

阿宽支了车，白莹挽住他的臂，两个人慢慢踱到桥边。阿宽将手放在栏杆上，俯身望着桥下淙淙的水流。月已经升上来了，很亮很亮，像一把镰刀，天空显得很干净。水里的夜空，是如此的明澈、宁静，和几个月前他们相识时那个夜晚的月光别无二致。

"月色真好。"阿宽说。

白莹笑笑，没有说什么。

阿宽说："刚跟你相识的时候，我觉得你就像天上的月亮一样，可以照亮我，让我的世界变成天堂。"

白莹说："你现在，是不是有些失望。"

阿宽摇摇头，说："你愿意嫁给我，我觉得是我的幸运，何来'后悔'二字。"

白莹说："我能相信你吗？"

阿宽点点头，说："你一定要相信我。"

白莹不说话。

他们往回骑的时候，阿宽绕了一段路，经过传奇部落酒吧，阿宽回头对白莹说："我们进去坐坐吧，好久没有去那里了。"

白莹点点头。

他们便下了车。

好久没来了，吧台里的调酒师、侍者，都是生面孔，阿宽带着白莹在舞池里跳了一会儿，就累了，他站在舞池边上，看白莹在那儿跳。白莹跳着跳着，越来越开放，平时那样文雅的一个人，居然可以跳得如此热烈，像火在烧，那样忘情，那样热烈，随着她优美的舞姿，整座舞池漾开一缕缕桂花的香。阿宽站在那里，静静地看她伸展双臂、身体，如此妩媚、妖娆，有时像闪电穿过夜空，那种迅疾的力量令人震撼。有时候又像一朵花，温柔缓慢地开放，让每一个观者动容。她像一个多变的精灵。跳着跳着，满舞池的人都停下来，看着她跳。

阿宽静静地站在人群里，看白莹这样跳着，有一种看不见的暗流从白莹那儿借着电波传过来，阿宽感觉到胸口麻麻的，有一种钝钝的痛。他看见白莹在舞池中央，身影晃来晃去的，是那么的孤单。不由得心里难受起来，他想，因为他的缘故，白莹把自己放在痛苦里了，她的痛苦到底会有多深，他在接下来的许多个日子里，可以一一抚平吗？他这样想着，心里充满了对白莹的怜惜，不知不觉间泪流满面……

我依然在这里

1

我一个人，在院子里看玉簪花。现在正是属于它们的季节，无论白天、黄昏、黑夜，它们吐出一缕缕幽香将我包围，那种香气飘到我的睡梦里，让我的每一个夜晚都恬静而美好。

我一直喜欢玉簪，喜欢它洁白的花簪子，我常常会想，如果我是生活在从前岁月里的女子，穿着轻软的水袖，将长长的玉簪插在鬓角，那会是一种多么美的风情。

和往常一样，家里只有我一个人。我妈去店里了，我爸出去搓麻将，他们两个一样，不到天黑不会回来。

其实，我不愿意说却不能回避的事实是，我和爸妈之间并没有血缘关系。我妈在婚后一直不能生育，就和我爸一起，在结婚十周年那年冬天从孤儿院领养了我。那时我六岁，对这一切已有记忆，我跟着他们从孤儿院出来的时候，一小朵一小朵冰凉的雪花零星地飘着，我的心里装满了悲哀，因为，那时候，我刚失去米粒，她是我在孤儿院里最好的朋友，才七岁，是个哑孩子。虽然她不能说话，但是，院里的二十几个小朋友，我与她玩得最好。我们常常坐在一条凳子上吃饭，一起在阳台上安静地做游戏，有一颗糖也要咬开来一人一半。在孤儿院里的六年，我总是和她黏在一起，她就像我的影子，我也像她的影子。可是，那天我在寒冷的晨曦里醒来的时候，她竟已是个冰冷的尸体。明明晚上睡下之前还好好的，没有人告诉我那个夜里究竟发生了什么。米粒的小床第二天就睡上了别的孩子，他们在她的小床上嬉戏打闹，对她的死无动于衷，就像她从来不曾存在过。我一个人默默地坐在阳台上，想起她总是对我微笑的脸，想起她来到这个世界，没能说一句话，也不知道在生命的最后一刻，她有没有害怕，有没有难受。他们后来告诉我，说米粒不光哑，心脏也不好。我真的不能相信，一个人可以这样悲惨，除了不能说话，居然还会有一颗坏了的心脏……我怀着悲伤想着这些，悄悄地在院子里那棵白兰花树下，用树枝和尖石头刨出一个浅浅的坑，把那串她最喜欢的小风铃埋了进去，还有一张我的相片，我希望米粒在另一个世界能不孤单。

离开孤儿院，到了这个家。有了爸爸，也有了妈妈，有了自己的房间，有了专门属于我的床、衣服和被子，不用总是穿别的大孩子穿剩下的衣服了，可我仍没有觉得有一点点幸福。起初的时候，我还以为只是刚到一个新的地方有陌生感，还以为是自己太想念米粒了。等我长大一些，才想明白并不是那样，他们虽然让我称呼他们为爸妈，可是，他们从来没有把我抱在怀里讲过故事，也没有给我买过糖果和布娃娃；我读书的那么多年里，无论路途远近，无论刮风下雨或下雪，他们从来没有给我送过一次伞，也从来没有一句温暖的叮咛。有一次，我淋着雨从学校回来，冲着正在吃晚饭的他们嚷："你们算什么父母啊，还不如路人关心我。"我爸摔了碗，气呼呼地说："我们要赚钱！要管你吃管你住管你穿衣服给你付学费，你还要怎么样？有本事你去问问那两个生了你却把你丢掉的亲生父母，我们是不是比他们好上不知多少倍！"

他这样说，我就没什么好说的了。

我没有什么朋友。不知道我的那些同学是怎么打听到我的身世的，他们总是用同情的眼光看我，从小学起，到初中，再到高中，常常有人带了家里不要的衣服、玩具和书来给我，这让我很尴尬，我好好的，不要任何人的怜悯，我也不喜欢自己成了一个收旧物的人。

很多时候，我总是一个人待在屋子里。房子是我爸祖上传下来的，很老很旧，大衣橱一开一关总会发出让人心惊的咿呀声。我唯一喜欢的，是院子里那丛玉簪花。

我从八岁就开始做家务了，做饭、洗衣服、擦地板……还有一些随时冒出来的零零碎碎的小事，常常会累得我心里发酸。好像他们领养我，只是为了要一个免费的保姆。有时候，我就会想，从头到脚，我没有一点点不好，真不知道那两个人为什么要把我扔掉，不过，这种时候不多，因为每次一想，我就会拼命掉泪，怎么忍也忍不住。

前两年，我妈和我爸曾怀着淘金梦去外地做童装生意，没想到钱没赚到，反而被人给骗了一把，他们灰头土脸地从外面回来，加上我学习不好，他们便常常长吁短叹的。

待在这样的家里，自然是憋闷的，有时候我也会想，不知道哪一天我才能有不一样的生活。

我妈爱化浓妆，每天刷墙似的往脸上涂抹，已经是五十几岁的人了，还非要刷长长的睫毛，非要在脸上画一点点胭脂，好现出一点点假的红晕，这让人觉得好笑。

我爸呢，我妈说东，他不敢往西，我妈说西，他不敢往东。只有跟我说话的时候，总是说不上几句就会突然火起来。所以我并不尊敬他，也不怕他，对他有的，只是厌恶。

年前，我妈筹了一点钱，在购物街上租了一个小铺子，开了一家内衣店，因为卖的全是内衣，所以，常常只有我妈看店或进货。刚开始，有时候她也叫我去店里帮忙，可是，我讨厌那些胸部扁平却爱买丰乳贴的女人，再怎么伪装，假的就是假的，是一开始就打算欺骗自己喜欢的男人吗？有一次，我甚至为此和一个顾客口角起来。之后，我妈就不让我去帮忙了，她为了这事，整整一个月没跟我说话。

今年暑假，我勉强高中毕业了，我妈说，"上不了好的大学还不如不上，那种烂学校只会把人带坏，而且，花那么多钱毕业了回来还不是找不到工作，白白耽误三年时间。"所以，他们决定终止我的求学生涯。

因为没什么地方可去，我便每天待在家里做做家务煮煮饭，彻底做了他们的保姆。

那天晚上我起夜时，经过爸妈的卧室，无意中听到他们在里面嘀咕："也不知道是哪个生的，这么笨。""书读不好，做生意又不会，以后该不会就让我们养？"

知道他们是在说我，刹那间，我的心被重重地剜了一下。

早上，我妈经过我身边时，对正在收拾碗筷的我说："做中饭的时候别忘了把冰箱里的鱼拿出来红烧一下，记得要加点辣，我这两天吃饭一直没有胃口，加点调料也好开开胃。"说完，就开门出去了。

我没有说话，等她走后，我把自己扔在客厅的木沙发上，默默坐了一会儿，我问自己，为什么还要在这儿待下去呢？

拖着行李箱出来的时候，我站在院里好一会儿，因为我真的不知道该往哪里去，而且，我也舍不得满院子的玉簪花。可是，我觉得我的生命不应该就这样一天天虚掷在这幢灰色的房子里。

2

洒水车刚过去，街面潮潮的，漾着蒸发上来的暑气，热得很。公园里的树篱笆因为长久没有修剪，参差不齐地抽上来好些浅绿色的嫩枝。影院门口的灰砖墙上，一个性感妩媚的女明星在海报上搔首弄姿。从不远处的音像亭里传过来董贞的那首《相思引》：

又是一年春华成秋碧/莫叹明月笑多情/爱早已念起/你的眼眸如星/回首是潇潇暮雨/天涯尽头看流光飞去/不问何处是归期/今世情缘不负相思引……

歌声哀婉动人。不由自主的，我走过去，就见一个人正戴着耳麦背靠在音像亭外的茶色栏杆上听音乐，他穿牛仔裤的腿看上去很修长。我过去的时候，和他的目光有一瞬的对视，他看着我，平静地将腿收了进去。

我站在边上将这首歌听完，然后，叹了一口气，拖着行李箱走开。我记得，往前再走一段，到文化桥那儿，有个大的中介公司，想去那里看看有没有适合我的工作。

快到拐角那儿时，身后有个声音响起："假日大酒店正在招正式工，你要不要去看看！"

我回头，是刚才那个人。他见我有些疑惑的眼神，就在嘴角扯起浅浅的笑，说："我不是坏人，看你好像有需要才告诉你的，我在这家酒店客房部做事。"

他的牙很白，在阳光下闪啊闪的，我有几秒钟的眩晕。

不久，我便成了假日大酒店的正式员工。

与我同时被招进来的十几个女孩在省城宾馆接受了一个星期的培训，和我同房间的是简妮。

简妮比我大四岁，看上去也比我成熟许多，她有一双柔媚的眼睛，乌黑的长发绾在脑后，用一支清丽的发夹夹着，显得雅致，蓝碎花长裙，束着腰，有一股秀气的美。

每天的培训结束后的夜晚，我们都会去附近的公园。一群青春靓丽的女孩子，很吸引旁人的目光。我们呼吸着城市公园中清新的空气，欣赏着天空中明澈的月，第一次出远门，心里抑制不住往外涌的喜悦。这么多女孩子，数走在我身边的简妮身姿最窈窕，这让人自惭形秽又让人向往。

简妮是幼师专业毕业的，我不知道她为什么要来酒店上班，单独在一起时，我问她，"难道当个孩子王不好吗？"

她笑笑说："不想这么快就往父母设定好的路上走。"她觉得她应该在这之前到处看一看，如果有可能，她还想去当一当导游或卖花姑娘呢。

她的话让我抑制不住地笑。

省城回来后，有几个女孩子分到客房部去了，我和简妮都分在餐饮部，她值台，我管传菜。其实，因为人手不够，我们除了分内的工作，还要兼做许多别的老资格的同事不愿做的事，领班总是一看我们停下来，就吩咐我们去拖地、泡茶、翻台，一天到晚忙个不停。虽然挺累，但是因为开心，我倒并没有觉得日子怎样的难挨，而且，除了简妮，厨师小胖、冷菜间的学鹏都对我挺好。小胖刚在外面学了一个点心：豆沙羊尾，成了我们酒店的招牌点心。每天来尝鲜的客人不少。小胖常会把多做的几个偷偷分给我、简妮和学鹏吃。有一次，我们躲在学鹏的冷菜间里，正愉快地吃着点心，学鹏笑着说："我们是借了蓝星的光。"

简妮说："吃就是了，别乱说话。"

学鹏说："你不相信就去问小胖好了。"他说小胖喜欢我，我笑笑说："喜欢没有关系啊，不要爱就好了。"

大家都笑。

学鹏一个人管一个冷菜间，有时候，我和简妮不想吃饭，他就开黄桃罐头给我们吃，有时候他还会去点心室他姑妈那儿拿刚蒸出来的小白兔点心给我们蘸炼乳或草莓酱吃。我和简妮悄悄享受着这份优待，心里很快乐。

期间，我回去了一趟。去了才知道，我这么突然地从这个家里消失这么久，爸妈从来没有出去找过我。这让我明白，虽然在一起生活了十二年，但是，我在他们心中根本就是个零。我妈说："找你做什么，你已经是成年人了，你有你的自由。"

我爸听说我找到了工作，马上提出，要我从每个月一千二的工资里抽出一半交给他们，他还说："现在你该报答我们的养育之恩了。"

我望着他们，悲哀的感觉涌上来。

没几日，我就适应了餐饮部的生活。

酒店有几个常客让人印象很深，有一个是烟草专卖局的局长。听同事阿丽说，他一年到头，几乎每隔三四天都要来吃一次饭。他长得挺滑稽的，是一个半秃，左边的头发稀稀疏疏的，他就把右边的头发留得很长，打一个旋，绕过来盖住左边，这样一来，他的胖脸看上去就更圆更胖了。他每次来我们酒店用餐，总是要点茅台酒和中华烟。有一次，在一个小包厢里一起换台布的时候，阿丽悄悄跟我说，那天烟草局长明明只要了一瓶茅台，可是，结账的时候，领班居然把茅台酒多写了两瓶。那两瓶酒下班的时候被她装在大挎包里带回去了。

我并没有觉得奇怪，我想，每个地方都有它自己的规矩和秘密，没什么好大惊小怪的。

那天，我去领班那儿领口布，烟草局长刚结完账，正趴在柜台上低声跟领班说："我昨晚有事没能去，今天晚上来不来？想死我了。"

我吓了一跳，不知道是不是该装作没听见。领班看到我了，她一边在纸上记账，一边说："死胖子，说什么呢，再开这样的玩笑，我可不愿意招待你了。"局长回头看见我，笑笑说："你怎么走路没声音的啊，我跟你们领班说笑话呢。"

我笑笑说："哦，领导讲什么笑话啊，好笑吗，能不能说给我听听？我最喜欢听笑话了。"

"这个小姑娘蛮好，"局长笑眯眯地看着我，一双色眼，让人看了起鸡皮疙瘩。我看见领班白了我一眼，她把一叠口布重重地放在吧台上。我接了口布，心里冷冷地笑了一声，这也要吃醋，真是，累不累呀。

酒店还有一个常客，是一家外贸公司的经理，不但能说一口流利的英语，人年轻，穿着干净考究，而且，每次还会给小费，他来就餐的时候，大家都希望能轮到自己值台。

那天上午，他一早便来预订包厢，领班将他带到刚重新装修好的牡丹厅。我和简妮正在里面忙着用杏黄色的口布折成羽鹤、芙蓉、灵芝、和平鸽和花篮，插在透明的杯子里，在雪白的台布映衬下，显得非常悦目。他进来时见了，赞了一句。简妮红了脸，说"谢谢。"我低头，没有理他。因为工作的关系，我们常有一些机会认识陌生人或看上去很有钱的人，但是我总是不以为意，对于顾客的额外的夸奖，尤其是男顾客的夸奖，我通常不会以酒店要求的那样温和地以微笑回应，我通常是沉默的冷静的，点个头而已。领班很客气地对他说：

"这点小事英经理何必亲自过来，打个电话吩咐一声就行了。"

那人说："今天的客人挺重要的，我刚好路过，就进来看看。"说时又看了简妮和我一眼，说："你们来了新职员了？"

那天中午，领班安排简妮在牡丹厅值台，并说这是客人特意要求的。

餐桌上因为有黄头发蓝眼睛的外国人，上去的菜也格外添了一些花样，"茄子蟹肉羹"变成了"花样年华"，"杏仁枸杞豆腐"变成了"恋恋红尘"，"豌豆炒虾仁"变成了"锦绣前程"。隔着日式推门，我听见那个男的叽里咕噜地和外国人交流，也不知道他是怎么翻译这几道别出心裁的菜名的。简妮从包厢里出来，轻轻笑道："干吗这么卖力？"

我学着痞子的调调笑着说："我要美元，我要英镑，我要宝石，我要戒指。"简妮钩起手指轻轻弹了一下我的脸，笑了。

席散后，一起翻台时，简妮从帘后的窗台上拿出两张百元大钞。"是那个人留的，我刚才没接。"简妮说。

还有一张名片。我看见上面一大堆头衔，笑笑说："他叫英俊，是中国名啊，怎么按外国人的规矩给小费。"

简妮笑着白我一眼，说："这个问题我回答不来。"

我们笑了。过了一会儿，她跟我说："住我那儿吧，也好做个伴哪！"

很开心她的提议，因为我现在住的那家房东是个吝啬角色，房间里没有安装空调，电风扇也是自己买的。走廊里没有安装扶手，路灯坏了好些天了，也不买新灯泡给换上，一直装聋作哑想等我们几个租房的自己去换。害得我每次晚上去楼下的厕所，总是提心吊胆紧贴着内壁走，生怕自己一不小心会掉下去。

3

我和简妮的房子很小，很简单，却很温馨。房子东边和南边各有一扇大窗，东边的窗台上放着一盆纤弱美丽的含羞草，绛紫的小花儿毛茸茸的，已次第开过几朵了。每天黄昏，天不太热了的时候，我和简妮有时候会一起趴在东边的窗户，有时候又会一起趴在南边的窗户，看窗下的梧桐树的叶子，像摊开的大手，在风里摇晃，遮着树下慢慢经过的不同的人。

简妮的床上放着一大一小两个布制斑点狗玩具，她每天晚上睡觉时，总将它们也一起排在边上，一个挨着一个，我有时候会笑她是"狗妈妈"。

我们没有别的爱好，下了班常会去街上很惬意地四处瞎逛，一起买衣服，一起看电影，一起吃冰淇淋，一起去公园，累了，再一起回来睡觉。

有一次，不知不觉，就转到文化路上，当我站在十几年没见的孤儿院门口时，一瞬间，仿佛被流弹击中，我定在大门口。

这里已全然不是原先的样子了。那道熟悉的小木门、生满青苔的矮墙、墙壁上缠绕的爬山虎，全然不见，换成了宽大锃亮的不锈钢遥控门，门柱子上灯光闪烁，里面竖起一幢陌生的五层高的新楼。

我往记忆深处搜寻，那幢熟悉的两层楼呢？那个我和米粒曾经无数次嬉戏的阳台呢？那棵曾经埋下过风铃和我的照片的美丽的白兰花树呢……

简妮不知道我为什么要哭，她静静地拉起了我的手。

晚上，我躺在床上，慢慢跟简妮讲了我六岁以前的故事——我与米粒的一点一滴、我对米粒的喜爱和她的死，隔了这么多年，仍历历在目，这些回忆让人心痛。简妮过来躺在我边上，不出声地安慰我，直到我沉沉睡去。

从那以后，我和简妮之间更贴心了，我们就像亲密无间的姊妹一样，到哪儿都在一块儿，就像当初的我和米粒。

一次，简妮问我："蓝星，你有没有心仪的男生？"

我心里一跳，忽然想起那个人来，于是说："如果并不认识，只见过一次面，却常常要在心里想起，那算不算？"

简妮笑着，看着我，说："心里总想着一个人，当然是有情。"

我点点头，跟她说了我第一次见到那个人时的情形。我跟她坦白说："他说他在客房部做事，可是，上班都已经有半个月了，每次我都故意从客房部那边过来，却从来没有遇见过他。在餐厅吃饭时我留意着，也没有见到，我不知道他的名字，又不能贸然跟人家打听。"

简妮看着我，说："或许是出差去了？如果有缘，我相信迟早会再见。"

英俊每次带客人来酒店用餐，都点名让简妮值台。一次，他带客人来酒店用餐后，又留了两百元小费。

"怎么是好啊？"简妮愁愁地望着我："每次都给这么多小费。"

我说笑着安慰她："管他呢，反正他有钱，不给你，也会给别人。"

"那倒也是。"简妮笑了。

但我心里有直觉，我想英俊迟早会约她。

果然，之后的一个晚上，简妮很晚回来，说是去看电影了。没听说她交了男朋友，我问她是和谁。她犹豫了一会儿，还是告诉我，是英俊。

"你们恋爱了？"我笑着问她。

简妮摇摇头，笑笑说："不过是看场电影而已。"

可是，我在她的眼睛里看到了许多颗小星闪烁，我知道那是爱的火苗。

餐饮部空降了一名服务员，与我同龄，也才十八岁，家境优裕，专门有司机开车来接送她上下班，据说常常一有闲空就一家人坐飞机到香港购物。她跟我们说话时总是很强势的样子，我不喜欢她，那么有钱，干吗来当服务员，领每个月千余元的薪水？

领班自然是非常关照她的，她来的那天，还特意召集我们全体服务员训话："青青的爸爸是建筑企业的老总，每次要招待客人、住宿，都到我们酒店来，对我们的酒店一直很支持。家里根本不差钱，之所以把孩子送到我们这个规模不大的酒店，是因为想让她锻炼锻炼，企业家对子女的教育，真是令人敬佩……"

领班的话真的让人无语，那简直就是谄媚，企业家的孩子在酒店工作就令人敬佩啦？什么逻辑！

从那以后，有好几个服务员总是很认清形势地抢着帮青青做事。下班后，青青就带她们坐车出去兜风、去影楼拍写真集、去西餐厅吃牛排，有时候还会带她们去挺远的风景区玩，从来都是她买单，她还从香港带回化妆品送给她们。她们成天在一起嘻嘻哈哈，很热闹的样子。

我和简妮、阿丽没有掺和进去。

我和简妮是不喜欢热闹，不喜欢欠人家情，更是不喜欢青青。阿丽却因为她们的排挤而无法介入。青青一直嫌她土气，笑她说："到底是从山里来的，不管出来混多久，还是那个山里样。"有一次，青青甚至当着众人的面嘲笑阿丽："光是脸长得好看有什么用，那么没品味，脚上那双鞋我家50岁的保姆才会穿。"边上那些服务员都附和着笑，有人干脆讨好地向青青请教穿衣服的搭配宜忌。阿丽很难过，她有一次在下班后来找我，跟我说她不想在酒店做了，总是被那些人欺负，心里很不好受，自己出生在什么样的家庭、富不富有，又不是自己可以选择的。

我让她跟领班说说，让领班劝劝青青。可是阿丽说她已经跟领班说过了，领班说这不是工作范围内的事，青青喜欢谁不喜欢谁，她不便干预。阿丽还说，领班现在每天都香气浓郁地来上班，那香水就是青青送的。

我叹了一口气，跟她说："那你就看开些，那些人要笑，就让她们笑吧，你就当没听到好了。反正你拿的是酒店的工资，又不是她家的工资。"我还跟阿丽说："青青家那么有钱,她在酒店也不会做很久的,忍忍就过去了。"

阿丽听了我的话,心情才平静一些。

领班安排青青值大厅的台,大厅里常常三五天都没有客人,偶尔有客人的时候,领班就临时调服务员来帮青青。而平常,我们大家都很忙的时候,青青常常只是躲在某个没人的包厢里,修指甲,或者干脆趴着睡觉。

那天,已经过了中午12点了,忽然来了十几个客人,一来就纷纷在大厅里分两桌坐下,嚷嚷说:"饿死了,不管有什么菜,荤的素的赶紧上一点来。"

正准备去更衣室换衣服下班的青青赶紧上前问客人是不是去包厢里吃。

客人不听她的建议,说:"就在大厅里好了,不去包厢,包厢小小的,吃着憋闷。"

眼看不能按时下班,青青心里很生气,盛饭的时候,就往大碗的碗底吐了一口唾沫,恰巧被过来帮忙的阿丽看见了,阿丽吃惊地看着她。青青白了她一眼,说:"看什么看,没看过啊,谁让这些人这么晚来,活该。"说完就将大碗放在托盘上端着从厨房出去了。阿丽担心客人会吃到青青的唾沫,又不敢上去把那碗饭收回来,她心里乱乱的。

青青端上了饭,就去收茶杯,她图省事,没有拿托盘,一只一只白瓷杯子叠上去,叠得老高,不小心一倾,倒了,有几只摔在地上碎了,有几只连带着里面的红茶滚到客人的背上,把人家的西装给弄脏了。领班跑过来一个劲跟客人赔不是,一边冲阿丽嚷:"还不快过来收拾。"一句也没有批评青青,阿丽觉得很委屈。

我很看不惯,便说了几句公道话。

第二天一早,领班便找我谈话,她说:"你对我处理事情有意见吗?有什么意见呢?人家小姑娘刚进来,许多事还不能很成熟地处理,我让老员工帮助她一下难道不对吗?什么素质,光知道在一边嚼舌头。"

她的话让我很不舒服，我说："既然怕人说，那你就公平一点啊，难道让客人吃唾沫，也是你领班允许的?"

我看见领班气得脸色铁青。

几天后，我就被调到客房部去了，简妮不想跟我分开，她让我去找领班，道个歉，说几句好话，让领班继续把我留在餐厅。

我才不会去呢，简妮只好自己去了。领班回她说："不喜欢可以离开的，在这里做就要服从安排。"

简妮跟我说的时候，我笑了笑，说："看她的秃头男友，就知道她没什么品味，这种龌龊人只会做这种龌龊事。"

阿丽来找我，跟我说对不起，她觉得是自己连累了我。我笑笑说："不是你的错，干吗要道歉呀。"

4

那么突然的在一个新的岗位上开始完全不同的工作，我有些不习惯。餐饮部都是上白天班的，可是客房部上班是三班倒，每班只有两个人。一层十几间房子，不仅要打扫、换床单被罩枕套毛巾牙刷香皂沐浴露洗发液，清洗盥洗室浴缸浴盆……下半夜也常常会有人来开房。刚开始那几天，我都快累坏了。

客房部领班是个严肃的人，我值班的第一天她就告诫我："有客人的时候，不准坐，不准当众打哈欠，不准伸懒腰，不准和客人打情骂俏，不准背后议论客人，要注意维护酒店的形象……"听她一条条跟我读员工守则，我觉得心里特别的郁闷。

简妮、小胖和学鹏来看我，小胖带了好吃的来，他跟我说："蓝星，累了吧，先吃点厨房里新做的竹筒饭，再干活。"

竹筒饭好香。玉米粒金黄、豌豆粒翠绿，还有胡萝卜粒、香菇片、腊肠片，米粒一颗颗糯糯的……好诱人，也让我的心里好暖。从小到大，还没有人像他那样关心过我。我爸我妈只会对我说："蓝星，该做饭了……蓝星，该洗衣服了……蓝星，该擦地板了……"他们从来没有问过我累不累、饿不饿、心里有没有委屈。所以，对于小胖，我只有"感谢"两个字可以说。我还想，如果他能永远像一个哥哥那样照顾我就好了。可是，我心里知道，那是不可能的事。

简妮和小胖、学鹏一起来的时候，会把餐厅里的趣闻说一些来给我听。她单独来的时候，就会跟我说她和英俊的进展，当她慢慢向我描绘烛光里共进晚餐的浪漫和两个人相拥共舞的甜蜜时，我笑她的傻。她叹着气，对我说："蓝星，你不知道，被他抱在怀里，被他吻着，我觉得，好像自己都要化了。"

在她甜蜜的描述里，我也有一点点对爱情的憧憬。我想起那个人，不知道他会不会也像这样想一想我。

我熟悉了客房部的工作后，便开始一个人值班了。一个人值班更累，但是，每个月有一笔额外的奖金可以拿。

这天，走廊里的空调坏了，热得不行，我偷偷跑进空着的客房去享受了一下凉水浴。真是不巧，不过十分钟时间，竟被来抽检的经理逮了个正着。领班当即板着脸训了我一顿，并决定从我的季度化妆费里扣掉五十元，还让我写张检讨交上去。

一想到那张检讨将被贴在员工通告栏里，谁都看得见，我的心里就七上八下的，难受得不行。

正难过着呢，有叮当叮当的金属叩击声从外面传来，远远望去，一个高个儿的年轻人进了大厅。他穿着一件浅蓝圆领短袖 T 恤，胸前印着银灰色的埃菲尔铁塔，绣着白色的英文，一条烟灰蓝的牛仔五分裤，脚上是一双白色休闲鞋，看上去随意而帅气，金属叩击声就是从他肩上挎着的工具袋里发出来的。走到近前，他装作近视的样子，眯着眼凑到我胸前来看我的胸牌。我吓了一跳，一躲，才认出他就是那天在街上叫我到酒店报名的人！

"是你！"我的心按捺不住地狂跳。

他笑笑，说："蓝星，干吗站这么直，还苦着脸，傻得像个瓜，不能坐，靠墙总可以吧！干吗活得那么累？"

“你怎么会在这里啊？”我傻傻地问。

“修空调呗，不然干吗没事大热天的背着个袋子到处晃荡？这个酒店所有的空调都归我管。每隔两个月检修一次，临时坏了也是我来修。不过，看在我帮过你的分上，关照一点。有事没事的千万别让空调坏了。”说完，他熟门熟路地朝空调那儿走。望着他的身影消失在走廊拐角，我赶紧偷偷拿出镜子来照，脸上红润一片。

过了好一会儿，空调修好了，周围又慢慢凉下来。他出来，从工具袋里拿出一本维修记录本，在上面写了日期和维修的空调编号，让我签名，我看见维修师一栏里写着他的名字“管小军”。

他收了记录本，走出几步后回身朝我摆摆手，说：“嘿，妹妹，哥走了。”

我望着他，傻傻的，一句话也说不出。

晚上，我回到宿舍，简妮不在，我有满肚子的话没人可说。她近来总是这样，每天除了上班，就是忙着和英俊约会，忙着打扮自己。英俊送给她衣服、项链、香水和时尚小包，还带她去吃西餐、游泳……她的世界装进了另一个人，突然间就变得那样丰富起来。她自己呢，早已掉进爱情的蜜罐子里不能自拔。

她几乎每夜都回来得很晚，有一两次，已经是深夜一两点钟，我以为她不回来了。可是，当我在清晨的熹微里醒来，总是看见她静静地躺在那里，不知道她是什么时候进来的。

第二天一早，我醒来的时候，看见简妮已经起来了，她正对着小圆镜画眉。

我忍了忍，没能忍住，还是把我昨天遇见管小军的事说了。我跟她说：“怪不得我在酒店一个多月了，从来遇不到他，原来他并不是酒店的正式工人，而是我们酒店从万泉商场聘请的一个空调维修师，他是两个月才来检修一次空调。”

简妮回头，笑笑地看着我，说：“瞧你，这么兴奋，真有这么好？”

我叹息着，对她说：“我真是傻，如果早知道会在这里遇见他，我一开始就申请调到这边来了。"

简妮笑我："看来领班罚你是罚对了，不然你要到什么时候才能遇见他。领班如果知道了，说不定会把你调回餐厅去。"

我从被子里伸出脚，做了一个踩的姿势。

简妮笑了，说："野丫头。什么时候把人带来让我看看？"

我笑了，可是，想了好一会儿，我又担心起来，我问简妮："假如他不喜欢我怎么办？"

简妮笑笑，说："不会的，我有预感，那个人一定就是你将来的归宿，我的预感一向很准。就像我和英俊，我第一次见他，就觉得我们之间会有美好的故事。"

我看着她，心里涌起许多期待。

5

小胖过生日，邀请我和简妮去他家。同去的还有学鹏。简妮买了一辆捷安特休闲自行车送给小胖作为生日礼物，她跟我说："就当是我们一起买的，反正我收了那么多小费也不知道该怎么花。"我本来想不答应的，可是，想想她也是一番好意，就没有再跟她争。

小胖的家在山脚下一个小庭院里，周围林木很美，他家院子里有株高大的白兰花，青翠的叶子下面，藏着一朵一朵正开的白花，整个庭院芳香四溢。我闭上眼睛，贪婪地吸着这芳香的气息。小胖在我身边，笑着说："你喜欢吧，我就知道你会喜欢的。"

我睁开眼睛笑着说："难道有谁会不喜欢。"

小胖说："别人喜欢不喜欢我是不管的，只要你喜欢我就特别开心。"

学鹏在一边听了起哄，说："好肉麻哦，要不要我们回避。"

小胖不好意思地笑笑，说："点蜡烛了，我许个愿，大家一起帮我吹。"

我们坐在白兰花树下，一起切蛋糕、吃水果，随便说一些事。

小胖说："你们知不知道，烟草局长和领班是什么关系？"

我说："你不说我也能瞧得出来，不过，他们既然互相喜欢，怎么不结婚？都是老女人和老男人了。"

学鹏笑起来，说："你傻啊，局长有老婆的，那可是一只母老虎，听说娘家来头很大，离婚是不可能的。领班跟了他差不多十年了，也只不过捞了点好处而已，她雇人开了一个烟酒回收店，也出售茅台，不过，她店里的茅台酒只有一种，就是我们酒店里有的，飞天53度，九百块一瓶，架子上陈列着呢，我上次路过时都看得清清楚楚。"

学鹏的话令人吃惊。我只知道领班和烟草局长之间关系亲密，但是，没想到居然是这么一回事。我愣在那里，心里慢慢地想，忽然觉得领班其实挺可怜的。为了这个男人，也不能结婚，眼睁睁着都30多岁了，还有多少青春可以挥霍。我叹了一口气。

几天后，管小军又来了，他向我要了几个空房间的钥匙，去检修上一次因为住了客人没有检修的空调，出来时，像上次那样让我签字。然后，他低头微笑着对我说："我挺累的，以后不要老叫我。"

"我叫你？没有啊。"我笑了。

"还赖，"他做出一本正经的样子说："我总是听到你在喊，小军小军小军，闹得我一天到晚什么事都干不了，就只好过来了。"

知道他在调侃，但他的言外之意让我脸红起来，我低下头不敢吱声。

他伸出手轻轻摸一下我的头发，笑笑说："傻妹妹，跟哥笑一个。"

他的手好温暖，真的舍不得他拿开。

对着他就要离开的背影，我听见自己在问："你早知道我在酒店餐饮部工作的吧！"

他回头看着我。

"为什么那么久都不来找我？"我说。

他没有回答我的话，只是站在那里静静地看着我，然后，我听见他叹了一口气，走了。

我傻在那里，不知道他这声叹息是什么意思。

下雨了，我在客房部大门口的遮雨棚那儿等雨歇，漫天的雨却一直顾自哗哗地落着，我有些心烦意乱。一个星期，这样的下雨天居然有四天。我想起那天问小军为何不来找我，他只给了我一声叹息，那到底是什么意思呢？忽然，我想到，难道他是有结婚对象了吗？或者，根本是他已经结婚了，甚至，已经有了孩子。一想到这，我整个人就感觉不好了，几乎要站不住，这么多天来，我只知道自己喜欢他、想着他，庆幸他再度出现，却从来不曾想过，他是不是已经有了自己的爱情或婚姻？茫茫的雨几乎让我透不过气来，真想冲进雨里让雨浇透。

英俊从餐饮部那儿过来，冲我笑笑，将头顶上的伞伸过来，示意我跟他一起走。

我看看他。他和简妮恋爱好久了，但是我们没有说过话。他说："是准备回宿舍吗？我可以送你去。"

我心里正难受着，不想回答他的话。他这样为我撑着伞，我也不知道是该走开还是在他伞下一起走，和好朋友的男朋友在一起走，这种感觉让我觉得别扭。我听见自己勉强在问他："简妮呢？"

"我刚送她去上班。"他笑笑。忽然伸过手来，将我往他身边搂过去，我吓了一跳。他见我惊讶的神色，说："我的雨伞不够大，你离我那么远，一定会淋到雨的。"他这么说着，我感觉他的手好像有意无意地从我的肩头滑下来，虽然隔着衣服，但是我还是感觉到他的手指几乎要触到我的前胸，我有些害怕，一下子从他身边弹开，顾自冲向雨里，听他在后面喊："蓝星，怎么了？"

我没有回头理他，心怦怦乱跳。

6

　　小胖下班后，常常会来我这儿聊一会儿，这时候，他总是干干净净的。他每次都是回家洗了澡换了衣服后才来，他说他不想让我闻到他身上的油烟味。我玩笑地跟他说："这样挺好的，我喜欢干净的男生。"

　　他两眼放光，说："真的吗？"

　　看着他开心的样子，不禁为我刚才那一瞬无意的玩笑后悔。

　　他笑嘻嘻地跟我说："蓝星，你知道，我那天吹生日蜡烛前许的愿是什么？"

　　我装作轻松地笑他："我怎么会知道。"

　　他认真地看着我，好像要说什么，但是，想了想，又没说。

　　我知道自己不能再装糊涂，就很真诚地对他说："小胖，我能不能和你永远做好兄妹？以后，每年你过生日的时候，我可以给你唱生日歌，我不高兴的时候，也可以心安理得地让你来安慰我。"

　　小胖听了我的话，愣了一会儿，但他明白了我的意思，低头想了一会儿，他说："我难道一点可能也没有？"

　　我把头低下去。

　　小胖说："我知道了。"

　　说完他就离开了，看着他的背影，我有一些难受。这么些日子以来，他照顾我不少，但是，我的心里已经悄悄藏着那个叫管小军的人，虽然我还不知道我与他之间究竟会怎么样。

186

暗
伤

　　那天我值夜班，都 12 点了。简妮和英俊不知是在哪儿玩得尽兴了，拎了一包点心来看我。

　　英俊站在简妮身后看我们说话。说了一会儿，我觉得他的眼神有些怪，他好像一直在看着我，用很热烈的眼神。想起那天下雨他为我撑伞，我有些不自然，只好低头不看他。简妮看我不热情的样子，以为我累了，就说："走了，你休息一会儿。"

他们往外走，英俊居然回身给我打了一个飞吻，我吓了一跳。看着他们走远，我一个人在服务台上，对着空空的走廊，一时间心里纷纷扰扰，非常担心简妮。

休息了一天，回来上早班，我爸来了。发工资的日子，他自然是来要钱的。我从抽屉里拿出事先准备好的一千元钱给他时，他问我："能不能再给点？你不是涨工资了吗。"

他这么说很让我生气，过了两个月试用期，工资是涨了，可是，每个月一千八百元工资，还要交三百元房租，给他一千元居然还嫌不够，还让不让人活？

我爸说："你不高兴做什么，我们辛辛苦苦把你养大，那不都是应该的吗？"

我憋着火说："要说辛苦，我八岁开始就给你们做童工了，我是辛辛苦苦自己长大的。"

我爸做出吃惊的样子说："那不都是为了培养你的独立能力嘛。"

我气得笑起来："是吗，所以，人家小孩子穿漂亮衣服，吃巧克力，抱洋娃娃，在一起做游戏的时候，我就得一个人垫着凳子洗衣服，就得一个人穿着旧衣服跪在那里擦地板？每年冬天我手上的冻疮从来没有好过你们知道吗？"

"那还不都是为了锻炼你，原来你没有感激我们，而是恨我们。"

"拜托你老人家好不好，我现在每个月把一半多的工资给你们，不就是你们需要的报答吗，不然我就不工作了，天天在家里玩，还得让你们养。"

我爸看着我，眼珠子都瞪大了，他摇摇头，说："算你狠，算我倒霉，小时候没把你教好，连什么叫孝顺也不知道，白把你养那么大。"

"你们养我干什么，我在那个地方自己也会长大的……"

我爸悻悻地走了。

望着走廊里天花板上的牛眼灯，我心里乱糟糟的，我想，我这个人是不是心太硬了，也许，就像那两个把我丢掉的人……

"什么事？好像在哭？"小军不知什么时候进来了。正在伤心的时候，蓦然看见他，我真想扑进他的怀里痛痛快快地哭一场。

见我没有要回答的意思，小军向我要了钥匙进服务台边的一间客房里去了。不一会儿，我听见他在叫我。我进去，见他站在沙发上，空调被拆了一半。他让我等着帮他摁一下开关。我站在那里，静静地看着他。他捣鼓了一会儿，回头看看我，说："摁一下。"我摁了一下，他说："再摁一下。"我就又摁了一下，他轻松地笑笑说："好了。"他盖上空调机的外罩，旋好螺丝，下来站在我面前对我说："哎！这么乖，以后会有很多人向你求婚的。"

听他这么说，我的哀伤在瞬间消融许多。他就站在我身边，仿佛身上有一股磁力吸引着我，我情不自禁地，把头、身体软软地靠在他身上。

他好像犹豫了一下，但还是轻轻把我拥进怀里。

我靠在他身上，闻着他衣服上那股好闻的淡淡的橙花香，像在梦里。从未想过我们会像今天这样，如此亲密地拥在一起，我迷迷糊糊的，抬头寻找他的眼睛，想找一点真实的感觉，我的唇便接了他柔软的唇。"小军……小军……"我在他怀里，承受着他轻柔的吻，我觉得自己像一片羽毛，有生以来的那么多孤寂的日子里，我从未想过，自己也可以拥有这样的幸福。

7

那天下午下班后，简妮来接我，她说英俊想请我吃饭。因为我是她最要好的朋友，我拗不过她，只好去了。

英俊住在玫瑰苑，是一个别墅区，里面全是漂亮的银灰色别墅，进出的也都是一些凯迪拉克、宝马、奔驰、别克之类的高档车。玫瑰苑的大门口右边竖着一个白维纳斯浮雕，雕花的大铁门显出几分华贵和典雅。

英俊和简妮在大门口迎接我。

简妮笑着对我说:"他把你当贵宾呢,只有重要客人来,他才会亲自到这儿来迎接。"

英俊接过我用来遮阳的宽沿帽,引我们走过草坪。草地很柔软,裸露的石头一块块溜圆、洁白。他的别墅外,一丛丛黄色的肯特公主月季开得正好,在墙的阴影里,带着露水,看上去很有生气。别墅内的装饰也很讲究,客厅的墙上贴着乳白色高质地的进口墙纸,还有明净的大理石地板和充满古典、异域气息的土耳其海雷凯地毯,无一不显示出主人的生活品位。别墅里还专门设了健身房。英俊说这幢别墅是他们公司董事长为了谈业务方便特地借给他住的,但简妮觉得,能够借那么好的房子给他住,就证明他在公司里是一个举足轻重、深得老总赏识的人。

坐了一会儿,英俊说,要么去外面吃饭,要么就吃他做的三明治,他从不在厨房里做菜,因为不喜欢房间里有油烟味。

我们坐着,默默吃英俊做的三明治、酸奶水果沙拉,老实说,并不好吃,而且,就我们三个人,空气有些闷。

英俊忽然叹了一口气,说:"如果现在还是古代就好了,男人可以三妻四妾,就什么遗憾都没有了。"

我吃了一惊,看看简妮,她居然没恼,反而笑着说:"做人怎么可以这么贪心。"

晚上回到宿舍,我问简妮,英俊是否一直以那样随便的语气在她面前说话,简妮迟疑了一下,说:"这有什么?不过是句玩笑话。"

我不知该说什么,她已经完全没有自我了,居然能够忍受这样轻浮的玩笑,难道这不是被爱情冲昏了头脑?

"你能确定英俊爱你?"我问简妮。她没有回答,好像睡着了。

直到第二天一早,我们一起在餐厅里吃早餐的时候,简妮才用一种听上去很轻松的语气对我说,她想他是爱她的,他们在一起总是很快乐。

我沉默着,没有说什么。其实,她不需要告诉我答案,这样的答案不能让我对她的担忧减少一点点。我自然希望她能快乐一些，但我不喜欢的是：这样的答案她需要一夜的考虑才能告诉我。

梧桐树叶落了，一片一片，堆成越来越浓的秋。

那天下午，阿丽来客房部，问我可以下班了吗。我看看钟，刚好是下班时间，交接的人一来，我就可以走了，我让她等我一会儿。

她看一旁没人，就犹犹豫豫着跟我说："今天很奇怪……英俊来吃饭，没有让简妮值台，而是叫了别人……简妮好像很难过，也不知道怎么回事，我原来还以为他是喜欢简妮的。"

蓦然听到这个事，我也很意外，但是我说："客人喜欢哪个服务员就让她多值几次台，这不是很正常？简妮又不是他家的服务员。"

她同意我的话，点点头。

我有些不安，想早一些见到简妮。可是，回到宿舍，屋里却空落落的，打她电话，她也不接。

我一个人洗了热水澡，穿着睡衣坐在被窝里看书，可是看了好久，却一个字也看不进去。房间里静静的，我在等简妮。忽然，走廊里有脚步声。到了门口。然后，是钥匙在锁孔里转动，我以为是简妮回来了，抬头，却见进来的是英俊，他手里捧着一个水果箱。我吓了一跳，赶紧将放在床头的内衣藏进被子里。

他笑笑，过来，将箱子放在我和简妮两张床中间的矮柜上，然后低头对我说："我买了一箱芒果，味道很好，你和简妮一块儿吃。"

离得那么近，我闻到他身上的香水味，有些尴尬。他却显得随意，从我手上拿起我看的书，说："哦，《瓦尔登湖》，这是一本好书。"

简妮不在，我有些害怕，就装作很累的样子，把头埋在膝盖上，不理他。

他轻轻跟我说："蓝星，如果我喜欢了简妮，还可以喜欢你就好了，你不知道，我有时候和简妮在一起，心里想的却是你，你说我是不是要疯了？"说着，我感觉我还潮湿的头发上挨着他的一个吻。我吓了一跳，一下子把头侧开，我看着他。他笑了，站直，对我说：

"对不起，我情不自禁了。"

另一串轻捷的脚步声上来，这次是简妮。看见坐在被窝里的我，她开心地说："蓝星，你回来了。"然后，歪着头问站在屋中间的英俊："我的男朋友，你刚才说今晚要请我吃什么？"

英俊没有回答她，而是回头问我："蓝星你去不去？我们去上岛咖啡，听说那儿的牛排很地道。"

我勉强摇了摇头，把身体钻进被子里，连头也钻进去。

屋子里没声息了。我听见他们关了门，错杂的脚步声一层层下去，我跳起来，去盥洗室洗头。整个黄昏，我都躺在被子里一个劲地发抖。我也不知道是为什么，是冷？是害怕？还是生气？

晚上，简妮干脆没回来。我的心里装满了忧伤。我希望简妮幸福，可是，英俊这样的男人，可以让她依靠吗？

8

小胖很久没过来聊天了，我也有一些难受，男女之间，除了爱，难道不能有友谊？

几日后，简妮的无名指上多了一枚钻戒，她告诉我是英俊送的。我有些惊讶，问她："他向你求婚了？"

简妮笑着摇摇头说："还没提到这个呢，他只是说，经过珠宝店的时候忽然想送件礼物给我，就进去买了一枚，他还说天下所有的好东西他都想搬来送给我哎。"又说："如果我爸我妈知道我现在有多幸福就好了。可是阿俊说他父母还没答应下来，我们的事还得再等等才能跟我父母提。"

我本来想问她英俊没有让她值台的事，但是看她这样高兴，我又觉得有些多余。我想了一会儿，小心翼翼地跟她说了一点点对英俊的看法。谁知，简妮听了我的话，居然笑起来。她笑了好久，才停下来，说："他跟我说过的，他说：'蓝星看上去时髦，骨子里却很土。我上次喝了点酒，开玩笑跟她说喜欢简妮也喜欢她，她好像歪曲成那种意思了。'其实我知道，这只是对女性的尊重而已，他们在国外生活过的人，总有这样的毛病，就是不吝啬对女性的赞美。"

我心里很吃惊，没想到英俊居然是这样有心计的人。他知道我肯定会跟简妮说，所以先发制人，我不由得打了一个寒战。

简妮看见我有些尴尬，就转移话题，说："小胖最近不怎么说笑，学鹏说是因为你拒绝他了。"

听她提起小胖，我就说："你帮我开导一下他吧。"

简妮说："一直在劝呢，学鹏跟他说，男子汉大丈夫，应该拿得起放得下，不能成为情人，难道你连朋友也不想跟蓝星做了吗？可是他说，这个好难。"

我叹了一口气。

一闭上眼睛，脑海里总是小军温和亲切的脸，我沉醉在他给我的爱里。每次想起来，我就觉得神奇。不过是一个吻，从此，他在我心里的意义就开始不同往常，他对于我，我对于他，不再是陌路，而是可以相互依靠、相互暖心的人。他常常很忙，但总会打电话来，跟我说，得去哪里进货了，得去哪里给人安装空调了，让我一个人好好待着。他电话里的声音是那样充满磁性，和见面时一样让我动心。他的话总是让我想笑，他的语气，好像我是他宠爱的一个孩子。可是我喜欢他这么跟我说话，我知道他已经把我装在他的心里，真真切切的，这种感觉让我觉得甜蜜而安心。我总是对他说："你要小心。"他总是回答说："知道了，宝贝。"

下午，太阳在云层里只露了一下脸。

小军开了辆大绵羊来接我。他的风衣是深秋落叶的淡赭，里面是一件白色高领弹力棉，配着黑色休闲裤，一双白底黑色真皮便鞋，看上去，真像是一个王子。

"我带你去一个地方。"他坐在车上，侧着脸跟我说。

我听话地上了车，环着他的腰，将脸贴在他的背上，"扑通扑通"，他沉稳的心跳让我迷醉。忽忽的风声不停地从耳边过去。"小军。"我在他耳边叫。他应了一声。接下去的许多许多话就堵在我的嗓子里。其实，我也不是真的想说什么，只是觉得这么叫一叫他，再听他那样轻轻地回答我，我的心里就被一种难以形容的幸福装满。

车在郊外一条乡野小道上盘旋了好久，终于停下了。

眼前的景象让人惊讶——这群山环绕的深处，居然会有这么大一片水湾，湾上全是芦苇，修长的苇枝在冷风里轻轻摇曳。那种寂静、苍凉、遗世的气势，真是让人心底震动。我回头，小军看着我，我过去静静地靠在他怀里，他轻轻说："我想跟你说一些自己的事，你要不要听？"我点了点头，和他一起坐下来。

他说："我没有见过我父亲，是我母亲一个人把我和弟弟拉扯大的，她靠帮人做家政的收入维持一家人的生活。无论刮风下雨、酷暑严寒，她总在不同的人家忙着，五十岁不到就驼了背、白了头发，还落下很严重的胃病，可她总是忍着，从来不舍得花钱去医院好好看看。我想让她过得轻松一点，高中一毕业就去一家家电商场找了份销售工作。我从不偷懒，积极努力，销售量总是排在前面，我还努力跟着店里的师傅学习各类电器的维修技术，一年后出师了，师傅介绍我到各处酒店承接空调维修业务，因为技术好，来找我的人越来越多。我把每个月的薪水都交给我妈管，还有月奖、季度奖、年终奖，这些钱足够维持我们三个人的生活，我不让她再那样辛苦了，我妈很开心，她说她一年到头辛辛苦苦，还从来没见过那么多钱，逢人便说她生了个好儿子。"

"想起来，这是我最幸福的一段日子，可是，就在这一年的冬天，一个夜里，因为电线老化，家里着了火，我妈，还有我那刚考上重点高中、满心理想抱负的弟弟都没能逃出来。我那天晚上在店里值班，根本不知道家里出了这样的祸事。等到半夜里接到邻居的电话赶回去时，只看见担架上两具焦黑的身体，他们跟我说：'小军，这是你妈，小军，这是你弟弟……'我怎么能相信，我妈怎么会这样，我弟弟，那样年轻的脸，怎么会是这个样子……"

听着他的话，我不能忍住我的泪。

"我亏欠我妈太多，她身体那么不好，我还没带她去医院好好看过一次……我也舍不得我弟弟，他是那样聪明，每次考试都拿第一，他总是跟我说：'哥，我好好读书，把你那份也读回来……'我是多么地喜欢他。到现在我还在后悔，那天夜里为什么要去值班呢？就算死，我们三个也应该死在一块儿。"

小军叹了一口气，说："没有了他们，我觉得我的世界崩塌了，虽然后来我将房子重新修好，可是，那已不是原来的家，一想起妈妈和弟弟是那样去的，我就心里痛，很多次痛到几乎要死。我不知道这样的人生还能活出个什么意义。我没有力气跟人周旋，也不想再去修理那些机器，一天一天胡乱打发日子。我跟着家附近的一些年轻混混去赌钱、欺负陌生人、打群架，为寻求刺激，我甚至还跟着他们吸过一两次毒……直到后来我师傅来找我，他狠狠地揍了我一顿，他骂我：'你母亲和弟弟难道希望你这样荒唐地活着……'"

"蓝星，我的曾经，是一本不能念的旧账……"

我用心轻轻吻他，不让他再说下去，我的唇里有咸涩的味道，不知道那是我的眼泪，还是小军的。

小军说："我把妈妈和弟弟的骨灰撒在这片芦苇地里，因为这是我们每年秋天都来的地方，妈妈和弟弟一直很喜欢这里。"

我望着这片芦苇，对小军说："我希望妈妈和弟弟能喜欢我。"

小军将我环在他的怀里，久久，久久地，我们依偎在一起。

9

一个冬天，一场雪也没下，天干冷干冷的。

我的手没有像往年那样生出红肿的冻疮，以前这时候，它们总是丑陋无比，奇痒无比，有时候甚至会冻到发麻失去痛的感觉。我无暇照顾它们，因为它们得一刻不停地做饭擦玻璃洗窗帘……从没有一刻干的时候，不像现在，我可以让它们闲着，涂一点香香的雪花膏，使它们看上去白皙干净。

因为轮着帮回家过年的同事值班，我干脆没回去，我爸妈只打了一个电话来，问我过年回不回，我说没空，他们就不再叫我了。大年三十，简妮也回家过年去了，宿舍里只剩下我一个人，这样也好，没有人打扰，我过得挺清净的。前几天我和简妮已经把宿舍打扫过了，今天天气不错，我就把窗帘拆下来洗，还把我和简妮的被子、毯子都洗了，晒在五楼的阳台上，做完这些，已是中午，我坐下来，伸了一个懒腰。楼梯口响起脚步声，一层层上来，在我门口停下。我回头，看着那个不速之客，心里霎时充满喜悦——居然是小军，他从身后拿出一捧我喜欢的玫瑰，微笑地站在那里，我没能忍住，一下子跳过去，扑进他的怀里，我听见他手里的玫瑰掉落在地的轻柔的声音，一朵，两朵，三朵……他轻轻地用唇吻着我的笑，我觉得我也是他怀里的一枝甜蜜而温柔的玫瑰。

　　那天上完早班，刚回到宿舍，才想起来沐浴液没有了，加上还有一些必需品要买，只得又换上衣服出去。超市离我出租屋不远，步行才几分钟而已。才一进去，就被一阵暖意包裹住。在冬天和夏天，到超市购物真是一种享受，想到这儿，我笑了笑。超市里有些乱哄哄的，据说是抓到一个女小偷。在人群外面，我听见他们在问："是公了还是私了？"

　　一个女声颤抖着接话："什么是公了、私了？"

　　"公了就送派出所，让你吃牢饭。私了嘛，要么赔钱，赔十倍于偷窃物的钱，要么就罚打扫超市卫生一个月。"

　　那人低声回答："私了，我愿意打扫。"

　　他们又问："是打扫仓库还是打扫店里。"

　　那人低声回答："仓库。"

　　他们中有人说："还知道要脸啊，从这条规矩开始实施起，我们超市的仓库每天有不同的人来义务打扫，有时候还是两三个人一起扫，还真是不赖。"众人听了，爆出一阵哄笑。我在经过的时候，忽然瞥见里面站着的那个人，不由得呆住了——那不是阿丽是谁。

　　阿丽在慌乱的一瞥里也看见了我，她眼里含着泪，在一惊之后立刻将头垂下去。

我站在那里，眼看着超市里的人将她带走。

第二天早上，在酒店门口见到阿丽。

她一看到我，就用手掩了脸，一个劲地哭。

我知道她的心思，就对她说："你放心吧，我不会告诉别人。"

阿丽哭得更厉害，她说："我真是鬼迷了心了，光想着那双鞋好看，要三百多块呢，不知不觉就扯了商标，放进袋子里了。"

我看看她，对她说："别说了，谁没有做错事的时候？以后不要再犯傻了，不要因为这个毁了自己。"

阿丽含着泪，点头，跟我谢了又谢。

10

过了年，同事们都回来照常上班了。

不知不觉，环城路那一带，柳絮又开始飞扬，那翠绿的帘子挂在河道上，随着微风起伏，悠然飘荡。

这天下午，我刚下班，小军来接我，正跟他说着话呢，听到外面吵吵嚷嚷的。出来，就见走道那儿十来个男人跟在一个剽悍的妇女后面往餐厅那儿去，我吓了一跳，忙打电话过去，我问简妮："餐厅出什么事了吗？"

简妮刚说："没什么啊。"刚说完，就听见话筒里传过来砸东西的声音。乒乒乓乓的，有尖叫的声音。简妮把电话挂了。

我的心怦怦直跳，小军说过去看看，可是我怕出什么意外，没敢让他过去，我拉着他的手跑到保安室，保安队长一听有情况，立即派了五六个人过去。不一会儿，我看见经理也匆匆跑过去了。

约摸十来分钟，远远看见领班从里面跑出来，低着头，用手捂着脸，手上分明还流着血，头发散乱着，我怕她难堪，就往墙角里躲了躲，看她从我身边跑过去，她身后，刚才那个女人也带着人出来了，嘴里还不干不净地骂着："狐狸精，一到春天就发情了是不是？发情你找没人的主啊，把别人家的老公拿去白用，这个骚×，我看你骚，你骚我就天天过来收拾你。"

小军用手捂住我的耳朵。我靠在他身上，心扑通扑通跳，脚软软的，好像她在骂的那个人是我。看来，领班和烟草局长的事终于还是被他老婆抓住了把柄。

一向高高在上的人，被这么羞辱，怎么受得了？我不禁有些担心起领班来。

我打电话去餐厅冷菜间，接电话的是小胖，他压低声音说："餐厅里乱七八糟，热水瓶砸破了十几个，桌子掀了两张，一扇落地玻璃也砸碎了，到处都是碎玻璃，我们正在清理呢。经理说他们再闹就报警，他们才走的。"

我说："我看见领班跑出去了，她没有人陪，不会想不开吧？"

小胖说："一开始就应该想到这样的结局，她有什么好想不开的？别担心。"

我说："局长老婆搞得好像自己吃亏了一样，看她那样子，豹子眼香肠嘴，坐在对面连饭都吃不下，谁吃亏还不是一目了然的事。"

小胖笑了，说："就是。"

自从那天我拒绝他后，还是第一次跟他这样轻松地说话。

晚上，回到宿舍，我跟简妮说着白天的事。我以为她会和我讨论一番的，可是她只是随口应答了我几句，然后，就忽然低头沉默了。我奇怪地看她，便看见眼泪从她的眼角滑下来。

我吓了一跳，我猜她是和英俊闹别扭了。我问她："怎么啦？"

过了半天，她才跟我说："这些日子，英俊来酒店吃饭，都不让我值台，总是找别人，起初一两次，他还跟我解释，说他心里别扭，看不得我对别人也那样温柔。可是现在，他也不来约我出去了，接连几天联系不上，又不像是出差去了的样子。以前，他出差前都会跟我说一声的，昨天阿丽跟我说，前天在酒店门口，她亲眼看到英俊上了青青的车。"

我吓了一跳："怎么会这样？你有没有问他是为什么？"

她摇摇头，说："他那天吃完饭就先出去了，结账时我正忙着，没能跟他说上话。"

看得出简妮很难受，我安慰她说："是不是有误会？"

"我也不知道。"简妮说。

看见她流泪的样子，我也难受起来。我劝她："如果他是靠不住的人，不如现在就分了呢。"

简妮不吱声。

她几乎一整夜没睡，每次我从浅睡里醒来，都见她沉默着，睁着眼想心事。

事情过去一星期左右，领班一直没来上班，青青做了代领班，一副颐指气使的样子，走路都不看人了，在餐厅吃饭时遇上也不理人，好像我们是空气。

那天早上，我忘了给闹钟上发条，睡过了头，一醒来就已经8点了，匆匆刷了刷牙，洗了洗脸就往外跑。刚开了门，竟见外面站着阿丽，她提着一个大旅行袋。见我出来，冲我笑了笑。她说："蓝星，我要走了，过来跟你道别。"

我很意外，问她要去哪里。

她说："我要嫁人了，过些日子就办喜酒，到时候我来请你和妮做伴娘好不好？"

"怎么那么匆忙？"我问她。

"我考虑了很久，还是觉得我不适合这里，我在这里，每天都不开心。"

"可是，"我说："就算这样，一辈子的事，怎么可以这么草率就定下来……"

"不是随便定的，他是我们那边一个养鱼的，挺细心温和的一个人，一直对我和我父母很好。"

我看着她，不知道该说些什么。

阿丽叹了一口气，跟我说："蓝星，我知道，领班的事，是青青说出去的。"

她的话吓了我一跳。

"青青不但把领班和烟草局长之间的事告诉了烟草局长的老婆，还举报到了他的单位，前两天有人已经来悄悄调查过领班和烟草局长之间到底有没有经济方面的纠葛，听说领班的烟酒回收店已被查封。调查的人问过我一些事，我虽然讨厌领班，但是，不想往已经掉到河里的她身上丢石头，就跟他们说我只管自己的工作，什么也不知道，既没看见什么，也没听说过什么。不过，不知道别人是怎么说的，但愿领班能熬过这一关。"

我没有想到这事的始作俑者居然是青青，真是人心不可测，从她进来那会儿起，领班一直是那么地照顾她。

我沉默着，帮阿丽把袋子提到路口，她轻声说："我走了。"

我看着她，心里有一些酸涩，不过我想，她还是回到那个地方比较好吧。

隔了两天。早晨我去上班，刚到客房部大厅，就有同事告诉我，领班前一天晚上跳楼自杀了。

没有人目睹那一刻，没有人知道她是怎样从那个高高的窗口一跃而下的。清早，路人看到她时，她就已经是一具僵硬的尸体，脑浆迸裂，血流满地，根本看不出她平日的样子。

有传言说是烟草局长的老婆派人把领班从屋里推出窗户的，可是，公安局的人到现场查了，发现门是反锁着的，就下了结论，排除了他杀嫌疑。

一个人，居然可以这样结束自己的生命，真是说不出的凄惨。但是，我并不敬佩她的勇气，我觉得，她只是一个自私的逃避者。她扔下了年迈的父母和一个痴呆的弟弟，就没有想过以后他们要怎么活。

值夜班时，简妮来了一下，只她一个人。我虽然心情抑郁，但还是想要关心她："英俊呢？还没有打电话来？"

简妮沉默了好久，轻声说："怎么办，蓝星，我怀孕了。"

我吓了一跳。

她软软地靠在我身上，说："我好害怕。"

"英俊知道吗?"

她摇了摇头,说:"我不敢去问,怕他说不要我。"

我感觉到她在颤抖,好像风吹动树叶,没有停息的时候。

11

天下着小雨。

我没有告诉简妮,自己一个人去了玫瑰苑。

揿了半天电子门铃,门才开,英俊靠在门上,看着我,用闷闷的声音问:"是简妮叫你来的?"

我问他:"为什么,忽然就变成这样了?"

英俊低下头,说:"你不懂的。"然后,他又说:"我想来想去想了好多天,还是不想改变主意。我不能放弃这个可以让我少奋斗三十年的机会,除了这幢三百多万的别墅,人家还答应帮我开个外贸公司,到时候,我就可以甩开膀子干,可以实现自己的理想和抱负,而不是像以前那样,总是寄人篱下,束手束脚。我是一条龙,蓝星,我不该困在小水潭里的,我应该在天上飞。现在有了这个腾云驾雾的机会,我怎么可以把它丢掉,回到地上慢慢爬?"

我问他:"难道为了这些,你连自己的孩子也不要?"

英俊愣了一会儿,叹了口气,说:"孩子,以后总是会有的。"

过了一会儿,他又说:"如果你是我,你一定也会这样选。你叫简妮自己想办法吧,我现在真不能承担这个。"

"你别再说了,"我说:"我不想再听。"

英俊伸出一只手来,想要摸我的脸,我躲开了。

"你觉得我罪不可赦吗?"英俊看着我说:"大家都是成年人,互相取舍而已,不要给我套上精神的枷锁。"

我觉得自己在发抖,简妮喜欢的,竟然会是这样一个无情无义的人。

"你怎么连这样的话也能说出口。"我说,"我唾弃你。"

"我无所谓。"英俊耸耸肩，"人不为己天诛地灭，不是吗？但是，我觉得我不是坏人，不信你跟简妮说说看，她只要提出条件来，合理的数字，我会补偿她。"

他想了想，又说："其实，简妮不知道，我也喜欢你的，蓝星。"

再没什么好说的，简妮让我不要来找英俊，我没能忍住，可是找了又能怎样？只是让简妮更受伤而已，这一刻，我的心里充满了悲哀、愤怒。

我去餐厅找简妮，她没在。青青站在吧台里行使领班的权力，正在分派任务，我没有理她，去冷菜间找学鹏，他说简妮请了一个星期的假回家去了。我有些担心她，下午一下班就让小军送我去近郊。

简妮家在近郊的南区。南区和北区以通往外省的公路为分界线，公路的两边各是一片灰扑扑的居民区，远远近近地散落着近千户人家。因为当初建造时没有统一规划，聚住区紧一处密一处，有整齐干净的高楼大厦，也有低矮破旧的老房子，看上去满眼的不协调。

走进居民区，原先那种凌乱的感觉淡了一些，街道，小巷，倒是干干净净的，有些人家的门口有院子，院子里种满花草，正是暮春，绿草如碧丝的时候，花草抽出的绿色枝蔓沿着搭起来的竹架、铁丝架，一直攀缘到房顶上、墙上，看上去绿意葱茏，让人经过时忍不住会停一会儿。还有些人家没有这样的条件，就在窗台上放一些高高低低的坛坛罐罐，坛子里的植物有些只是秀气的枝子，还有些开出各色的小花朵，可以让人拾一些生活以外的情趣。而更多的人家，院子里、窗台上，皆光秃秃的，老远就可以直通通地看见屋里有几个人，正在做什么。各种不同类型的房子、窗、门，看得人眼花。

从小军摩托车上下来的时候，他问我要不要等一下来接我。

我说："不知道什么时候回去，不用来接了。"

他看看我，说："怎么不开心？"

我跟他笑一下，说："我担心简妮呢。"

他拉着我让我靠近他一点，然后，低头在我的唇上轻轻吻了一下，笑笑地跟我说："你对我也要这么好。"

我心里涌上来一些暖意，靠在他身上回吻了他一下。他常常这样，在不经意间以他的方式告诉我他对我的感觉，让我情不自禁地越来越爱他。

我站在路边跟他挥了挥手，看着他开着大绵羊慢慢远去。他的风衣随风起伏，真是好帅，每次看他，都像是第一次见到，那样让人心跳。

拐上南区那条水泥道，没走过几幢房子，远远地，就见简妮坐在一间二层楼宽宽的窗台上。她上方的窗子上垂下来常青藤的绿荫，她屈着膝，下颌偎在膝上，静静地望着远处出神，微风吹着她黑宝石般的秀发和她玫瑰色的长裙。我走近了，朝上喊了她一声。

她往下看，见是我，有些意外："蓝星，你怎么来了？"

她下来接我上去。进了屋，屋子里冷冷清清。她父亲上班去了，母亲出去买菜。

简妮看上去很憔悴，好像晚上没睡好。"你怎么样？"我问她。

简妮看着我，问："你去找过他了？"

我没想到简妮心思如此细腻，只好点点头，对她实说："他说他不能要这个孩子……"

来不及说完，简妮便用手捂了嘴，急急地奔盥洗间去。我听到她翻江倒海似的呕吐声。

好不容易停下来，我扶着她从盥洗间出来的时候，看见她母亲脸色苍白地站在门口。她盯着简妮问："怎么回事？你怀孩子了？"

简妮不吭声。

简妮母亲深深叹了一口气，说："脸色这么不好，还以为你工作累了，还一直担心你，怕你生病呢，怕得要命又不敢说，去菜场买菜也是尽量拣你喜欢吃的，想给你补一补，哪里知道你居然会……"

简妮哭着跪下来，说："妈妈，对不起。"

她母亲长长地叹息一声，说："你怎么这么不自爱？我们从小怎么教你的？你一出去就变了个人。"

简妮泣不成声。

"那个人，他不愿意娶你吗？"

简妮哭着摇头，不知道该怎么回答。

简妮的妈妈说："你爸爸知道了怎么办？你还是快点走吧，他那个火爆性子，如果知道这事，还不知道会出什么乱子，他从小就把你当珍宝一样，你是知道的。因为这样，才由着你想做什么就做什么，如果知道有人这样糟蹋自己的宝贝闺女，他一定会去把那个人砍死，这样一来，我们这个家就散了。"

简妮哭着，和我一起出了家门，在门关上那一瞬，我看见简妮的母亲痛苦地瘫坐在地上，一下一下捶着地板。

这世间有许多的痛苦，有时候，会一个挨着一个，这，我是知道的。在此前生活过的那么多日子，我已经尝过不少类似的滋味，孤寂、屈辱，被遗弃，被冷落，无尽的无助……作为人来到世间，还有许多的痛苦会从我们的生活里随时冒出来，无从躲避，我们能做的，只有默默地尽己所能去承受，而已。

12

两天后，我陪简妮去长虹路尽头的一家私人诊所。

本来打算去医院的，可是，前一天到医院门口时，居然那么巧地碰到了青青。她坐在她的车里，问我们去哪里。

我冷冷地说："简妮发烧，我陪她看病。"

青青笑笑，说："发烧倒是没啥，不要是别的。"不容我说话，她又接着说："我给我妈送资料去，她在这家医院的妇产科上班，打电话跟我说有个下午做流产手术的病人资料落在家里了，十万火急的，一定要我给她送过来，我妈就这样，什么事都要人家帮她，她常常把病人的资料拿回家叫我爸的秘书帮她整理。"

说完，她脸朝向简妮，说："你不跟我说话，是在生我的气吗？"

简妮冷着脸不回答。

青青说："你们应该已经分手了吧。英俊已经亲口跟我说过，他从来没有爱过你，只是觉得单身生活太过于无聊，才跟你处着玩的。所以，你也千万别怪我，感情应该是相互的事，拆是拆不散的。而且，依我看，你也配不上英俊，他要飞往哪里，要飞多高，我可以给他翅膀，我可以给他所要的一切，你呢？除了比我好看，你能给他什么？你只会拖累他。我答应给他时间调整的，我相信他能快刀斩乱麻，如果连这份理智也没有，那他就不是做大事的人，就配不上我，那我也不稀罕了，还给你……"

简妮挣扎着，虚弱地说："分手不分手，是我们两个自己的事，轮不到你来说三道四。"

青青还想说什么，我打断她说："简妮现在正病着，希望你不要太过分，不管做什么事，都要摸摸自己的良心，人在做，天在看。"

青青嘴角扯出一个笑，说："良心？你在胡扯什么，有的没的。"

我说："你做的那些事，我真的不屑于说，说了要脏自己的嘴呢。"说完，我牵着简妮的手，从车旁走开。

我听到青青在身后叫嚷，她气得直摁喇叭，我心里有些解气的痛快。

简妮随着我走，强忍住眼里的泪。

我们在医院里转了一圈，最终还是决定去别处想想办法。

我们是在电线杆上找到那家诊所的地址的，它设在一处不显眼的弄堂旮旯里，肮脏简陋，外墙抹了水泥，密密麻麻的"牛皮癣"贴了又撕去，撕去又贴上，整个墙面看上去斑驳不堪。

我们刚进去，门就被迅速关上。屋子里光线有些暗，墙上没有窗，只挂着一只很大的闹钟，提醒人已经是下午了。屋子里设着好几道墙，隔出好几个房间，最左边那间是手术室，有两个医生，都戴着口罩，看不出年纪，只是看体态，觉得一个年轻些，一个年老些。除了手术室，其余几个房间门都关着，安安静静的，好像没有别的人。那个年老些的女医生问我们："是哪个要做？不做的在外面椅子上坐着等。"

我于是出来，坐在手术室外的一张长椅子上，心扑通扑通乱跳。

她们关了门，我仍然能听见她们在问简妮一些问题。

暗
伤

她们的语气里有假装的和善和体贴，还有掩饰不住的不屑，我能感觉到简妮的难堪。我知道，长得那么好看的简妮被她们看成那种靠身体吃饭的女人了。

"你把裤子脱了，躺到手术床上去吧……别怕难为情，反正又不是黄花闺女，不是吗？如果现在不做，过些日子就得回家叫个老太婆帮你接生啦！"

简妮沉默着，忍受着她的刻薄。

"想好了吗？想好我们就开始，这种小手术，我做了二十多年，不知做过多少次，从来没有失手，我可是从医院出来的专家……"我听见里面这么说，心里觉得紧张，我闭上眼睛默默在心里为简妮求平安。

过了一会儿，里面传来叮叮当当的器械碰响的声音。

我屏声敛息，静候在那里。

里面蓦然传来简妮痛苦的尖叫，我听见医生粗暴的喊声："你做啥做啥，把腿分开，不要命了，还没开始呢，现在只不过是检查而已，那么怕做什么。"

我的心被揪得紧紧的，门遮挡着一切，我什么也看不见，只听到简妮的呻吟忽轻忽重，让人忐忑。我知道，这只是前奏，过一会儿，那些剪刀、钳子，还有别的一些器具，会在简妮的身体里，以粗暴的方式将那个即将形成的、充满血肉的生命连根拔起、撕碎。简妮的呻吟让我害怕，我不知道我们来这里是不是错了，简妮会不会就这样屈辱地、毫无尊严地死去？

"怎么样？"我对着门那边无力地问。

那个年轻一点的医生开了门，露出一个头来，她卸下口罩对我说："别紧张，不要多久的，她痛感比一般人强烈，等一下手术的时候我们打了麻药，她会睡着，就感觉不到痛了……"

我呆呆地看着她，不知道她后来又说了些什么，随着她的嘴飞快地一开一合，一股阴郁的气息渐渐在四周弥漫开来，有一刻，我真的觉得腿软软的，几乎要坐不住，而且，心就要从嗓子眼里跳出来。

两个小时后，简妮躺在推车上被推出来，我跟着她的车进了一个

我依然在这里

房间，她们让她躺在那里继续打点滴。

我问医生一切可好。

医生没有说话，只是点了点头。

我靠着简妮站了一会，她的脸、唇、手，皆苍白得可怕，她的脸尤其白，看上去就像一张白纸。她轻声对我说："蓝星，我好痛。"

我握住她的手，冰凉冰凉的，感觉她是那样虚弱。

她终于忍不住哭起来，她说："我为什么不死掉呢！"

我伏下身，轻轻安慰她说："别怕，都过去了。"

简妮握了一下我的手，我感觉她在发抖，就回握住她，给她支撑。

我们回到宿舍，夜色已深，马路两旁，一盏盏路灯早已亮起。我扶着简妮到床上躺下，又去附近的米线店里为她要了一碗本鸡姜汤米线，她只喝了几口面汤，便推开。她又疲倦又痛，渴睡，又睡不着，我在一只脸盆里倒满了开水，等水稍微凉一点，手可以探下去的时候，拿来给简妮擦脸和身体，帮她换掉沾了血的裙。我做得很轻很小心，我怕她疼。她一定是痛的，虽然吃了止痛片，但是，她额头的汗仍时不时冒出来。

我请了一个星期的假陪简妮，每天上午都去那家诊所打点滴。下午就帮她洗一洗换下来的衣服。简妮每次都叹息地说："还好有你，蓝星，不然，我一个人，没有法子可想，我就去死了。"

我笑着说："幸好你没有那么做，不然，你死了，叫我怎么办？"

简妮眼里含着泪，伸出手，笑着说："让我抱抱你。"

我俯下身，轻轻地抱住她，心里有种与她相依为命的感觉，这种感觉让我情不自禁地掉泪。我觉得，她和我一样，是尝受了人生之苦的人。

我打了一个电话给小军，我跟他说我这几天没去上班，是因为要照顾生病的简妮。他就带了便当和水果来我们宿舍。他不知道简妮的事，见简妮那样虚弱且神情郁郁，就说笑话给我们听。他说："有一次，我们老板进了一批空调，只知道是次货，没想到超级次，顾客没用上两个星期，就接连出故障。他每天接待那些来讨说法的顾客，头都大了，就在经理室门口钉了一块牌子，上面写上'仓库'二字。人家顾客找不到他，就拿我们出气，我自己出钱买零件，帮他给顾客一一修好，人家还不解气，扯坏了我三件 T 恤。"

简妮笑了。

等他走后，简妮微笑着跟我说："小军这个人挺有意思的，看得出他是一个好相处的人，也看得出他很喜欢你。"

我握着简妮的手，对她说："等你好起来，以后也会遇到珍惜你的人。"

简妮摇摇头，说："我已经把自己的生活都毁掉了，连我妈也那样嫌我。"

我说："不会的，你妈她不会不理你的。"

简妮叹息着说："她一辈子好强，哪想到我会这样让他们丢脸。"

13

一个星期以后，简妮稍微恢复了，我便回酒店上班，顺便帮简妮办辞职手续。

同事告诉我，这期间我妈来过好几次，并留下话，要我一定得回去一趟。

我一点儿也不想去见我妈，发了工资，又到交钱的时候了。我就是不回去，过两天我爸一定会自己来拿的。

可是，上班的时候，我妈接连打电话来，不能躲开。我只好答应回去一趟，我心里有些纳闷，不知道他们这么着急催我回去究竟要干什么。

回到那个"阔别已久"的家里。我妈正坐在沙发上，见了我，立即站起来，用鲜有的热情招呼我，她说："蓝星，过来坐，妈想跟你商量个事。"

"什么事？又要我多交钱给你们？"我说。

她有些尴尬，顿了顿，说："我们一个熟人的儿子前些日子刚从美国回来，我们寻思帮你介绍一下。"

不等我回答，她又接着说："他虽然人长得不算好看，年纪也大了一点，有三十了，可是，家里条件好得不得了，有好几辆车，都是高档的。家里有两个保姆，一个专门管炊事，一个专门管家务。锦衣玉食，如果人家也不嫌弃你学历低又是服务员，你嫁过去就是少奶奶，过享福的日子，你想想看要不要去相亲。"

真是寒心到底，我站起来，听见自己用打着颤的声音说："服务员又怎么了？就低人一等？你们真是为我好，就不要侮辱我！我小的时候，你们拿我当童工、当保姆使唤，现在又想把我当成换取利益的工具。虽然不是你们亲生的，我还是想求你们能疼我一点点。"

我爸一听，顿时扯开嗓子嚷起来，说："我们又怎么了？让你找个好男人结婚有什么错？俗话说，前半辈子的命靠爹妈，后半辈子的命要靠老公，你知道吗？"

我妈说："我们对你严厉，还不是为你好。像你现在，没有学历，没有好工作，但是因为漂亮又能干，一样会有人喜欢。"

"你们替我想得那么周到，我就谢谢你们啦。"我气得笑起来，"按你这么说，那些爱带孩子出去玩，爱给孩子买玩具买布娃娃买巧克力，爱和孩子做游戏讲故事的父母，都是在害孩子，是吗？是这样吗？"

我妈不知道该怎么回答我，她站在那里，拿眼睛瞪着我。于是，我说："我已经有结婚对象了，这个事用不着你们操心。"

我爸听我这么说，过来问我："你要结婚的对象，是叫管小军吧！"

我吓了一跳，我不知道他是怎么知道小军的。

他说："我前几日去商场看空调，居然撞到他，他就是当初骗我们钱的那个家伙的同伙，我猜分钱的时候他一定也是有份的。我让他还钱，他说那个骗子早就坐牢去了，他和这事毫不相干。我就跟他说，这谁信啊，如果不把15万块钱还给我，我就到公安局告他，说他也是帮凶，是同伙，是漏网之鱼。他只好答应把钱还给我，我还打听到，他一直在你们酒店做空调检修工作，而且，他居然跟你在搞对象。"

听他这样说，我心里一惊。

我爸接着说："我怕他赖账，就让他写了一张欠条，我限他三年里把钱都还给我，三年15万，一年得5万，他每个月才三千多的工资，不吃不喝也还不起，如果每年元旦他不把该还的钱还给我，我就去公安局揭发他。不过，我跟他说了，如果他能离开你，这钱可以一分都不用还。"

我倒吸了一口气："你们既然知道他跟这事毫无关系，为什么还要叫他还你们钱？"

我爸阴阳怪气地说："有关系没关系，我们说了算。把我们惹毛了，一定会把这个事告诉你们领导，告诉他们商场的老板，这样有劣迹的人怎么可以用呢，这太危险了！你居然和这样的人搞对象，我们绝不会答应的，一个骗子，怎么配做我们的女婿。"

"他不是骗子，他只是交错了朋友，这些事他都跟我说过了。"我为小军辩解。

我妈冷冷地接腔："如果你要继续跟这种货色搞对象，我们就豁出老脸，一定要把他搞臭搞倒，到时候你不要怪我们。"

我说："就算你们把他搞臭，我还是会嫁给他。"

我妈骂起来，说："养条狗也知道跟主人摇尾巴，哪像你，从小就爱和我们唱对台戏，花十几年养大一个人，得到的回报居然是这个。"

我不想再跟他们多说。站起来，走出大门。

也不知道是怎么回到宿舍的，我像一个丢了魂的人，心里又担心又着急，不知道他们会对小军做什么。

开门进去，见简妮的妈妈坐在简妮的床沿上，在用手帕擦眼泪，简妮的眼圈也红红的。见我进去，她母亲站起来，对我说："蓝星，这些日子让你受累了。"

我摇摇头，说："没什么。"

简妮的妈妈说："好好养大的女儿，怎么甘心被人糟蹋成这个样子，你告诉我，那个混账在哪里，我要去找他说理。"

简妮哭着说："不要啊，妈妈，是我不好，是我自己喜欢人家的。"

简妮的妈妈说："作孽啊……那个酒店，我决计不让你再去了。"

简妮说："妈妈，我答应你，再也不去酒店上班了，我自己去办个幼儿园，以后不会再让你为我担心。"

两天后的中午，上班的时候出了一件事。我在清点一个要退房客人房间里的物品时，点来点去发现少了一条浴巾，就跟总台汇报，总台和正在结账的客人核实，那个客人一听少了东西，竟然像吃了炸药一样咆哮起来，他气冲冲地跑来责骂我，话说得很难听。我有些意外，一般情况下，客人都不会这样的。我耐着性子跟他说对不起，请他平静一些再说话。

那个人气呼呼地说："我怎么说话，难道还要你教？"

我说："我们是四星级酒店，规定一个房间有四条小浴巾、两条大浴巾，客人入住以前肯定都是要清点准确，不会出错的。"

客人嚷起来，说："你们这些低智商的人，难道没有可能数错？"

我很生气，我说："就算我是低智商，一二三四数到四还是不会错的。"

客人说："我就说没有，难道你赖我偷了？难道我一年赚上千万的人会偷你们酒店这么一条不干不净的浴巾？你说话要负责。"

我说："我没有说是您偷的，可是，您房间里的东西在您住宿期间不见了，向总台汇报是我的职责。"

他阴沉着脸，过来要打我，被总台的一个男服务员好不容易劝住。

他一直闹到下午，上中班的服务员也来了。他又说我误了他的飞机，要酒店赔偿。领班打电话给经理，他匆匆赶来，听了事情的原委，说了好多好话，并保证一定会处分我，才把那个人劝走。

那个人怒气冲冲地走后，经理对我说："你不是新员工了，怎么处理问题的？"

我说："我没有错，是遇到的人不对。"

经理说："还强词夺理，写张检讨交上来。"

我说："我不写，你干脆还是开除我得了，如果连员工正当的人格都得不到尊重，这样的工作还有什么可留恋的。"

我说完就跑出客房部大堂，站在门口，心里充满了委屈。

青青开着车从里边出来，看见我，停下了，斜睨着我，说："呵，你倒真是会闹啊，整个酒店都轰动了。你这样脾气的人，根本就不具备当服务员的素质。"

我气得胸口发闷，回敬她："就你具备，你当一辈子服务员好了，谁比得上你啊？我既不会往客人饭碗里吐唾沫，也不会算计人家、挖墙脚，更不会把人逼走，逼死。"

"你——"青青气得要发狂。

我不再理她，走开了。我猜那个闹事的客人，有可能也是她玩的鬼花样，因为那样过激的反应，我还是第一次遇到，而且，完全不符合常理。

我心里乱糟糟的，胡思乱想，不知不觉，竟然走到了小军所在的商场。

刚到边上，便听到吵吵嚷嚷的声音，心里不由得一紧，因为远远地听着，感觉是我妈的声音："评评理吧，我养得好好的宝贝女儿，才19岁，居然要被这个快30岁的男人拐跑，他有什么？什么也没有，还骗过我们十几万块钱。这样的人，我们能把女儿给他吗？"

远远看过去，只见小军脸色苍白，站在那里一声不吭，许多人围着，对着他指指点点。

我心里惊了一下。

经理出来对我爸妈说："有什么话好好说，这样一次次地来搅我的商场，我生意怎么做啊。"

我爸说："你雇这样的人算是你倒霉，要是他不和我女儿断绝关系，我们就天天来闹。"

我再也忍不住，跑过去，冲着我爸妈说："你们这是干什么？那些坏事不是小军做的，你们明明知道，为什么还要这样往他身上泼污水？"

我妈歇斯底里地叫起来，冲着人群嚷："大家瞧瞧，我女儿从小很乖的，从未顶撞过我们，现在居然变成这个样子了。就凭这，我也决计不能把女儿给他！"

　　我哭着跪下来求他们："你们放过我和小军吧，我又不是你们亲生的，从小给你们做牛做马，现在又每个月都把一半以上的工资给你们，我只是想和我喜欢的人在一起而已，你们不要这样对我好不好？"

　　我妈脸上尴尬起来。

　　经理看看商场门口越来越多的人，对小军说："你还是走吧。"

　　小军想了想，点点头，朝我走过来。

　　几天不见，他明显瘦了，一想到他因为我而背负了更重的生活的担子，我的心里就很难受。小军过来扶起我，看着我，跟我说："对不起，蓝星，让你承受这个。"

　　我想，我是在哭，他清瘦的脸慢慢在我眼前模糊……

　　等我醒来的时候，已经在宿舍里，天已黑了，简妮在一旁坐着。

　　简妮握着我的手，轻声说："蓝星，没想到你那么虚弱，你在商场门口晕过去了，是小军把你送回来的。"

　　"他在哪里？"他并不在边上。

　　简妮红了眼圈，说："小军刚走，他说要离开这儿。不过，他说他不会丢下你不管的，只是，他不想他的生活总是受到你父母的干扰，他既然答应要还债，就不会食言。在这里总是受扰，他不能够再有发展，再说，光靠那点工资也不能还清那笔钱，所以，他必须去别处闯闯看，等他把所欠的债都还清了，他就会回来。"

　　我不说话，我说不出话，心里头好难受。

　　简妮安慰我："你等他吧，他说要你一定相信他，他不是莽撞的人，有自己的计划。"

　　"如果他没有遇上我就好了，"我流着泪说，"是我害他现在变成这样的，有家不能回，好好的工作也不能做了。"

　　简妮说："你不要这样想，小军也不会这样想的。"

我说："我舍不得他太累自己。"

简妮过来，拥住我，轻声说："我知道。"

她的拥抱很暖，宽慰着我的心。我想，简妮真是一个坚强的人。她的痛苦远比我要深得多。我所面对的是一份还没结成的爱，而她曾经憧憬并为之陶醉的爱，已那样无情地破灭。

14

许多个夜晚，我总是坐在床角落里，听着窗外的风声或雨声，痛苦就像海潮般一次次地涌上来，将我淹没⋯⋯

我没有再回去，我打电话给我爸妈，要求与他们脱离关系。我爸威胁我说："要脱离关系，你得给我们12年的抚养费，1万1年，也得12万。"

我无奈地笑了，我也跟他们算了一笔账，我跟他们说："我做了你们那么多年的保姆，给你们整理屋子，给你们做饭、洗衣服、擦地板⋯⋯一个人顶两个保姆，你们也得付我双倍工资的，算起来，反而是你们欠着我呢。"对着电话那端，我笑着说："你们是不是想钱想疯了，想全世界都欠你们的债啊？"我妈气得把电话扔了，听见电话那端传来惊心的砰的一声，我也挂了电话，泪流满面。

简妮由她母亲照顾着，一直吃中药调养，身体慢慢好起来，到秋天开学前，她真的在北山脚下租了一幢有院墙的三层楼房，自己办了一个幼儿园，取名"小天使"。她请人重新粉刷了墙面，并在墙上绘出青青的草地、茂密的大树、快乐的音符，树上一个个美丽可爱的天使，吹短笛的、荡秋千的、编花环的⋯⋯这些画让整个幼儿园显得童稚而美好，再也没有刚租下来时的呆板。因为靠着山，园里非常幽静，且空气清新无比。眼下，五彩斑斓的秋叶让园后的山像一幅颜色绚丽的织锦。时不时地能听到风吹过树梢的声音和清脆的鸟鸣，除了进出的大木门，四面环绕的院墙被爬山虎密密地遮住了，那些叶子，已经有许多被秋天染成了橙黄色，非常美丽。院子里还有一棵长得老高的桂花树，枝繁叶茂，好像种了很多年了，只是还不到花开的时候，我们对桂花的香气充满了热望，我们期待着，等到桂花开起来的时候，就给孩子们做桂花糕吃。孩子们在院子里做早操，做完早操后，大家可以在院子里游戏、看蚂蚁、在墙根下找狗尾巴草、逗蚂蚱玩，每一个小朋友回到家里，总是说："幼儿园太好玩了。"

在简妮的幼儿园里，早教方式与别的幼儿园不同，她请人帮忙找来几个有专业特长的老师，园里的孩子，按照各自的爱好，可以上钢琴课、舞蹈课、美术课、象棋课、语言课、礼仪课，分别由不同的老师负责不同的教学，每天上午一节课，下午一节课，每节课只有三十分钟。这意味着，以后从她的幼儿园里出去的孩子，个个都能有一技之长。虽然学费不低，但是家长们一合计，觉得还是比请家教便宜多了，而且，小孩子们那么喜欢这里，大家于是纷纷把自己的孩子送过来。原先只准备招收三十几个孩子的，没想到来报名的居然有一百多人，临时添了差不多八十多张儿童床和小桌子、小凳子，一楼的四个教室都坐满了。只好把二楼三楼都改成小朋友的教室和午休室。我反正已经辞了职，就帮简妮一起做事，我负责语言课教学，我把许多美丽的故事编成好听的童话讲给孩子们听，我从德育方面引导小孩子们，我觉得，比起成才，将来成为一个思想健康的人更重要。小孩子们单纯可爱，每天和他们打交道，我们的心情慢慢地平静了许多。简妮给我开出的工资是最高的，仅次于她自己。她说我也是园长，她对我那样好，让我内心觉得温暖。

只是，从小军离开这个城市的那天起，我的心总是空落落的。我常常会从梦里醒来，每次醒来就不能再入梦里去，我的梦里，总是随风飘着芦花，一朵一朵。有时候，梦里也会下雨，雨水落在小军平静的脸上，他穿着风衣的身影是那么孤单，他目光里深锁着我刻骨铭心的爱与哀愁……

自从小军去了外面，我就没有再联系上他，他的手机不能再打通，他也没有电话来。他不知道我和简妮已经离开酒店了，每次都将钱汇到酒店客房部，原先的同事帮我留着。我取了钱，把自己的工资添进去，每次我给那两个人钱的时候，他们都得重新打收条给我。虽然他们总是冷着脸，虽然钱还没有还清，但是，眼看着欠条上的数字在一点点减少，想到我的心始终和小军在一起，我的心里还是有许多的安慰。

我们退了原来的房子，搬进了幼儿园，我还是和简妮一个房间。

在寂寞的时候，我把自己关在屋里绣十字绣，静静的，一针一针绣出那些芦苇，芦叶狭长寂寞，芦花洁白里含着苍凉，点点飘散。飘散的，还有我的忧伤。绣好了，就挂在墙上。我还绣了好几幅别的画，雪中梅、谷中兰、檐下竹、篱旁菊，长条的丝瓜、圆朴的南瓜和水草里的鱼，挂在幼儿园教室里的墙上，孩子们都很喜欢，来接孩子的家长们也都很喜欢，说我们幼儿园有一种艺术的特色。

有一次，简妮对我说："蓝星，你不要再瘦下去，再瘦就不好看了，等小军回来，会怪我没有照顾好你，他临走前托我照顾你的。"

蓦然听她说到小军，不知不觉，眼泪又下来。我一直没有再去芦苇塘看看，眼下又是秋天，那里，如今早已飘起如雪的芦花吧！

小军的汇款地址和前一次不一样，前一次隔了两个月，这一次才隔了一个月，不知道他在做什么事，不知道他在汇款之后又去了哪里，他一个人在外面，也不知道有没有好好吃饭，有没有好好睡觉……

15

过完了秋天，过完了冬天，春天不知不觉地跟着又来了，天渐渐暖起来的时候，一个傍晚，简妮和我都心情很好，我们在厨房里做素冷面吃。

我把煮好的冷面放到凉开水中，简妮在小砧板上切黄瓜丝、苹果丝，切完了要放在冷面上，她一边切一边好像随意地对我说："最近有个小孩子的家长一直在追求我。"

她这么一说，我就想起来，我问她："是教育局的季先生吗？"

简妮点点头，很惊讶原来我知道。

季先生个子蛮高的，样子有点像韩国明星裴勇俊，也留着一头很飘逸的长发，很俊雅、稳重，干干净净的。虽然已经结过婚，也有孩子，但是，他的样子一点也不输给时下的青年。我觉得，他和简妮确实是蛮配的。

"他妻子刚生完孩子就去世了，他一个人带着孩子过了五年，我办幼儿园，每次有困难都找他，包括批执照、找适合的场地、请老师，他从来都是二话不说尽心尽力帮我办好，而且对我很贴心。最近他说喜欢我，向我求婚。你说我该怎么办？"

我为简妮高兴，我对她说："我觉得他是一个很好的人，你犹豫吗？难道你不喜欢？"

简妮摇摇头，说："不是不喜欢，我是在担心，如果我把以前的经历告诉他，他会不会嫌弃我？"

"我觉得应该不会，他不该是这样计较的人。"我对简妮说。

简妮看着我，说："抱歉，不该跟你说这些的，小军还没回来，你心里不知道有多难受呢，我却要拿这个事问你。"

我对简妮说："你怎么会这么想，你如果幸福，我只会为你高兴。"

简妮过来，捏了捏我的手。

我知道她的意思，在心底里祝福她。

过了些日子，一个下午，简妮悄悄交给我一张纸，我看了看，居然是一张 10 万元的支票。我以为她要我办事，就等她吩咐。她微笑着，温柔地跟我说："蓝星，这钱拿去还余下的账，你早一点去把小军找回来。"

我很意外，说："这，怎么可以……"

简妮说："你不用在意，我现在有这个能力。我相信，我们会越来越好的。这笔钱，就当是我提前预支给你的奖金好了。"

她这样说，我不能拒绝，我望着她，心里充满了感激。

她告诉我，她和季先生已经商定婚期，在两个月后，"对于我的过去，他没有说别的，只是说他一定会让我今后的每一天都幸福。"

"这太好了。"我真的替简妮开心，她在经受那么沉重的痛苦之后，终于迎来了生命的甜。

简妮说："我希望以后的日子里，我们都能幸福。"

我过去默默地挽住她，我们彼此拥抱着，心里充满了期待，还有，温暖。

16

我去山上的芦苇塘，那里早已生机一片，处处抽着茸茸的嫩芽，散落着野花，那些芦苇在岸上，也在浅水里，皆是挺拔的新秆，还有翠茵茵的新叶子！让人心里生出无限希望。我对着那片郁郁葱葱的青色，说："妈妈，弟弟，我去找小军了，我一定把他找回来，我会好好照顾他，你们放心。"

挑了一个有阳光且吹着小风的日子，按着小军最近一张汇款单上的地址，我出发了。

坐了一天半的汽车，转车又转车，我到了一个叫南塘的地方，那是一个江南小镇，白墙黑瓦，屋檐下挂着一串串红灯笼，站在水边，我觉得，光阴似乎回溯到了千年以前。我住的那户人家，屋旁种着高高的西府海棠，一朵朵粉白的花儿，水红的铃铛一样的花苞，枝干、叶儿，映在青天里，像画一样美，我一看就喜欢，便住下了。这间临水的小楼，我趴在窗台上，一俯身，就可以望见河道上小船悠悠划过。

一天，我吃完晚饭，对着门前那幽幽的溪水发呆。在小镇上找了那么多天，毫无头绪，也没有一点儿消息，我不知道接下去该去哪里找，心里闷闷的。老板过来，笑笑地跟我说："很无趣吗？怎么不带你的朋友一起来？现在的天气最适宜游玩了，等到热起来，你住的这间房就不会那么惬意了，因为没有空调，电风扇吹来吹去，会吹得人头疼。前些日子，有个年轻人来我们镇上，给好多人家都装了空调，我们本来也已经装好了，可是政府发现了，赶紧来干预，让我们把装上的空调都给拆了，说我们是临街的房子，又是第一排，装了空调会破坏房屋的古典格调，只允许我们在游客绝不会拍照的房间装空调。我们开始也起来抗议，但是后来想通了，如果我们的小镇不美了，那谁还会花钱来这种落后的地方……"

我听他这样说着，忽然脑海中一闪，便着急地问他："老伯，您记得那个装空调的年轻人叫啥名吗？"

老板想了想，说："大家都叫他小军师傅。"

我的心怦怦直跳："管小军？"

"好像……是这个名。"

"您有他的联系号码吗？"

"我记不住他的号码，不过我老伴好像在簿上留了一个，我去拿来给你看看。"

我屏住呼吸，心怦怦直跳，看他去屋子里，过了好久，他才回到柜台边，手里拿着一个本子翻来翻去。

我两脚软软的，都快要支持不住了。

终于，他看看我，笑起来，将本子递过来。

深夜，我鼓起勇气按着那个陌生的号码拨过去，电话通了，却没人接，铃声响了好久……好久……终于，那边传来一个熟悉的声音，我不知道我说了什么，只听见那边说："蓝星……我好想你。"

梨花朵朵白

一

过了惊蛰，梨花便全开了。原先鼓得饱饱的花骨朵一下子将花盘子撑得满满的，白得像雪。天仿佛突然朗润起来，也热闹起来了。蜜蜂嗡嗡嗡嗡地在柔软的花心里唱歌，阳光洒在花瓣上，也洒在它的金翅子上。

彩琳在前溪里洗一家人换下来的冬装，洗得腰都痛了。她站起来，跺了跺蹲得发麻的腿脚，回头看见她家屋旁的梨树下，一男一女正躲在那里亲嘴，便在鼻子里哼了一声，说："搞表演哪。"

在一边的冬梅听见了，回头看了看，便很不以为然地"嗤"了一声，说："老土，都啥年代了，搞对象还非要在晚上，还非得在屋里头？"

溪里几个洗衣的妇女便一下子都笑起来。

彩琳蓦然遭到抢白，脸上一下子烧红了。因为衣服还没洗完，又不好马上就走，只得一声不吭地蹲在那里，心里头像针扎似的难受。

冬梅接着又说："我家小叔子前些日子处了一个对象，才见面三天呢，就住到一起了，那闺女进进出出的也不害臊，爸啊妈的叫得可热乎了，倒是我公婆，都不晓得该不该回应她。"

有人接腔说："那有什么，答应了呗。要是我，儿子就要娶媳妇了，高兴还来不及呢。"

冬梅笑笑，说："前前后后叫我公婆爸啊妈的可是太多了，我公婆倒是想答应啊，可是我小叔子不肯，他说那闺女将来除了会生孩子，别的怕是啥都不会。"

冬梅的话说得溪边洗衣的妇女嘎嘎地笑成了一片。

彩琳没有笑，她不喜欢冬梅，那张嘴太刻薄了。

村里人都说冬梅有旺夫运，自从她嫁给明志后，明志家就一日比一日地发达起来，才两三年呢，就改天换地了，不仅在城里买了洋楼，还在村里盖了别墅。去年秋上，村里修路修桥，明志家出资一半，村里人包括村长，见到他们家人，总是老远就点头哈腰地打招呼。

也有眼红的人以为城里能淘金，摸到城里去看过，才知道明志和他弟弟正华开的是干洗店。真的是干洗啊，一大堆衣服就放在一个大家伙里滚啊滚的，出来就都干净了。再熨熨，挺括挺括的，人穿上去，就显得格外精神。一套衣服连洗带烫要十四五块，常常那衣服就挂满了店里，想想看，他们不有钱，那谁还有钱啊。

冬梅看彩琳没有笑，心里有些不悦，便说："也难怪我小叔子会这么想，每年春节在家里，说媒的就一拨一拨地来，多的时候一天相三四个，总是我小叔子看不中人家姑娘，没有姑娘看不上他的。都说明志家两兄弟脑瓜子一流，我看也是。这跟城里人做生意，可不能只是一般的功夫，哪里会是种种树那么简单。"

边上的妇女马上表示赞同，冬梅便不无得意地笑起来。

彩琳本想把闷葫芦抱到底的，可是她知道冬梅这回是在说她，她家三年前承包了十亩地种了梨树，于是，她抬起头来，装作漫不经心地说："种树怎么了，不就洗衣服吗，谁都会。"

冬梅早等在那里，听见彩琳这么说，就冷冷地回应："做生意的事，跟你这没见过世面的人说你也不懂，树是什么，是木头，做生意可是要跟活人打交道的。"

彩琳再也扛不住了，她冷冷地说："你就是这样跟城里人做生意的啊，那根本就不用学，尖酸刻薄挖苦人谁不会啊。"说完她拎了一桶衣服就往回走，过前溪桥的时候，她腿一软，一个趔趄，差点从桥上跌到水里，右膝盖碰在桶沿上生疼，眼泪刷的就下来了。

彩琳原是她们村里最漂亮的姑娘，又是第一个考上大学的高中生，因为家里穷，才没上成学。所以，自从去年她嫁到红柳村后，就一直受到村里人的敬重。没想到今儿个没头没脑地被人给羞辱了一顿，一想起来心里头就憋屈。

晚上，彩琳在床上跟俊祥闹别扭，无论俊祥怎么求，彩琳就是不让他近身，俊祥恨得牙根痒痒的，但又不敢大声，怕吵着隔壁的父母。

"你到底要做啥?"俊祥气喘吁吁地问。

彩琳气鼓鼓地将冬梅日里侮辱她的话又说了一遍。

俊祥听完了，说："就为这事，你就那么折腾我。"

彩琳见俊祥不以为然，生气了，便说："人家凭什么瞧不起我，凭什么?"

俊祥说："那我能怎么办，难不成你叫我拿把刀过去把她给杀了。"

彩琳没想到俊祥会这么说，一时间噎在那里倒不知道该说什么了。沉默了好一会儿，她说："不就是比我们多几个钱吗? 我们从来没出去闯过，怎么就知道一定不如她。不如今年咱们也到外头去吧。"

俊祥一下子冒火了："你叫我扔下我亲爹亲妈不管，自己过逍遥日子? 让人戳脊梁骨?"

彩琳笑了，说："我哪里说要扔了他们，等咱们到外面赚了钱，寄回来，他们不是也可以风风光光地过好日子吗?"

"你怎么知道出去就一定赚得来钱，要是赚不来呢?"俊祥闷闷地说。

彩琳说："当年在一个学校读书的时候，那冬梅是什么玩意，连二次方都不会解，你该不会忘了吧，再说，不管怎样，也不会比现在坏吧。趁着年轻，出去闯闯有什么不好，不是可以长见识吗?"彩琳不肯让步。

俊祥进进出出，闷了几天，他不愿意离开他生话了二十几年的家，可是，他每次看到明志家的别墅，看到村里人对明志家人巴结的样子，他就会不自觉地掂量彩琳的话，他觉得彩琳的话确实是有一些道理的。

那晚彩琳又一次提起时，俊祥终于答应了。彩琳这才笑起来，很温顺地将身子偎到俊祥怀里。

二

走的那天，俊祥妈拿出八百块钱，叫彩琳缝在俊祥的裤兜里，一边嘱咐他们互相照应别闯祸什么的。俊祥他爹也过来说："我和你们妈是没去过外面，可也听过一些事，在外头不比家里，凡事都得忍让，要是干不了，就回来，咱们不要钱，一口饭总还是有的。"

彩琳忍不住哭了，俊祥也觉得心里头很不好受。

彩琳去屋里包了几件当下要穿的衣服，天还没亮透，两个人就动身了。

彩琳是第一次出远门，几年前她考上大学的时候，她以为自己能去看一看外面的世界的，可是没走成。到俊祥家后，她以为这辈子不可能再去外边了。可是，没料到，这一回居然就走成了，她心里有一丝不安，也有一些兴奋，一路上步子迈得飞快。

俊祥一路上沉默着，他不断回头看看离开越来越远的家，心里越来越难受。

坐上长途车，一直到省城，俊祥也没跟彩琳说过一句话。

他们到省城时，已是第二天的上午了，受好心人指点，他们一下车，就拎着行李去了劳务市场。

劳务市场外，黑压压的一片人头，全是找工作的。彩琳悄悄对俊祥说："咱们先找住的地方，得把钱放好，不急着找工作。这么多人，一下子哪轮得到咱们。"

俊祥想想也是，便点点头。

人群里过来一个三十几岁的女人，模样像是城里人，笑模笑样地问他们要不要租房子。

俊祥满心戒备地说："谁说我们要租房子，我们不租。"

那女的笑了，朝着彩琳说："难不成你们要背着这行李像蜗牛一样满大街走？"

彩琳看那女的一脸和气，就有好感。她问："大姐，我们刚从乡下来，还没找到歇脚的地方，你的屋在哪儿？"

那女的指指前头，说："就在这不远，一幢老房子，还有一个大间没有租出去，正好给你们夫妻住，放心好了，我保证价钱是这城里最便宜的。"

彩琳扭头对俊祥说："我们先过去看看吧，背着行李，的确不太方便。"

他们跟着那女的拐过两条街，到一幢通天式住宅楼前，那女的将他们带到三楼南面的那间。开了门，说："这间屋里的人前两天刚搬走，里面床、窗帘、塑料地毯都是现成的。中间有浴室，楼下有厨房，楼上阳台晒衣服，方便得很。"

彩琳说："怎么个租法？"

那女的笑着说："二百三十块钱一个月，先付三个月的租费，水电煤气费另外付。"

彩琳和俊祥吓了一跳。

"什么？二百三十块钱，够我们全家三个月的伙食了。"俊祥说。

那女的好脾气地笑笑，说："那是在你们乡下，在城里，什么都贵。"

彩琳看见北面那个小间门口放着一个鞋架，上面放了好几双皮鞋，皆擦得干干净净，就问："小间还有吗？不如我们租小间吧。"

那女的说："最后一个小间前天刚租出去。"又说："你们若再晚来一两天，像这样既便宜又方便的房子就绝对找不着了。"

彩琳和俊祥磨蹭了一两个钟头，终于谈妥了价格，说好每月月初付房租，一个月一百五块钱。

等房东一出去。彩琳将门一关，将自己扔在床上。俊祥站在一边嘿嘿傻笑。

"你笑什么，看上去像个憨包。"

俊祥说："现在可是真正的两人世界呢。"说着就靠上来。彩琳说："干吗呢，大白天的。"俊祥说："你还不知道我要干什么？"彩琳不肯。两人就在床上较起劲来，将墙擂得咚咚响。不一会儿，门口传来敲门声。俊祥恨恨地从彩琳身上下来，将门开了一点，原来是房东。

"你们怎么了，有什么事吗？"房东问。

俊祥尴尬地笑笑说："没事没事。"

彩琳一边走到门口，一边说："我们正在整理东西，吵着你了？那我们尽量轻些。"

等房东走后，俊祥关了门，回头见彩琳拿促狭的目光看着他，他压低声音说："别得意，看我晚上怎么收拾你。"

"好了好了"，彩琳说，"我们该到外面买脸盆、毛巾、牙膏、牙刷，煮饭还得买口锅吧。"

两个人赶快出门找杂货店。杂货店没找到，却找到一个便民超市，超市那个大呀，居然还卖菜，两个人都几乎要转晕了。他们一边转一边嘀咕："这城里人买东西，怎么就跟白拿似的。"

俊祥跟彩琳什么都想买，两个人不知不觉杂七杂八拣了好些东西。算账的时候，收银小姐拿东西上的条形码往机器上一一扫过，那账就自动结好了。六十八元。一听这数字，两个人吓了一跳。

彩琳说："拿掉一些吧。"

收银的小姐一听他们说要拿掉，将脸一冷，说："不买拣那么多干嘛，乡下人。"

俊祥一听就火了，便要扔东西。

彩琳见要吵起来，忙拦住他说："六十八一路发，多好的彩头，我们不退了。"

两个人拎着大包小包往回走，彩琳心疼得直嘀咕："什么超市啊，什么都像白拿，能不多拿嘛。"

俊祥依旧沉默着，什么话也不说。

彩琳见他不高兴，就说："等我们赚到了钱，回家也开一个超市好不好，看来这一行很能赚钱。"

俊祥说："你得了吧，一瓶洗发水要十一元，一口锅要十八元，光进货，再小的店没有上万元也弄不下来，还不知道要做上几年才能赚到这么多钱呢。"

俊祥的话说得彩琳不响了。

他们回到屋子里将东西放好，彩琳问房东借了块抹布，准备将房间整个儿打扫一遍。

俊祥说要回劳动力市场去，看看能不能找到事做。

彩琳说："好啊，最好找个能管饭的地方。"

俊祥也没答应，噔噔噔地就下楼去了。

<h2 style="text-align:center">三</h2>

彩琳刚将东西都擦洗了一遍。就听到楼梯口有脚步声上来，二楼没停，上三楼来了。彩琳喊了声俊祥，不见回应，一会儿却听到敲门声。彩琳以为是俊祥呢，就笑笑说："敲啥门，莫非我不答应你就不进来。"

她话音刚落，却见门口站着一个穿西装的年轻人，里面是白白的衬衫，看上去非常的干净帅气，彩琳傻了一下。

那个人也愣了一下。不过很快他就有礼貌地说："请问你见过我放在门口鞋架上的皮鞋了吗？"

他的普通话带着一点口音，但他的声音很温和。

彩琳的脸上发起烧来，因为她看到俊祥脱在门后的皮鞋，那双鞋因为昨天一早出来的时候沾了太多的泥，显得狼狈不堪。一定是俊祥将这人的皮鞋穿去了。

一时间，她有些慌乱，差一点将脸盆打翻了。那人见她这样，不禁笑了，说："别紧张，你不知道对吧，也是，你是女的，要我的鞋做什么?"彩琳不知道他若看到门背后那双鞋会有什么反应,就支支吾吾地装糊涂,心里头将俊祥给骂了个半死。

彩琳听见那人拿钥匙开门的声音。一会儿,对面屋里便传来很好听的音乐,音响效果很好,就像是电影院里放出来的。

她出来,赶快下楼往劳动力市场赶。

彩琳正在人群里找俊祥呢,只听远远地传来"老婆老婆"的叫唤声。循声望去,只见俊祥在那边冲她挥手,很多人刷的一下将眼睛看过来,彩琳的脸倏然红到脖子根。

她低着脸过去,又羞又恼地说:"你叫啥嘛,吃多了撑着了?"

俊祥乐呵呵地说:"刚才我还跟这个老乡说,我老婆是个大美女,他不信,现在看到了吧。"

彩琳看见他边上站着一个神情猥琐的男人,正死盯着她看。她感觉浑身发毛。俊祥说:"这是我们老乡老莫。"彩琳生气地责怪俊祥:"你有没有脑子啊,拿这种话跟人说?"

俊祥看来心情很好,他依旧笑呵呵地说:"那有什么,我老婆是大美女没错啊。"

彩琳懒得和他再说下去,她一低头,看见俊祥脚上正穿着一双很干净的皮鞋,彩琳心底的火一下子就蹿上来了。

"你怎么随便拿人家鞋穿!人家一叫警察,你工作没找成就进班房了,是不是很想那样啊!"

俊祥一听她这么说,也有点紧张起来,问:"那人发现了?"

彩琳恨恨地说:"你以为人家都像你啊?丢了一双鞋也不知道。"

"哎呀,那咋办?"俊祥问。

"咋办咋办,你自己捅的娄子自己去了结。"彩琳说。

两人从劳动力市场回到宿舍,见三楼那人原本放在楼道里的鞋架不见了,知道被那人搬进屋里去了,彩琳的心里很不是滋味。

那人屋里的音乐声还在响,知道他还在,她就过去敲了敲门。

那人开门出来,见是彩琳,他将手倚在门框上,笑笑,问:"有事吗?"

彩琳红了脸,说:"不好意思,那鞋是被我家里人穿去的,我已经帮你擦过了，拿来还给你。"

那人愣了一下，然后笑笑说："不用了，你家里人能穿的话就送给他好了。"

俊祥一听这话，赶紧从屋子里出来，生怕那人反悔似的一把抢过那双鞋子，笑眯眯地说："多谢多谢。"

那人说了声不客气，就转身将门给关了。

回到屋里，俊祥说："该做饭了。"彩琳默不作声地拿出表看看，已是正午，两个人居然忘了吃饭。她便拿出那口刚买的锅，又从袋子里取了几棵咸菜、一筒面，就到楼下去了。

彩琳在面里放了一点点咸菜丝，还扔了几棵葱，面条香味扑鼻。她冲着楼梯口喊俊祥下来吃饭，俊祥说："端上来吃。"

彩琳正在那里嘀咕呢，听见楼梯口噼里啪啦地下来一个人，抬头一看却不是俊祥，而是住在他们对面的那个人。他笑笑说："煮什么好吃的，好香。"

彩琳有些不好意思，低头轻轻说："没什么，水煮面而已。"

那人便说："光是闻味道，就知道好吃。"说完，就回楼上去了。

彩琳在吃饭的时候轻轻对俊祥说："晚上我们请那个人吃餐饭吧。"

俊祥有些意外，拿眼睛瞅住彩琳说："做什么？"

彩琳说："那双鞋要好多钱呢，人家凭什么给你，八成是嫌你脚脏，你穿过他才不要了。"

俊祥说："人家有钱，爱给就给，吃什么饭呢，你嫌钱多还是咋的。"

听俊祥这么说，彩琳很生气，她说："人家不要可以扔了，干吗要给你？你捡了便宜还卖乖，真不要脸。"

见彩琳真的生气了，俊祥才说："吃饭就吃饭，吃个饭有什么要紧，又不会吃穷。"

彩琳这才不吱声了，她收拾完后，看见那人的门虚掩着，便过去敲了敲，那人说："门开着呢。"

彩琳探头进去，说："我们晚上请你吃饭。"

那人一骨碌从床上坐起来，说："好啊。"

他的落落大方让彩琳少了许多尴尬。

晚上，彩琳烧了一个猪大肠，又煮了锅面。

那人嗅着碗里的香气，很开心地说："很久没吃过这么好吃的面条了。"

俊祥说："你是哪里人？"

那人说："贵州，你们呢？"

彩琳说："我们安徽。"

那男的看了彩琳一眼，点点头，然后笑笑说："我姓杨，杨厚望。"

一餐饭下来，杨厚望就开始管彩琳和俊祥叫姐和姐夫了。

杨厚望说："彩琳姐的菜做得挺好吃的，以后就让我搭个伙吧，省得天天操心吃什么。"

彩琳看看俊祥说："那恐怕不行，我们还没找到事做，谁知道会不会住在这里长久，谁知道能不能抽空来做上一日三餐。"

杨厚望说："工作的事就包在我身上了。我在城管局当保安，这点小事难不倒我。"

杨厚望的话说得俊祥和彩琳喜出望外，彩琳半信半疑地说："真有这么好的事啊？"

杨厚望说："又不是正式安排，只是临时工，有什么难的。你管我的饭，我每个月付四百怎么样？"

彩琳见他这么说，当然是答应了。

回到屋里，俊祥一把抱起彩琳转了一圈。

彩琳说："别转了，转得我头晕。"两个人开心地倒在小床上，弄得小床吱吱嘎嘎响个不停。

俊祥说："我们有个好彩头，一切都会顺利。"

彩琳把嘴一撇说："看把你得意的，那是人家有能耐，不是你有能耐。"

俊祥呵呵地笑着说："那结果还不都一样。"

四

　　可是，接下来的一个星期，进进出出，杨厚望人影都不见一个，他屋里也没有一点声响。俊祥跟彩琳嘀咕："是不是事情办不成，不好意思躲起来了？"

　　彩琳说："不太可能吧，即使事情办不成，也用不着躲起来啊？要不我们到城管局去问问。"

　　俊祥说："问个屁，鸡毛当令箭，咱们八成是被他耍了，我一看就知道，那小子说大话。"

　　彩琳说："不会吧。"她想着想着就紧张起来，说："会不会他当保安得罪了什么人，被人给害了。"

　　俊祥看她那紧张的样子，就逗她，"那你赶紧去报案吧。"

　　彩琳白了他一眼说："人家说正经的。"

　　俊祥说："就算他被人害了，你干吗这么紧张啊？他又不是你老公。"

　　彩琳生气了，说："你说啥啊，神经病。"

　　两个人在屋子里就这么白白等了这么多天，带来的钱眼见着一天天少下去，俊祥决定回劳动力市场看看，他说再也不做干等天上掉馅饼的蠢事了。

　　劳动力市场门口每天都挤满了人。俊祥学着老乡老莫的样子，每过来一个人，就跑过去问一问人家要不要小工。老莫问他："这一阵子跑哪儿去了？我还以为你小子运气好找到落脚的地儿了呢。"

　　俊祥叹了一口气说："别提了，哪有这么好的运气。"

　　老莫说："你老婆那么漂亮，还怕没饭吃。"

　　俊祥收起眼光，盯着他说："你这话啥意思。"

　　老莫笑笑说："玩笑呢。"说着，要俊祥跟着他。他们到劳动力市场西边一幢公寓旁转了一会儿，在一个背静处，老莫站住了。

"瞧见了吗？"老莫指指身边那辆轿车。

"瞧什么？"俊祥不知道老莫的意思。

老莫就让俊祥往副驾驶座上瞧。"瞧见没有？"

俊祥吓了一跳，说："那不是提包吗？做什么？"

老莫笑笑，拿出一根小铁丝，三两下就把车门给打开了。车子的防盗器叫起来。老莫拿了提包就跑。俊祥没想到老莫会来这一手，心狂跳着，跟着老莫跌跌撞撞往前跑，老莫一边跑一边问俊祥："你住哪儿？"

俊祥本来不想说的，可是他们这么跑，迟早会碰到人，就用手指了指前面。老莫掏出提包里的手机和钱包往自己的大衣口袋里塞，然后，将提包远远地扔出去，扔到一个大垃圾箱上。

他们跑出社区，一直跑到俊祥他们住的地方。老莫一进门就坐在地上，直喘气。还没等气喘匀呢，警车就过来了，俊祥听到警笛，脸都吓青了。老莫扒在窗户上听，警笛叫了一会，又开到别处去了。

两人松了一口气。老莫开始往袋子里掏，他掏出一个手机，又拿出钱包取里面的钱，居然有厚厚的一叠。

俊祥半信半疑地说："你说的来钱快，就指这个？"

老莫用手蘸着唾沫，点着手里的钱，说："那些有钱人，他们有的是钱，拿他一点点不算什么，咱们杀富济贫，反正我们不拿来，他们也是喝酒玩女人胡乱花掉了。"

俊祥看他把一叠钱数完，居然有五千块。老莫分了一半放到他的面前。俊祥从来没见过这么多的钱。他一把将钱攥在手里，说，怎么会有那么多的钱。

老莫说："你不要？"

俊祥看了看钱，说："要，不要做什么，反正已经拿来了，又不能还回去。"

老莫两只眼睛眯起来，笑了。

晚上，俊祥躺在床上，翻来覆去睡不着。彩琳被他弄得也睡不着了，她坐起来，恨恨地问他："咋啦你，老是烙大饼，还让不让人睡。"

俊祥想了想，还是将藏在贴身兜里的那叠钱拿了出来。

彩琳吓了一跳，瞪大眼睛看着俊祥。

俊祥笑了，说："一下子见到那么多钱，你吓傻了吧。"

"哪来的？"彩琳说。

俊祥得意地说了经过，彩琳便哭起来，"天啊，怎么办啊，一看就知道那不是好人，怎么害你做这样要掉脑壳的事啊。"

俊祥说："不会有事的，老莫说他已经做过好多次了，什么事也没有，这儿人有钱得很呢。他说他就是被抓到，以后也不会说出我来的。"

彩琳说："你是三岁小娃啊，这样的话你也会相信？"

俊祥一听，火了，说："我们出来，不就是为了搞钱的吗？现在有钱了，你又整得人不安生。红柳村哪里有像你这样的媳妇，我们村子里，男人说啥就是啥。"

彩琳没想到他会这么说，就不吱声了，她起身，收拾行李。

俊祥见她这样，就问："你要做啥？"

彩琳冷冷地说："你那么喜欢钱，以后你就跟钱过好了。从今往后，我们各走各的。你枪毙也好，蹲大狱也好，跟我没关系。"

见她这样说，俊祥愣了愣，然后叹了口气说："那怎么办，拿都拿来了。"

彩琳听他口气有些软下来，就说："要么还给老莫，要么去公安局自首。"

俊祥听得跳起来，说："我是不会害我们老乡的！"

彩琳生气地说："那人家怎么要害你？"

他想了想，说："还是把钱还给老莫吧。"

彩琳说："那我和你一起去。"

他们在劳动力市场找了两天，才找到老莫。彩琳将包在水泥纸里的钱交给了老莫。

老莫拿着那叠钱，盯着俊祥说："你把这事撇清了，难道你想去告发我？"

彩琳冷冷地说："我们不会做那样的事。这件事我就当不知道，没看见，也没听见，你现在走吧，以后我们就当不认识。"

老莫看看她是认真的，就将钱揣在兜里悻悻地走了。

俊祥站在那儿看他走开，还在心疼那叠本来已经到手的钱。

五

那天下午，在劳动力市场，拥挤的人流里，一个肩上挎着方包的年轻人走了过来。俊祥见他往人群这边看来，就急忙挤过去。

那人却不是什么老板，而是当地报社的一名记者。一听不是来招工的，那些迫切要找工作的人很失望地散去了，只有俊祥仍站在那里没有动。那人便很有礼貌地向俊祥出示了工作证，并递给俊祥一张名片。

俊祥看了看他的名片，说："李记者。"

反正没事可做，俊祥就站着和李记者说了一会儿。

李记者问他是不是春节后就来了，来城里打工几年了，问他有什么技术特长，还问他对找工作有什么要求。

对着录音笔，俊祥有点紧张，不过，他想了想，告诉李记者说："他是第一次来外面打工，是和老婆一起来的。还说他们以后也想当老板。"

李记者笑着问他有没有信心找到工作。俊祥说："当然有了，我有的是力气。"

李记者听他这么说，就又笑了。

第二天晚上，俊祥回到住处，手里拿着一份当天的报纸，那上面刊登了一张他的照片，是李记者给他拍的，照片上的俊祥一副很开心的样子，图片说明的标题为《一个民工的梦想》。

俊祥将报纸递到彩琳的面前说："你瞧瞧。"

彩琳惊讶地说："那是谁呢，怎么跟你这么像，不会是你吧。"

俊祥得意地说："那就是我，是你老公。看不出来了吧。广场上到处都是人，人家大记者怎么偏偏只选中我，还不是因为我这个人有人缘嘛。这张报纸一定得好好保管起来，改天到邮局去寄给咱爸咱妈看。"

俊祥又在口袋里掏啊掏的，掏出一张李记者的名片给彩琳看，一边说："嘿，真没想到，竟然这么容易就上报了，还能够认识一位记者，这的确是这辈子从来没有想过的事。"

彩琳撇撇嘴说："你就那么点出息，如果当初书念得好，不光可以交到记者朋友，自己还可以当记者呢。"

彩琳的话说得俊祥嘿嘿直乐。

俊祥忽然想起来告诉彩琳："李记者还说他的一个朋友开了一个印刷厂，说可以帮忙去问问要不要小工，还说过几天就给答复。"

"是吗?"彩琳开心地说。

"是啊，"俊祥说："还指望那个杨厚望，我呸。"

两天后，一大早，俊祥刚到劳动力市场，就见李记者朝他这边过来。

李记者过来跟他握了握手，说他朋友厂里正好需要一个仓库保管员，包吃包住，八百元一月，上班是三班倒，上三天休息一天。问他愿不愿意去，如果愿意，上午就开工。

俊祥开心得嘴巴都合不拢了，忙说："愿意愿意，怎么不愿意。"

俊祥去的印刷厂离他和彩琳住的地方大约只有十分钟的路。厂子不很大，仓库更是小，这就对仓库保管工作有很高的要求。什么材料是马上就要用的一定得放在门口显眼的位置，什么材料已经用完的要及时采购，什么材料印刷好了客户还未来取的也要及时联系……千头万绪，事情多得很。厂长需要的是一个能眼观六路耳听八方的人，原来那个保管员是厂长的一个亲戚，上年纪了，戴着老花眼镜，根本管不好，仓库里因为东西放得不规范，要找的东西找不到，不需要的东西又常常绊了人脚，简直就像一个乱七八糟的杂货堆，厂长是在万不得已的情况下才决定换人的。

俊祥当天上午没有在仓库，而是去车间里转了转，对整个厂的日常生产步骤做了一个详细地了解，包括日常业务上要用的模板、焊膏、胶棍、菲林片、汽油、胶水、油墨、印刷用的纸张，甚至每一个常用的零件也了解了一个大概，他一一记在一张纸上，心里有底了，才去仓库找了一本别人丢弃的上一年的挂历，装订成一本四方的记录本，将仓库里的材料按照工序的先后、类别、数量一一登记并做了归类。他要了一个身强力壮的工人做帮手，一直干到下午三点，将整个仓库整理得井井有条。

下午，他起身回住处的时候，才想起来，他光顾着忙，都忘了回去说一声了，彩琳如果知道自己找到工作，且将事情做得那么漂亮，一定会大吃一惊吧。想到这里，俊祥忍不住在心里乐起来。

他拿钥匙开了门，却意外地没见彩琳在做饭。他站在楼梯口听了听，却听到彩琳的笑声。他的心里很纳闷，三步当作两步跑上去，却见彩琳坐在杨厚望的屋里，他们一起在吃饭。彩琳说："我们还以为你失踪了准备报警呢。"杨厚望笑着说："真能那样倒好了，也不用每年总让我妈催我回去相媳妇了。"

彩琳笑着说："有没有定下来？"

杨厚望摇摇头，满不在乎地说："定什么呀定。我跟我姨说，'我喜欢丰满一点的。'她不懂，她问我，'丰满是不是指胸脯大？'我说，'是啊。'她说，'馒头那么大够不够？'我说，'够了。'结果你猜她这次给我找了个什么样的女的？什么馒头大，我后来想想，简直就是旺仔小馒头，还说什么人品好就行了，胸脯大有什么用，又不能当饭吃。"

彩琳笑得连饭都没办法吃了。

俊祥站在门外，听他们在里面笑得稀里哗啦的，不由得心里一阵冒酸。他什么也没说，回自己的屋里，将门"砰"地一声关上了。

对面一下子安静下来。

彩琳开门进来，看见俊祥躺在床上，拿被子蒙着头。就说："你上哪儿去了，吃过了吧，没吃过的话，我给你做面条去。"

见俊祥不吱声，彩琳就去拉他的被子，却一把被他挣脱了。她再拉，用了一点力气，拉开了，俊祥将脸扭向墙壁。

彩琳说："你到底是怎么了？发哪样神经？"

俊祥低着嗓子说："我发神经？我在外面干活卖命，你却在家里和别人调情。"

彩琳一听火大了。她大嚷起来："你放的什么屁呀，你就这么看我。人家帮我找到工作了，我做碗面谢他，你就这么爱往你老婆身上泼污水？你究竟还是不是人啊。"

俊祥躺在床上一动不动，好像没听见彩琳在说什么。

彩琳生气了，忽地一声站起来，咚咚咚地走到杨厚望的屋子里收拾碗筷去了。杨厚望站在那里静静地看着她。

六

第二天，俊祥一大早就出了门，也不和彩琳打招呼，彩琳也懒得理他，她心里很不好受，一个人闷闷地去城管局。

见彩琳来了，杨厚望从保安室出来，带着她去楼上办公室领了两套工作服、一打毛巾、两把小铲子、一桶香蕉水、两把刷子，又踩着自行车将彩琳带到她要负责的路段熟悉了一下环境。

彩琳的工作就是清理钟楼路这条路上所有电线杆、小区外墙上的非法小广告，城里人管那叫"牛皮癣"。那些小纸片内容繁多，有老中医治疗梅毒淋病的、办假证的、大酒店月薪两万招聘男女公关的、疏通下水道的、搬家的、修热水器的、性保健的……五花八门，看得城里人头疼。所以，城管局的人决定要彻底治一治了。这一次一下子招了三十个清洁员，每人每月五百元工资。彩琳是作为杨厚望的表姐被招进来的，因为杨厚望平日里在单位里人缘挺好，大家也都格外关照他，给彩琳分到相对干净的街。

彩琳看到一根电线杆上贴了好些小广告纸，就拿出小铲子铲起来。还没铲几下呢，手就酸了，她却赌气似的，并不停下来。杨厚望看了她一会儿，知道她心里还存着昨晚的疙瘩。就对她说："赌气做事是很伤身的，你还是别去想昨天的事了吧。"

彩琳满肚子的委屈被他说出来，便憋不住，眼泪直往下掉。她说："我从来没有嫌弃过他的，我嫁给他不图他家什么，可是，他连对我好一点都做不到，居然还这么损我。"

杨厚望说："他见不得你和别的男人说笑，那你以后尽量不要和男人说话就是了，你们才出来就闹别扭，家里会担心的。"

彩琳低着头，擦了泪。

杨厚望说："别想那么多了，这么大一个天底下，我们人是什么，我们就是一只蚂蚁，一滴水，有什么可想的？"

见彩琳不吭气，杨厚望说："我还是说个小笑话给你听吧。我有个同事，是城里人，家里安了防盗门、防盗窗，却总是丢钥匙，结果总是到街上去请开锁的高手来撬自己家的门……"

彩琳嘴角牵了牵。

杨厚望看看彩琳，又说："我还有一个同事，也是城里人，最近买了商品房，在银行办了按揭贷款，一个月付三千。这下，本来很舒适的日子一下子变得局促了，他每次见到我，都会唉声叹气说，唉，每天早晨一睁眼，就欠银行一百元。"

彩琳笑了笑。

杨厚望说："你瞧，这不都是自找的吗，这城里人就是爱自找麻烦。"

一群学生走过他们身边，看见彩琳和杨厚望站在那里说话，就低头互相说："他们在搞对象。"

"说什么呢？"杨厚望听见了，把眼一瞪。学生们一看，都吐吐舌头，哄笑着逃开了。

"他们说什么。"彩琳问。

杨厚望摇摇头，说："这些学生，穿得越来越时尚，说话越来越下流。上学像放学，放学像上学。上学时猛谈恋爱，工作了找不到对象。"

"什么呀！"彩琳终于笑了。

见彩琳有点高兴起来了，杨厚望这才回去上班。

彩琳望着他骑着车走远，心里想，如果俊祥有他一半好，她也就知足了。

一转眼，一个星期就过去了，那天，快到中午了，彩琳还没铲完一条街，这条街，因为新设了一个马路市场，电线杆上的非法广告越来越多了。

　　虽然只是初夏，但正午的阳光已经很烤人了，她出了许多汗，脸都给晒红了，正热得不行，忽然头上落了一顶斗笠，吓了彩琳一跳。她一回头，见是一个笑容温和的大嫂，她手里拎着一杆秤，秤上挂着一卷蛇皮袋，看样子是个收废品的。见吓着彩琳了，她有些不好意思，说："姑娘，你这样在太阳底下晒，脸上会起皮的。"

　　彩琳这才知道，原来是这个大嫂将自己的斗笠让给了她。她连忙取下头上的斗笠，说："斗笠给我，你自己呢？"

　　"我老皮老肉的，不碍事，你就戴着吧，我家里还有一顶。"她说完，好像怕彩琳拒绝似的，匆匆走开了。

　　彩琳冲着她的背影说："哎，我还没给你钱呢。"

　　她回头冲彩琳笑笑说："不用了。"

　　彩琳回宿舍做饭时，才发现那斗笠居然是一顶崭新的，那里面用红棉线细细地描了"菊香"两个字。

　　俊祥一早到印刷厂开始忙，一直忙到晚上下班，他做起事来很有一手。

　　厂长过来看过几次，尽管没有说什么，但俊祥从他的眼神里看到了满意，他心里非常愉快，他一闪念地想，如果彩琳知道他在厂里受老板的器重，一定会觉得高兴的吧。

　　一想到彩琳，他的心情就黯然下来。这些日子，彩琳没跟他说过几句话，根本不问他的事。他们之间从来没有这样处过，虽然他知道那天他的话是说得过头了点，可是，那都是因为他看不得别的男人和她说笑的缘故。她是他老婆，怎么就不明白他的想法呢？

　　晚上下班的时候，他在一个水果摊上买了几个苹果。

　　回到宿舍，见彩琳已经睡了，他就将苹果放在水龙头下洗了洗，一个人坐在那里吃了起来。

彩琳铲了一天的墙，手臂酸麻得抬都抬不起来，连晚饭也没吃就躺床上了。

俊祥坐在床沿上慢慢吃完了两个苹果，见彩琳睡在那里，心里忽然就来了意思，他脱了外套掀开被子钻进去，在被窝里一把抱住彩琳。

彩琳睁开眼，奋力挣扎起来，她用手，用脚，还用牙，俊祥一时未能占到上风，气急败坏地将彩琳压在身子底下就要硬来。

彩琳憋着劲，低声说："我是人，不是牲口，今儿个除非你把我杀了，不然我绝不答应。"

俊祥喘着粗气问："你到底想怎么样？"

"怎么样？你先得为你那天侮辱我的话道歉。"

俊祥拉不下面子，他放了彩琳，呆呆地坐了一会儿，然后将头往墙上撞起来，一下，两下，三下……

彩琳僵躺在那里，她的心揪成了一团。她一点儿也不明白，自己嫁的人怎么会是这副德性，这太让人失望了。

七

彩琳因为和俊祥闹意见，有好几天都没心情做饭。所以，每次看到杨厚望，她都觉得很对不住人家，收了钱却不能管饭，那真是很不应该的。所以，星期六那天上午，彩琳去菜场买了一些猪肉，一把芥菜，准备包饺子吃。

杨厚望轮着休息，一上午，他都在看着忙碌的彩琳，在一边开心地和她说话，一边不时地递个酒、拿口碗什么的。

正忙着，俊祥回来了。他已经在厂里吃过饭，是回来取身份证的。厂长看他做事挺勤快的，便决定和他签合同，他怀着兴奋和激动，一路上小跑回来，看见杨厚望坐在一旁咧着嘴正和彩琳说笑，一下子心里头好像浇了一桶热油，他大着喉咙冲他们嚷："倒是你们，越来越像夫妻啊！"说着，冲过去，一把就掀翻了液化气灶台，满锅的沸水倾倒出来，洒在彩琳的脚背上，她疼得浑身直冒汗。

来不及多想，杨厚望赶紧扶彩琳坐下，迅速脱了她的鞋，将她的脚浸到一个装了清水的脸盆里，彩琳的脚背已经红了一片。尽管有思想准备，但一浸到水里，彩琳还是像被针刺了一样，失声喊叫起来，她紧紧地抱住杨厚望的胳臂，牙齿将嘴唇都咬破了。

浸了好一会儿，杨厚望问彩琳："还疼不疼？"

彩琳苍白着脸，摇摇头。

杨厚望就赶紧背着彩琳上医院。

俊祥一时间傻在那里了。好一会儿才醒过神来，他也跌跌撞撞地往医院跑。

等他赶到医院时，医生已为彩琳敷了烧伤膏，正对杨厚望说："病人这一个星期都不能洗脚，不能穿鞋，记得别弄破水泡，不然会感染的。"

杨厚望谢了医生，就扶着彩琳到走廊里，在座椅上坐下。

见俊祥站在门口，杨厚望便站起来，彩琳也看到俊祥了，她拉住杨厚望的衣角轻轻说："不要走。"

杨厚望回头拍拍她的手，慢慢走到俊祥跟前，一挥拳狠狠打了过去。

俊祥没想到杨厚望会出手打人，没有防备，随着挥来的拳一下子倒了下去，走廊里发出很大的回响。医生护士纷纷从值班室出来。俊祥从地上爬起来想还手，被人制止了。

彩琳坐在那里，又痛又怕，又急又气，不停地哭。

因为脚伤，眼看着好多天不能去上班，彩琳心里有些不安。

杨厚望安慰她说："我去看过了，这两天没有人贴小广告，你不去也没关系，没人知道的，等改天好了多做一些就是了。"

但是她坐不住，休息的第二天开始，就每天拿保鲜膜盖住脚，跷着脚上上下下做事情。

俊祥从厂里弄了一块两米长的木板，自己一个人和衣而睡。他开始时是有一些歉疚，但更多的是愤怒，自己没有错啊，他想，哪个男人会愿意自己的老婆和别人亲亲热热冷落自己。他想他这么做，只是想告诫彩琳一下，让她知道他作为一个丈夫的态度，他想她应该会明白的。他一直坚持自己的想法是对的，所以，这两天他问也不问彩琳的伤势如何。

彩琳也不和他搭话，他的漠然像一根刺，戳得她的胸口痛痛的。如果不是从家里出来，根本不会知道，他是这样的人。她在心里想。

那天中午，彩琳正在厨房里煮蘑菇汤。听见有人喊，纸箱——罐头——瓶，知道是收废品的，想起杨厚望出门前放在厨房里的一堆旧报纸，于是跷着脚到门边，对那个人喊："有报纸卖给你。"

那人回头，彩琳便高兴地叫起来："是你啊！"她没想到居然就是那位将斗笠送给她的菊香大嫂。

大嫂也认出了彩琳，她急忙过来，问："你的脚怎么了？"

彩琳说："前几天不小心烫的。"

大嫂咂咂嘴说："这孩子，怎么这么不当心呢。"她想了一想，又说："这些天见都是一个小伙子在那儿清理广告纸，我还以为换了人呢。"

彩琳奇怪地说："这些天有人清理吗？"

"是啊，"大嫂说，"难道你不知道？挺帅的一个小伙子。"

彩琳想了想，明白这人是谁了。

大嫂看看她被保鲜膜盖着的脚，问她："是不是很痛啊？"

彩琳说："没关系，现在好多了，再休息几天就会好的，你把这堆报纸拿去吧。"

大嫂忙拿出秤称。彩琳说："送给你，不用称了。"

"那怎么行。"大嫂说。

彩琳笑着说："你若再推，那你的斗笠我也不要了。"

大嫂听她这么说，只好收下了。

彩琳见大嫂挑着的蛇皮袋里装得鼓鼓囊囊的，就问她收废品收入是不是还不错啊。

大嫂摇摇头，说："天下哪里有好做的事会轮得到咱们。"她低头理了一下报纸，说："如果我女儿还在，是绝不会让我这么辛苦的。她前年这个时候生孩子难产，生完孩子她就开始说头痛，我们都以为她是太累了，我还安慰她说调养一阵子就会好的。可是，她的头痛越来越厉害，等到我们终于感觉不对劲的时候，赶紧把她送到医院，医生检查后告诉我们，她脑里的一根血管破了，因为拖得时间太久，他们救不了，我们就送她到省城来，还送她到上海，可是怎么都来不及了。孩子还差两天满月，她就死在医院里。我后来想想，大概是因为她生孩子的时候太用力了，才将脑里的血管挣破的。她临死的时候，一直流着泪，不放心她的孩子……"

彩琳流着泪轻声问："那孩子呢？"

大嫂说："我苦命的丫丫，她爸爸娶了后娘，把她丢给了我，她外公前年又去了，我白天出来收破烂，她就被放在托儿所里，现在已经三岁了，是一个很乖巧很聪明的孩子，和她妈小时候一个样……"

大嫂挑着担子走后，彩琳心里头挺难受，她一个人坐在那里，静静地，好久好久。

八

彩琳在屋子里休息了二十来天，有时菊香嫂收废品经过她这儿，就会进来陪她说会儿话。这让彩琳心里好受了很多。有一次，菊香嫂还给她带了一大把菜来，说是自己种的。彩琳开心地拿来炒着吃，煮面吃，做菜泡饭。

彩琳叫杨厚望从百货公司给她带了一斤乳黄色的细毛线，给菊香嫂的孙女织了一件对襟的小毛衣，上面绣着一只玩球的小猫，看上去非常伶俐可爱。那天菊香嫂经过时，彩琳就将毛衣交给她，菊香嫂一看，喜欢得很，一个劲地夸彩琳的手巧。她高兴地流着泪说："孩子长这么大，还是头一回有人织这么漂亮的毛衣给她，等天一冷我就给她穿，她一定会很喜欢的。"

看到菊香嫂那么高兴，彩琳也很开心，坚决不收菊香嫂给的毛衣钱。

一直推让着，见彩琳有些生气了，菊香嫂这才千谢万谢地将钱收回去。

因为上头说要搞突击检查，城管局加大了对城市卫生的管理力度，要求每位清洁员都能保证所承包的街面卫生清洁，要不见一张"牛皮癣"。彩琳休息了半个多月，蓦然工作起来就觉得有些吃力，有时弄到天黑才刮完，可是第二天那些让人讨厌的小纸片又会在那里了。而且，跟报复似的，一次比一次贴得更多更乱，弄得彩琳很气恼。

她和杨厚望说起这事，杨厚望说："这还不简单，下半夜去抓他们。"

"下半夜？能行吗？"彩琳有些迟疑。

"怎么不行，我帮你吧，我穿制服去，他们会怕的。"杨厚望说。

当晚，睡到半夜里，彩琳起床，去对面轻轻敲了敲门。

还没敲第三下呢，门一下子开了，吓了彩琳一跳。

杨厚望笑笑地看着彩琳，轻声说："我们好像去约会一样。"

彩琳说："你瞧我带着工具呢，像是去约会吗？"

杨厚望说："那就别带工具了。"

彩琳笑了，不说话。

杨厚望说："真的不用带，抓住谁就让谁干。"

彩琳说："晚上真的当警察？"

"你看我像不像？"杨厚望笑笑说。

出了门，走了好一段路，彩琳见杨厚望没提帮她的事，就故意问他："你星期六星期天不上班吧，都跑出去做什么了？"

杨厚望说："在街上溜达呢。"

彩琳笑了，说："谢谢你帮我做事。"

杨厚望愣了一下，有些不好意思地说："这，你知道了？"

彩琳说："是啊，是一个收废品的大嫂告诉我的。"

"呵，"杨厚望说，"没做几天，都有耳目了。"

"说什么呀，"彩琳说，"是一个很可怜的大嫂。"

他们走在街道上，看见两幢高楼间夹着一个金黄的毛月亮，彩琳说："月亮真好看。"

"还是你好看。"杨厚望笑眯眯地说。

彩琳听了很高兴，她嘴上却说："别贫了。"

他们两个走到钟楼路的时候，已是凌晨两点了。杨厚望眼尖，看见一个男的拎着塑料桶往墙上刷长长的一道糨糊，正拿着一叠厚厚的纸准备一张一张地往墙上贴，看到杨厚望他们过去，那人拎着桶就准备跑。

杨厚望飞快地跑过去，将那人堵住了。

"嘿嘿嘿，小子，你贴的什么呢？瞧瞧瞧瞧，淋病梅毒一次性治愈，有这么厉害嘛，瞎吹的吧。"

那个人吓得连忙讨饶。杨厚望说："再被我抓到，就关起来！"那人赶紧说："警察饶命，警察饶命，以后不敢了。"

那人逃跑后，杨厚望和彩琳笑得肚子都疼了。

彩琳说："你装警察真像。"

他们两个说说笑笑回到宿舍，天色已微明。

彩琳开门进去，见俊祥已经睡在床上，她脸上的笑还来不及收，被俊祥看见了。

俊祥一看她进来，立刻从床上坐起来。问她："一整晚，上哪儿去了？"

"没有一整晚，两个钟头，去做事了。"彩琳说。

他们都听到了对面的开门声，俊祥的脸都变绿了。

"去做事，哼，去做爱了吧？"俊祥冷冷地说。

"什么？"彩琳说："真下流。"

"下流？去做事怎么不带工具？难道你吹口气那些什么癣的就会自动从墙上掉下来。去做事带男人干吗？做什么事离开男人不行？"

"你说什么！人家好心才去帮我的。"彩琳愤愤地说，"那本来应该是做丈夫的责任。你根本没有想过要帮我，居然还在这里说疯话。"

"是吗？好心。"俊祥说，"我成天那么忙，他怎么不来帮帮我

243

梨花朵朵白

呢？你究竟给了别人什么好处让人家这么帮你？"彩琳见俊祥不依不饶的，索性不理他，自己脱了衣服躺到床上。

见彩琳不把他当回事，俊祥来了气。他过去，一把将彩琳从床上拉起来，说："你得跟我说清楚，不说清楚，你就别睡觉。"

"说什么啊？"彩琳很困，她懒得和俊祥搭腔。她坐在那里一会，又懒懒地躺下去。

俊祥见她爱理不理的，心里的火就更大了，他一把将彩琳从床上揪起来。

就这样，彩琳躺下去，俊祥揪起来，彩琳再躺下去，俊祥又把她揪起来。

他们这样沉默着折腾了一个上午，彩琳都快要疯了，她坐在那里哀哀地哭起来。

俊祥见她终于哭了，也觉得累了，就撇下她，一个人上街吃饭去了。

杨厚望静静地推门进来，说："都怪我，刚才我都听到了，可是，我不能进来，你说是吧，那会把事情越搞越糟的，我自己倒没什么，我是怕你再受他的折磨。"

彩琳将头靠在他的肩上，一句话也不想说，她累极了。

杨厚望将手轻轻环住她，慢慢说："如果你是我的女人，我不会让你那么苦的。"等了一会儿，他又说："如果你还没结婚就好了。"

彩琳浑身发抖，眼泪哗哗地往下淌，就像她家门口前溪里的水。

九

在厂里，俊祥总是竭尽全力地干活，上午，中午，下午，他一刻也不让自己停下来。几个小青年见他那么卖力做事，一点懒也不肯偷，就衬着他们几个正常做事的懒了，所以心里都很不舒服，管他叫疯子，但为了面子上好看，也都稍稍加快了手里的动作，厂里的效率突然就提高了，厂长自然对俊祥很满意。那天李记者有事到厂里，厂长就大大地夸了一通俊祥，还说多亏了他，才能找到那么会做事的员工，把整个车间的积极性都调动起来了。

李记者在仓库里找到正忙着的俊祥，俊祥一见到他，赶忙放下手头的事过来和他打招呼。

"怎么样，还做得惯吧。"李记者问。

"还行吧。"俊祥说。

"好好干，我朋友他从来都不会亏待员工的。"

"这我知道。"俊祥闷闷地点了点头。

"怎么？"李记者见俊祥沉着脸，便问。

俊祥想了一会儿说："李记者，你是有知识的人，你的见识也广，你能不能帮我分析分析现在的状况？"

李记者看看俊祥一脸严肃的样子，就点点头说："你说说看。"

俊祥便说了他和彩琳之间的事。

李记者听完后，想都没想，就说："我看，是你的不对。"

"怎么是我不对？"俊祥说，"我老婆总是对别人好而不对我好，我心里好受吗我？"

"你的立场是什么？"李记者笑起来，"是女人不能和男人说话吗？或者是女人一定要无条件依从男人？老兄，现在可是21世纪了，夫妻间可是平等的。"

"那么久了，她连碰都不让我碰，这个总有点不正常吧。"俊祥嘟囔着说。

李记者摇摇头，笑笑说："上次我老婆生日，我忘了买花，她足足一个月没理我，而你那种话可是原则性的问题，比我犯的错可严重多了。她是你老婆，你连基本的信任也没有，怎么可能不让人寒心。你这样伤她，要是我老婆，早跟我离婚了。"

俊祥吓了一跳，然后把头低下了，说："看来我是有错，可是，有时候我控制不了自己，火气一下子就蹿上来了，现在，我也不知道该怎么收场。"

"你如果一直心里负担那么重，时间久了，会生病的，要不要到医院精神科看看，让医生帮你疏导疏导，我有个同学在那儿。"李记者说。

俊祥吓了一跳，忙说不用了，他说："我没有精神病。"

李记者看他一脸紧张，笑了笑，拍了拍俊祥的肩，说："不是说你有精神病，有时候心理压力大了，就会出毛病，让医生给开点药，吃了，将压力释放出来就好了。"

俊祥沉默了，李记者把他看成是一个精神有问题的人，这让他心里很不痛快。他有些后悔把自己的心事告诉他了。

李记者见他不说话了，就站起来说："你去跟你老婆认个错吧，好好检讨一下自己，我想你老婆是会原谅你的。"正说着呢，他的手机响起来。他看了一下，是报社来的电话，总编辑说紫霞小区发生了一起命案，说是电视台电台都有记者赶过去了，让他赶紧也去采访一下。李记者接完电话就开着小车匆匆走掉了。

第二天下午，俊祥正在厂里忙呢，听见外面吵吵嚷嚷的，他跑出去看，却见老莫一把鼻涕一把眼泪地在说着什么，保安说他不是厂里人，不放他进来。俊祥忙过去，老莫一见他，就像见到救命稻草一样，喊他："俊祥，俊祥，你想想法子救我闺女，我闺女她……"他哽咽着，说不下去了。

俊祥急着问："啥事啊，急成这样。"

"快，你有力气，快帮忙去工地，帮我闺女把脚拔出来。"

俊祥头脑还清醒，他赶忙跑到街口拦了一辆出租车叫老莫带着去老莫闺女做工的工地。赶到时，就见一辆救护车已经停在那儿了，老莫的闺女，一条右腿整个被卷进了压料机里，血肉模糊，医务人员也没办法，医生说："截肢吧，只有截肢才能保住她的命，不然，脚拿不出来，不停地流血，会死人的。"

老莫一听要截肢，急得声音都变了，他哭着跪下来，说："求求你们行行好，她才18岁啊，成了残废，以后谁还会再要她，我找了人来，把机器搬走，把她的脚拔出来。"

俊祥招呼了几个工友帮忙，可是，压料机一动，老莫闺女的腿上就涌出一股一股的血，她痛得晕了过去，俊祥傻眼了。

医生制止了他们，说："机器已经把腿整个吃进去压烂了，就算拔出来，还是得截掉，不如现在就截掉，还可以保住性命。"

老莫睁着一双泪眼呆呆地看着俊祥，说："都是我的错，我不该答应她到工地上干活的呀。老天啊，都是我造的孽啊，要报应就报应到我头上吧，我闺女她啥也不知道呀。"老莫捶胸顿足地哭诉着。

俊祥心里一个咯噔，他怕老莫再说下去会说漏了嘴，赶紧把老莫的手扯了一下。老莫甩开他的手，呜呜地哭着。他的哭让俊祥心里酸酸的，他忍不住也哭起来。

几个工友拿来扳手、撬棍等工具，开始对机器进行拆解。等将上面的漏斗抬高并留出空隙后，医生马上对姑娘的右腿进行了截肢。老莫哭得昏了过去，和他的闺女一块儿被救护车带到医院去了。

俊祥赶紧回去拿钱。

彩琳正在做饭，见俊祥一进门就问她要钱，心里头很不痛快，就问他拿钱做啥。

俊祥叹了一口气，说："老莫的闺女腿叫机器给轧断了，刚刚截了肢，在医院急救，现在肯定等着用钱呢，我得赶快给他送些过去。"

一听是老莫，彩琳一把掷了手上的饭铲，说："什么什么，要拿钱给他？你难道还不知道他是哪路货吗？我早就告诉过你不要跟他来往，你现在居然要我拿钱给他，你安生日子不想过了？"

俊祥也很生气，说："出门靠朋友，老乡帮老乡，我有什么错。"

彩琳冷冷地说："随你怎么想，我没钱。"

"你没钱就给我出去借。"俊祥又气又急，吼她，"把我妈给你的六百块钱拿出来。"

彩琳说："真是不要脸，这两个月，你都是白吃白住的啊，真是头脑发昏……"还没等彩琳把话说完，俊祥一拳打过去，彩琳没想到他会蓦然出手，一下子跌坐在地上，打翻的一锅子菜洒在地上，厨房里一片狼藉。

彩琳就这么坐在地上，也不起来，也不哭，俊祥冲到楼上拿了枕头下的四百块钱下来的时候，彩琳仍坐在那里，眼珠子动也不动，俊祥从她身上跨过去，说："别装死相，当心我揍死你。"

彩琳没有像往常那样回应他，她的心一直一直地沉到最底下。

杨厚望下班回来，见落了一地的菜，又见彩琳呆呆地坐在地上，吓了一跳，忙去牵她，彩琳却甩了他的手，眼泪掉下来，她说："你不要管我。"

杨厚望说："怎么没有一天安生的，到底想怎么过日子。"

彩琳说："我不想再跟这个人过下去了。"

杨厚望将她从地上扶起来，说："姐，这个事我不能乱出主意的，你要自己想好。毕竟那不是一个人的事，你还有爹妈呢。"

彩琳一想到爹妈，哭得就更伤心了。

十

接下来一段日子，彩琳一直将离婚不离婚这事放在脑袋里吵，俊祥看她照常出去干活，照常做饭给他吃，以为她反省了，就想，女人就是欠揍，一揍就老实了。每天进进出出的，也不理她。

这天下午，杨厚望下班的时候，给彩琳带了一张报纸。听说有两个重大新闻，彩琳一边吃饭一边看。头版上一则照片吸引了她的目光，那不是老莫吗？图片上还压着一行字：专偷车内财物的团伙被抓，小偷说偷钱只为给女儿看病。

她的心怦怦直跳，快要跳出胸口来，她听见自己用微颤的声音问杨厚望："这个人还有同伙啊？"杨厚望奇怪地看着她，说："你不识字啊，同伙有五个，都是安徽的，全部抓住了。"

彩琳看到报纸上写着：案件目前正在深挖中。不禁发着抖，拿起报纸就上了楼。

晚上俊祥回来的时候，彩琳把报纸扔给他看。俊祥白她一眼，接过去看了，一下子就傻了眼。

暗
伤

彩琳冷冷地说："这个人，不知道要判几年，还在深挖呢，该不会接下来就到你了。"

俊祥心里正害怕着呢，听彩琳这么一说，便恼起来："我这样你就高兴了吧，你好无所顾忌跟别的男人鬼混了。"

彩琳气得大叫起来："你这个人渣，你去死吧你，你去坐牢，去枪毙吧你，我会高兴地拍巴掌的。"

俊祥血涌上头顶，冲过去就把床给掀了，彩琳没有防备，一下子将头撞在墙壁上，然后从床里边的空隙滑了下去。

俊祥嚷："你这个扫把星，你当初为啥要逼我出来？"说完，他咚咚咚地跑下楼去了。

彩琳的头昏昏的，她躺在墙角落冰凉的塑料地毯上，静静的，一动也不动。

第二天早上，彩琳一开门出来，就见杨厚望站在门口。他盯着她额头上的一块乌青，说："他又打你了？"

彩琳低下头，不说话。

杨厚望说："真不是个东西。"顿了顿，他又问她，"昨天我带回来的那张报纸你看了吗？"

彩琳听他提报纸，心里怦怦直跳，忙回答说看了。

"那个女的真可怜，死了也是白死。"杨厚望说。

"你说啥？"彩琳听了一头雾水。

杨厚望说："看样子你没看啊，第二版上的那篇。"

彩琳问："那上面，有什么特别的事吗？"

杨厚望说："你看看不就知道了？"

彩琳上楼去房间里拿了那张报纸，翻过第二版来看，看着看着，突然，她呆住了。她在那则题为《紫霞小区近日发生一起命案》的消息里，居然看到了菊香嫂的名字。她是在收废品的时候，被强行拖进屋子里的。也不知道是为什么，那个男人用绳子勒死了她，在她的脖子上绕了一圈又一圈。

她看着，不寒而栗。

梨花朵朵白

杨厚望进来，静静地待在她边上，说："我听说了，那个男人被鉴定有精神病，就是说，那女的死了也是白死。"

"怎么会这样，怎么会这样啊？"彩琳有些不敢相信自己的眼睛。

杨厚望说："对付乡下人，城里人有的是方法，就算弄死了人，照样有办法为自己开脱。"

彩琳说，就在三四天前她还跟我在这儿说话呢。

彩琳坐在那里，想到菊香嫂抛下的那个才三岁的丫丫，以后该怎么办？她的眼泪不停地落下来。

哭了好一会儿，她慢慢说："我不想再待在这里了，在这里，我常常觉得心里难受。以前在家里，虽然日子过得清苦些，可是，那片梨树，它们是不会嫌弃我的，我只是给它们施施肥，剪剪枝，它们就开好看的花给我看，会结甜果子给我吃。"

杨厚望看着她，叹了口气。

那天，彩琳在街上做事的时候，一直戴着菊香嫂那顶斗笠，眼睛一直没干过。直到回到家里，直到俊祥下班回来，她依旧坐在小床上对着那顶斗笠默默掉泪。

十一

俊祥见彩琳坐在那里哭，两只眼睛都哭得红红肿肿的，还以为她还在为他昨夜出手掀床板而生气，就蹲下来说："行了，别哭了，我今天去看过医生了，医生说我有轻微的狂躁症，所以，我对你不好，那也怪不得我，那是因为我生着病哪，以后你少惹我，我发病的时候，总是控制不了自己的，不过，医生说我的病不是很严重，过一段时间就会好的，你看，我今天吃过药了，现在感觉好多了。你忘了这事，我们以后好好过日子吧。"

彩琳也不看他，只是静静地说："我要回家。"

俊祥听她这么说，愣了一下，说："说什么呢，我保证以后再不那样对你总可以了吧，现在厂长不但给我加了工资，还跟我签了合同，我怎么可能就这样回去。"

彩琳定定地看着前面，说："那么就你走你的我走我的。"

俊祥见彩琳这么说，一股火往头上冲，扯住彩琳的头发嚷："你这女人，怎么长了反骨，处处跟我作对。别人老婆都对男人百依百顺，怎么你就偏偏看不得我好啊。"

一个月后，在李记者的办公室里，俊祥一脸沮丧地坐着，他对李记者说："我实在不知道她去哪里了，帮我登个寻人启事吧。"

李记者手里拿着彩琳留下的字条，摇摇头说："你怎么搞成这样了？"

俊祥说："我去公安局报过案，可是没用，警察看过彩琳留下的字条后就说，是我老婆自己要离开的，不是失踪，也不是绑架，夫妻之间的事他们管不着。"

"你去老乡、朋友那儿问过没有？"

俊祥坐在那里愣愣的。

李记者帮俊祥写了一则题为《安徽民工寻找妻子周彩琳》的消息，还在末尾留了自己的电话和手机号。他还托朋友帮俊祥在电视台一个寻人栏目里免费做了一个寻人节目。可是，消息刊出一个月了，节目播出一个月了，仍然没有彩琳一丁点儿的消息。

彩琳不见的第二天，俊祥曾去城管局找过杨厚望，站在值班室门口，他问杨厚望知不知道彩琳上哪儿去了。

杨厚望站在门口冷冷地说："你是谁，我为什么要告诉你我姐的事情。"

俊祥很生气，冲他嚷："什么姐啊姐的，她是我老婆，我有权知道她在哪里。"

杨厚望冷冷地说："对啊，你是她丈夫，她去哪里应该第一个告诉你啊，怎么会让我这个外人知道？"

俊祥快要气疯了，他破口大骂起来："你这个贵州佬，我要告你拐骗妇女。"

杨厚望冷冷一笑，说："法律我可比你懂，除了拐骗妇女罪，还有诽谤罪呢。"说完转身进去，将门一摔，将俊祥丢在门外。

　　没过几天，杨厚望搬了房子，俊祥再去城管局找他，就找不到了，问他同事，那人笑笑说："你这人真是，上次来找女人，现在又来找男人，是不是吃饱了饭没事干啊。"

　　李记者建议俊祥打电话回家问问，俊祥说："家里没装电话呢。"

　　那你们村里总有电话的吧，俊祥摇摇头，说："村子里只有一户人家有电话，但是，他们不可能会帮忙的。"

　　"那我也帮不上你了。"李记者无奈地说。

　　时间一天天过去，俊祥每天一个人吃饭，一个人睡觉，一个人在街上走，他怎么也想不明白，打老婆怎么了，在他们村里，那可是很平常的事啊。因为苦恼，他做事时就常常魂不守舍的，那天，厂里的一个同事对他说，印刷纸没了，他却没给统计上，结果差一点耽误了老板一宗大生意。过了几天，又一个同事对他说，油墨没了，他也稀里糊涂地没有记账，老板一气之下扣了他一个月的奖金，还说再那样，就让他走人。他这才惊醒过来。他想了好多天，本来想回家的，家里来信说，种下三年的梨树都开始结果了，小小青色的雪花梨一枝条一枝条挂满了，得赶紧疏果，上来下去的都需要梯子，爹妈都老了，腿脚不便，想让他们回家去帮忙呢。可是，俊祥不想回家，他知道在这个城市里，他永远不可能像明志他们那样发财，但他已经习惯了这里的生活。每天上班、下班，和城里人一样喝豆浆吃馒头，每月拿工资，晚上去公园看跳舞。他不想再回到那个乡村里去，再做回一个地道的农民了。而且，他更害怕的是，万一他回到家里，家里人知道彩琳不见了，那该怎么跟她家里人交代，说都说不清楚。

　　他收到老莫从监狱里寄来的一封信，老莫在信里托他把闺女送回去，他看着信苦笑，老莫不知道他现在可是有家难回，不过，他还是去医院找了找，医院里说，老莫的闺女早就出院了。他就又去工地上找，工地上有人说不知道，有人又说，那闺女领了两万块赔偿金，早就高高兴兴回家去了。他就写信将这事告诉了老莫。

俊祥一个人过日子，习惯了，也不觉得有什么，只是不知怎的，他常常会梦见梨花，一朵一朵，和当初他离开家时一样，热情而张扬地开满了枝头，是那样的香。有一回，他在睡梦里，迷迷糊糊的，看见彩琳正坐在梨树下，清水微澜的眼睛，还笑着，她的笑是那么的好看。

弯月下的歌谣

一

姚军抱着儿子在墙根下晒太阳。儿子哭累了，已经在他怀里睡去，才六个月大的娃娃，躺在他的怀里，那么轻，小脸上还挂着泪珠，这让他心里很不是滋味。他坐在那里，心里沉沉的，不知道接下来该怎么办。一大早在街上和红霞闹别扭后，她居然一个人跑掉，孩子也不管了，姚军一想起来就叹气，老婆一定是跑回娘家去了。如果换作别的男人，肯定会噔噔噔地跑去把她抓回来好好揍一顿，可是姚军不会那么做，他也不会再跑到她娘家去，她的家里人除了会说他没本事赚钱外，不会说出什么好话来。他不愿去受这个侮辱，和红霞结婚以来，他已经受够了。

早上，他们一起去赶集，说好只买些猪肉回来的。可是，红霞走到一个衣服摊前时忽然不走了。那件红色的羽绒衣就那样耀眼地挂在那里，束着腰，竖领子，上面还镶着一圈银灰色的毛，就像一块磁石一样吸引住了她的目光。

按理说，老婆喜欢，作为男人，给她买下就是了。可是，姚军兜里只有八十块钱，因为肉价飞涨，他们已经快一个月没吃猪肉了。他冲她皱皱眉，说："看啥呢，给你买了衣服，接下来一家人都喝西北

暗
伤

风哪。"

红霞本来也不是想买，只是看看，过过眼瘾而已，她知道姚军兜里没钱。但是听姚军这么跟她说，忽然就觉得满心委屈，她偏头，冲着姚军说："姚军，你干吗要讨老婆，你还不如养条狗，只要给它吃点剩饭剩菜就够了，不会要你买衣服，也不会要你买鞋子。"

听红霞嚷起来，很多人便围过来瞧热闹。这让姚军觉得很没面子，他生气地说："我就是没钱，你不是知道的吗，又没有人拿刀架在你脖子上逼着你嫁给我。现在拿后悔的话再说又有什么用，只会遭人耻笑。养狗？养狗有什么用，要养就养猪，宰了，猪耳朵、猪心、猪肝、猪口舌，我想吃哪块就吃哪块。"

当时他说完，不管三七二十一扔下红霞在街心，就抱着娃一个人往前走了。他没回头看，也不知道红霞有没有跟上来，直到他割了肉，回头找红霞的时候才发现她不见了。

等他抱着娃气喘吁吁抄近道回到家里时，家里冷冷清清的，红霞居然没回来。怀里的娃经过一个上午，也饿了，小嘴儿左转转右转转不停地找奶喝。

姚军这才意识到问题的严重性。他又没有奶，把娃娃放在他这儿，还不得饿死。

二

红霞确实是回娘家去了，但不是自己一个人回去的。

她在街上，看着姚军扔下她连头都不回地走掉，很生气。这个人，没钱脾气还那么臭，她在心里骂着他，一动不动地站着，看着他的背影在人潮里一步一步走远，然后，一下子消失了。

她一转头，就看到一双专注的眼睛，脸上顿时绯红一片。

眼前这个人，竟然是好些年没见了的姜勇。他穿得那么好、那么干净，和站在这里的她形成鲜明的对比。这让她非常不自在，真想找个地洞钻进去。

她还是闺女的时候，和村里的很多姑娘一样，一心想嫁给姜勇。他家是村里最有钱的，他的父母本来只在上海卖豆腐，卖了十几年，后来不知道通过什么手段，开起了豆腐连锁店，再到后来，又开始做起了珠宝生意。他们家在村里有幢别墅，只有姜勇和他的爷爷奶奶住在里面。红霞只去过一次，是姜勇把她带去的，他带着她一间间参观他家像宫殿一样的房子，那天花板上金碧辉煌的吊灯、光滑又气派的木扶梯、大理石地板，墙是那样的白，厕所也干净得晃人的眼，一点也不像农村里的房子。他家的屋顶上，铺了一层厚厚的从美国买回来的隔音网，下再大的雨，人在房子里，一点声响也听不到。村里的两座桥、一条水泥村道、一个老人活动中心、一座健身公园……都是他们家捐钱造的，所以，都以他们家人的名字命名，永敬桥用的是姜勇爷爷的名字、莲香桥用的是姜勇奶奶的名字、朝晖路是用姜勇爸爸的名字、心慈老人活动中心是用了姜勇妈妈的名字，当村里的健身公园造起来的时候，他们本来要用姜勇的名字，但姜勇坚决不肯，才没有用。红霞曾经偷偷给姜勇织过一条马海毛的围巾，还给他做过一双鞋，他都接受了，也在草堆里热切地吻过她，可是，后来她听说他也在别的地方吻过别的姑娘。村里的其他姑娘悄悄传递这些消息，每次听到，红霞的心里都特别难受。她喜欢他，却根本不是因为他家有花不完的钱，但这个话她从来也没有告诉过姜勇，她知道，就算说了，姜勇也是不会相信的。红霞一点也不喜欢他像对待她一样去对待其他姑娘，光是想想，心里就难受得不得了，可是，这样的传言总是冷不丁就传到她耳朵里。次数多了，她见了他，脸就一点点冷下来。有一次，红霞在赶集的时候遇到了姚军，两个人互相中意，很快她就嫁了。

　　现在突然见到这个人，让红霞想起往事，不禁心思有点乱。

　　她低下头，避开他的眼光，转身朝街外走。走完了喧闹的老街，耳边的声音渐渐变得冷清下来，再经过长长的月河桥，零星的几户人家过后，迎面就是青山了。

　　冷风扑面而来。虽然还没有下过雪，但远远看去，山色苍然，好像无限老的样子。红霞一个人踏上山脚下石级的时候，才突然意识到自己竟然不知不觉地在往娘家走。

结婚后，这是她头一回一个人回娘家，离散集还早，山道上迎面遇不到一个行人，让她觉得虚空。她拢起手，对着对面那座高山"喂"了一声，回音隐约传来。等一切安静下来的时候，她听到了身后的脚步声。一回头，竟然是姜勇。

他远远地冲她笑着，赶上来，当他站在她身边的时候，她看见他热烈的眼神。

他站在她面前，问她："怎么不等集散就走？"

她生气地说："你不是都看到了吗？"

他叹了一口气，说："我什么都没看到，我的眼里只看到你一个，唉，你还是这样。"

她有些不解他的话，就看着他。

他说："你当年不是一样，不说一声就走开了，后悔的机会都没有给我，就嫁给了别人。"

红霞白他一眼，说："我嫁给谁跟你有关系吗？反正你喜欢的姑娘多得是。"

姜勇看着远方，说："你怎么不想想，难道那些传言都是真的吗？"

听他这么说，她愣了一下。

他说："你看我，这么些年跟谁好了？"

红霞抬手摘了一把松针，放在手心里搓散了，吹落。

姜勇说："你怎么不说话？"

红霞说："现在说这些还有什么用，难道你不知道我已经结婚有孩子了？"

姜勇说："这个没关系，如果你愿意，你离了婚，我照样会娶你。"

红霞吓了一跳，她有些不敢相信他的话。

姜勇说："我本来就喜欢你啊，自从你嫁给了别人，我知道你不是因为钱而跟我好的时候，就更喜欢你了，我这两年一直在外面，也跟别的姑娘处过，都是大城市的姑娘，可是，就是觉得她们比不过

弯月下的歌谣

你，她们没有你身上那种野菊花的味道。"

红霞笑了笑："说啥呢。"

姜勇把她拉过来，将她的头贴在他胸口的位置，说："你听听这儿。"

虽然隔了衣服，但红霞还是听到一颗心扑通扑通在跳，她觉得自己的心也跳得快起来。一阵山风吹来，脸上火辣辣的……

三

红霞到娘家时，已是午后了。她娘正在门前的竹帘子上晒番薯干，准备过年的时候炒起来吃。比起姚军家，娘家的条件也没好多少。母亲和二姐常常拿这个事情抱怨她，二姐总说："我们长得不好，嫁不到好人家也就算了，可是你，这不是自找的吗？白长了兰花一样的脸。"她觉得，是因为红霞没有好好利用自己的条件找一个有钱人，才害得她们也不能一荣俱荣地跟着过好日子。

娘看见突然出现的她，没有觉得意外，只是说："当初不是坚决要嫁吗，现在只不过一年多一点，就开始闹别扭。我也是六十挨边的人了，能不能让我省心些。"

红霞听她娘唠唠叨叨的，心里很烦，她推了门进去，像以前一样往她自己的小房间里走。却见二姐抱着儿子阿宝从里面出来，冲她说："别进去，阿宝爹在里面，还光身子睡着哪。"

红霞有些不高兴。二姐一家每次来娘家，总爱睡她的小房间，说过几次，还是那样，红霞不高兴也没用。

她二姐夫原先一直在家种大白菜，一家人过得好好的，可是，因为前年大白菜涨价涨得厉害，周边村里的菜农都一窝蜂地种大白菜，弄得去年大白菜滞销，从一块一斤跌到三毛钱一斤。大片的大白菜烂在地里没人理睬。一下子把他两年种菜赚来的钱都给赔了进去。从那以后，二姐夫就不再种菜了，整天待在家里，啥也不干，有人说他，他就说："那么辛辛苦苦费心费力种出来的东西，不但不能赚钱，反而要亏钱，还不如不种，落得轻松。"他说的话，既有道理，又没道理，没有人能跟他辩一辩。就这么着，二姐看他在村子里什么也不干怕会让人笑话，就只好住回娘家来了。

红霞拿灶上汤罐里的热水洗了一下手，去她娘屋里，偷偷将刚才姜勇放在她口袋里的戒指拿出来瞧。不巧，刚好她娘进屋里来拿小被褥预备单独给爱踢被子的阿宝盖，虽然红霞赶紧藏了手，但她娘还是瞧见了。看红霞藏起戒指，她娘就笑红霞："真的戴不起，就拿假的戴，也知道不好意思要藏起来。"

二姐也进来了，听娘这样说，也跟着在一边笑红霞。

红霞原本不想给她们知道的，但是她们这样说她让她心里很不好受。她就说："谁说这是假的，这是姜勇送给我的。"

红霞的娘和二姐一起吃惊地看她，她娘说："谁？你说姜勇？"

二姐一下子开心地跳过来，说："拿过来瞧瞧。"

红霞把戒指递给二姐，二姐仔细看了，说："这个是真的。我们村里有姑娘在他家开在上海的店里帮工，做了两年才攒了这么一个，还是你这个钻石大呢。少说也要好几万，看来姜勇还是喜欢你。"

红霞吓了一跳，说："怎么这么贵，早知道这么贵，我就不要了，待会儿我得拿去还给他。"

二姐一听，生气了，说："有你这样冒傻气的吗，给你就是你的了，你不要，就给我们。把这东西卖了，我们全家可以不愁吃喝一两年呢。"

娘说："人家怎么平白无故送你这么贵重的东西，你跟他还相好着？"

听娘这么问，红霞脸上涨红了，她站起来，说："娘，你怎么这样说话。"

二姐说："就算不是相好，那也证明人家对你还有意思。他不是还没结婚吗？莫非人家一直在等你？"

红霞白了她二姐一眼，但是，她没有否认。

二姐更高兴了，说："有钱人，出手真是大方，如果是我，一定会马上就回家和那个又臭又硬的穷小子离了。跟着有钱人，什么没有。"

二姐这么说，娘却没有反对的意思，看来她也是这样认为，这让红霞心里有些不好受。她生气地说："离了婚，才这么点大的孩子，还在吃奶呢，你叫姚军一个人怎么带？这不是要让我被人戳脊梁骨吗？"

娘叹了一口气，说："都是穷怕了。如果不是穷，你大姐她能这么早去吗？"

红霞听娘提起大姐，不说话了，顿时心里凉凉的。

她一直很喜欢她大姐，小时候，她总是跟在大姐身后，学着大姐的样种菜豆种冬瓜；学大姐的样摘了芦苇编成扫把；学大姐在竹帘上晒番薯干，大姐说，只有落了风，染了日头的番薯才会变成透明的黄，才会好吃；有一次去山上，大姐还教她认识了一种很好看的鸟，那小鸟有红的巧嘴儿、绿的背、小小的鹅黄色的胸，唱起歌来水珠子一般圆润，大姐说那是相思鸟……在她心里，大姐比母亲更重要，每次跟大姐在一起，她的心里总是那样舒坦。可是，自从大姐出嫁以后，一直没有再回来过，连过年也不回。有一年秋天，她实在太想大姐了，走了很久的山路去看她，却见大姐一个人在田里割稻子，她的丈夫却在家里睡大觉，连饭也不给她做。红霞实在忍不住，骂了她大姐夫几句，大姐夫却起来拿了装水的葫芦瓢掷到大姐身上，还骂她丑人多作怪，不但长得丑，还爱多事。红霞听不下去，就回骂大姐夫："你嫌我大姐不好看？你那么好看，怎么不去娶明星啊，你有这本事没有？也不瞧瞧你自己，一坨屎一样。"大姐夫说不过她，就动手打大姐，大姐挨了水浇，又受了打，躺在地上一声不吭地掉泪，但也只一会儿，就又起来做饭做菜。家里也没啥好吃的，就两个菜，一个蒸蛋，一个炒土豆。蛋是大姐养的鸡下的，土豆是大姐在地里种出来的。红霞看着大姐，心里难受得吃不下。走的时候，大姐吩咐她不要跟娘说。想起大姐出嫁以后，每天竟然都在这样熬苦日子，红霞的心里就痛痛的，她一路走一路哭，一直哭到家里，把眼睛都哭肿了。

大姐一年后就死了，死在苞谷地里，据医生说，大姐得的是阑尾炎，她是活活痛死的，她没回去做中饭，也没回去做晚饭，她男人饿

暗
伤

得受不了了，气急败坏地去苞谷地找她，到了地里，才看见她一动不动地躺在那里，她身边的地上，野草压平了不少，苞谷也倒了两三棵，大姐头发凌乱，沾满了泥。可以想象，那是怎样的痛。一想到大姐是这样的情形下去的，红霞就恨得牙根痒痒的，她像疯了一样地拿了把刀，想把那个根本不配做她大姐夫的男人给剐了。

可是娘不肯，娘叹息着说："人都已经去了，闹有什么用，又闹不回来。要怪就只能怪她的命。"

听娘这样说，红霞心里揪成一团。娘这样说大姐，好像大姐活该嫁给一个混蛋，活该这么受苦，活该就这么没人问没人疼地死在地里。红霞想，大姐嫁人后一直不回家里来，一定也是有些气着娘不问人品随随便便把她嫁掉，大姐也知道这样的境地得不到娘的任何安慰。

想起可怜的大姐，红霞总是忍不住掉泪。

当时姚军正跟红霞谈恋爱，他看她成天这么难过，没有跟她说，就自己去把那个男人给修理了一顿。他把他拽出来，罚他当了全村人的面，到坟上祭扫大姐，不但供上丰盛的菜，还让他在大姐的坟前磕一百个头赎罪，还让全村人都来看热闹，都来唾弃他。

那个男人打不过姚军，只好一件一件乖乖去做。

就是这件事让红霞决定嫁给姚军的。她觉得，一个男人什么也不说，却把她想要做的去做了，那就是真心待自己。

四

姚军一个人在家，手忙脚乱地在屋灶上做稀粥，灶膛里柴火烧得红红的，火苗在他的脸上跳跃，娃娃安静地躺在他臂弯里睡着，小小的鼻翼还在轻微抽动，好像还在哭。姚军不知道红霞几时回来，周边又没有奶孩子的妇女，要想把娃娃养活，就得自己找办法，他做好了薄粥，将粥汤滗到一口碗里。等稍微凉一凉，就可以给娃娃喝了。

他不知道看了几次门口的泥路，半个人影都没有，这个冬天的正午，一切显得静悄悄的。

　　他把所有的可能都想过了，最坏的结果是，她再也不会回来。想到这儿，他心里有些难受。不过，就算那样，他好像也不能怪她，她不是给他生了一个儿子，让他们姚家有后了吗？再说了，有哪个女人会心甘情愿跟着一个穷男人过一辈子呢？钱总是不够用，连件像样的过年衣裳也不能给她买，每一天都像穷老虎追在脚后跟一样，这样的日子，有个什么趣味呢？

　　她跟他说过好多次，希望他能像村里的其他男人那样，去外面做工，然后把挣来的钱寄回家。

　　可是，他思来想去，还是舍不得离开这个他自小就熟悉的地方。他喜欢这里青山环绕，喜欢这里溪水明澈，喜欢这里空气清新而又略带着植物的甜香，喜欢那些充满生趣的遍地的花草。

　　非得要开创事业，那也应该在这里开始。他一直以来都在设想，有朝一日能把这个地方开辟成果园，种上漫山遍野的梨树和桃树，三月里，花开的时候，轻盈的洁白和粉红，别提有多美。加上花草的香、野灌木的香，流水淙淙，这里就是世外桃源，或者，他还可以在这里放养成千上万只野山鸡，它们可以在任何一丛草窠里嬉戏、生产。一想到这，他的心都醉了，哪里还想去别的地方。他前些日子把这个愿望跟村长说过了，也说了他最大的难处就是没有启动资金。村长是看着他长大的，对他一直都像亲儿子，他对姚军的计划很赞同，当即就答应帮他担保，好让他从银行贷个十几万元出来。他还帮姚军设想，放养的山鸡，还有那些山鸡蛋都可以运到城里去卖，在城里，这样的山鸡要卖六十元一只，山鸡蛋要卖一块五一个，等筹够了钱，再慢慢买果树苗一点一点种起来。到时候，他只要拎着篮子，每天去山上溜一圈，把那些山鸡蛋捡回来就可以了。如果实在来不及捡，那就雇几个帮工，村里的富余劳力多得很呢。

　　回想起和村长谈论的这些话，姚军内心满是欢喜，他相信这一切都会慢慢实现。只要能待在他喜欢的地方，做他喜欢做的事，就算有天大的困难，他也不怕。

五

从娘家出来的时候，天已擦黑。娘在竹林边上悄悄塞给红霞五十块钱，红霞推了几下，娘便说："这点钱拿去，也不能做啥，就要过年了，给娃娃买套新衣服穿吧，也算是我做外婆的一点心意。改天你过好日子了，我们的日子才有盼头呢。"

娘看她不吱声，就又说："你不要犯糊涂，做人应该明白些，那个戒指，我们暂时给你保管着，拿回家你怎么跟姚军交代，你就是一千张嘴也说不清的。"

红霞手里捏着那 50 元钱，走出好长好长的一段山路后，仍然不能平息自己心里的波澜。她当然知道娘话里的意思。娘和二姐一样，就是想让她嫁给姜勇，好让她们都过上衣食无忧的生活。可是，她们怎么不替她想想，她那才六个月大的孩子怎么办，一想起娃娃用黑宝石一般的眼珠望着她，咿咿呀呀伸出小手索抱的样子；想起他双手握拳举在小脑袋两侧甜甜的睡眠；想起他扁着小嘴儿，晶亮的泪珠天使一般滑落，她的心里就止不住悲伤。如果没有她，娃娃会变得怎么样呢？一个从小就被亲娘抛弃的孩子，会过得怎样的苦？还有……还有……没有她，姚军一个人，又会把日子过成什么样呢？虽然他的脾气不是很好，可是，家里有一点点好吃的，他不是都留给她的吗？每次出去做事，他总是很晚回来，一回来从不嚷累，而总是问她有没有累着……这样一个有情有义的男人，自己难道真的就要把他从生命里丢掉？而且，想起他热烈的吻，想起他暗夜里温柔的爱抚，她还是那样的心动，她知道她心里还是那样地看重他爱着他。一想到这个人以后会孤苦伶仃的，没人给他做饭，衣服破了也没人给他补，娃娃在他背上饿得哇哇直哭……她索性坐在一棵古松的阴影里放声大哭起来，风把她的哭声带到很远很远的树林里，呜呜咽咽，就像一个伤心的女鬼，让走夜路的村里人不敢靠近。

六

娃娃喝了粥汤，香甜地睡了，姚军一个人出来。天上一轮晶莹的月，静静地描了近处的树、小草、村道、房舍及他的影子在地上，一切清晰而安静，像是一幅幅画。

傍黑的时候，村长来了，看见他一个人忙着哄娃娃，就长叹一声，说："我这回帮你，押上我的老脸啦，你可要好好干。"

姚军郑重地点头又点头。跟村长说："前些日子，我去过一趟农林站，有个技术人员说愿意无偿提供我养山鸡的技术。我还可以跟几个初中时一起念书的同学联系一下，他们都在外面跑业务，一定会答应帮我的，到时候我把事业做成了，推销的事就交给他们。"

村长欣慰地舒了一口气，说："我就知道，你这个人，不会永远没出息的。"

姚军想到这儿，心里愉快起来。看着漫天笛音一样流淌的月光，他想，只要他舍得花力气，一切都会好起来的，他们的日子，一定会越过越好。以后，不要说一件衣服，只要红霞看中的东西，无论是啥，无论有多贵，他保证眉头都不皱一下地买下来。他这么想着，心里澎湃得很，特别想找个人说说，如果红霞在就好啦，她听了，一定会很高兴。

他没有看见，在视线不能及的树林之外，一个熟悉的身影近了，更近了……

暗
伤